第三顆子彈

THE BULLET

CHANG KUO-LI

張國立

著

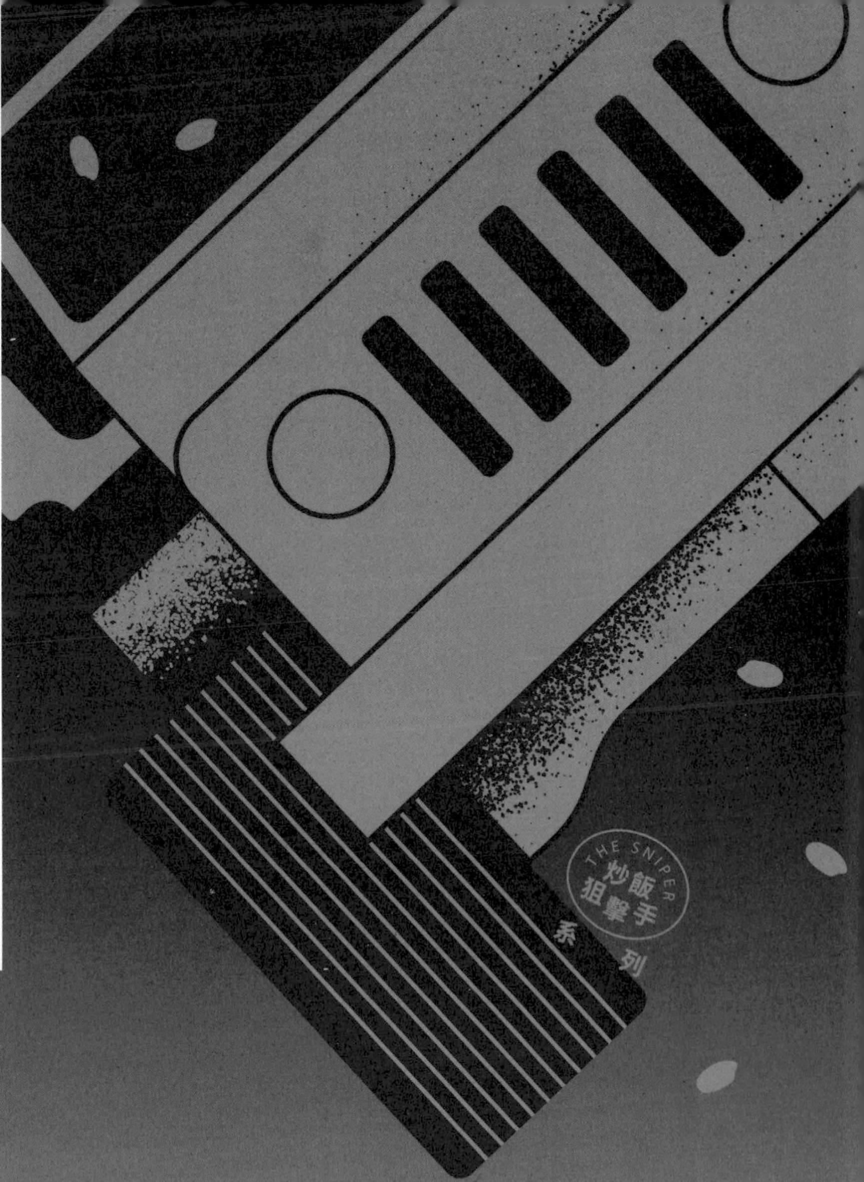

感謝曾正忠在武器上的指導，他陪我寫完這本小說——
以回憶多年前我們一起完成漫畫《變化球》（Change-Up）。

Table of Contents

小說和電影一樣，都是虛構的。
小說和電影不一樣，請勿對號入座。

第一部

刺殺

「春秋時代，西元前六世紀初，出了一位著名的刺客。小子們，刺客成英雄的很多，成功殺了目標物的不多。殺人，沒你們想像的那麼簡單。

「這個人叫專諸，歷史上說他孝順、重義氣。吳國的國王死了以後，子孫爭奪王位，公子光原是繼承人，沒想到被堂哥公子僚搶了先機登上王座，一氣之下找專諸刺殺僚。專諸先打聽僚愛吃魚，便到太湖學燒魚的技巧，他燒的魚，據說香又嫩。你們想像四川菜裡的豆瓣魚，想不出？再想像前天伙房做的醬燒午仔魚，聞到魚的香味了吧。

「接到任務，首先他找刺殺用的武器。春秋有名的鐵匠歐冶子窮其一生之力打造五把寶劍，前四把用掉大部分的鐵材，因此第五把材料有限只能做成短劍，劍身一打再打，煉成精鋼，表面因為打得太多次，呈魚鱗般的紋路，又因為短，稱為魚腸劍。

「吳王僚聽說公子光府內有個廚師做的魚好吃，就上門來試吃。當然戒備森嚴，每道菜都由他的親信先試過有毒沒毒，再檢查送菜的僕役身上藏了武器沒。終於等到最後一道主菜的魚了，專諸親自送上桌，對吳王僚解說燒魚的方法，說著說著，他兩手掰開魚，拿起魚肚內的魚腸劍刺向吳王僚，穿透三層鐵甲，一刀刺死吳王僚，專諸當然也被衛士殺死。」

教官伸出指頭間的半截雪茄，朝臺下的學生掃一遍。

「聽懂故事沒？」

「懂，報告教官，我們都吃迴轉壽司，殺西米，不吃整條魚。」

底下爆出一陣鬨笑。

「才下午四點半，小段，肚子餓啦，要不要教官放你出營去買你娘卡好的壽司？班長，記下，小段晚上站兩班哨，十一點至一點、五點至七點，幫助他消化。」

教官撣撣雪茄頭的菸灰。

「這個故事說明，一是刺客要先打探目標物的喜好，二是了解環境，三，對狙擊手而言最重要，選擇對的武器。專諸挑魚腸劍，因為它鋒利無比，因為它短得剛好能藏進魚肚子裡。四百公尺內戰場狙擊敵人，別提一點四公尺長的M200，媽的，加上五十發長十公分的子彈，扛得你們這些少爺還沒進入戰鬥位置先脫腸。」

教室內再一片笑聲。

「魚腸劍，武器要先進，要輕便，要趁手。你們是狙擊手，不是進超商買冷凍水餃，專挑便宜又大包。成天只想吃，撐死你們這群小王八蛋。」

——前陸軍特戰中心狙擊手上校教官　鐵頭

1

確定總統中彈是上午九點十七分，突然身體弓成蝦子形狀，右手按住腹部。當他往右邊歪斜，右手離開腹部想穩住腳步的抓住前面的金屬扶手，留下刺眼的證據，血紅的掌印。血滴淌下落至吉普車地板，很快凝結得像一顆看了喉嚨發癢的朝天椒。

總統許火生的車隊於九點十一分駛入華陰街，進入競選最後衝刺的階段。他是出名的工作狂，從律師到總統始終如一的六點起床，上跑步機跑半小時，吃早餐，看祕書處為他整理出的國內外大事。這段期間誰也不敢打擾他，包括貴為總統夫人的妻子。

官邸的管家半年前退休，一個月前出版回憶錄，提到許火生的早餐。台南式的牛肉湯，以示他不忘本。美國式的煎蛋，sunny side，兩顆。八枚老山東水餃店定期送來的韭菜水餃，又代表他吸收文化的包容力。

書中說，總統相信早餐是一天精力的來源，非吃得很飽不可，不太計較午餐，除非應酬，一般都肉粽與四神湯，晚餐則愛牛排。他喜歡牛排切片，沾點醬油、哇殺比，與煎得香脆的蒜片配白飯。

吃早飯前，許火生的起床氣嚇人，被媒體揭露的一次是那天管家準備的領帶不合他的意，許火生厲聲指責：難道我需要另外請個人負責領帶嗎？當然，總統府發言人對此否認十幾次，可是早上沒人敢跟他講話卻是事實。必須步出總統官邸他才會擺出笑容，他的笑容屬於職業病的一種，對幕僚、行政院長很少笑，唯獨對選民，打從心底的笑。

政治人物愛選票的程度遠超過老百姓愛鈔票。

競選總部公布的行程以半小時為單位，許火生每天上午七點半準時於競選總部開會，八點結束一般會議，由他和心腹人員繼續開，八點四十五分登上吉普車出發拜票。選擇九點是正好避開上班人群，吉普車緩緩駛於慢車道，向右邊辦公大樓內的選民招手。

許火生熱愛選舉，因而第一個任期留下某一媒體主筆寫的一段文字：

如果改成每年選一次總統，想必許火生的人生更加快樂。

拿三年多前的那次總統大選，他從原來落後十七個百分點，一路追到僅差三個百分點，最後大爆冷門的以三萬八千八百零八票的差距獲勝。

管家的回憶錄寫道，當許火生住進官邸的第一天，他以跳躍的腳步前後繞了三圈。

管家以為他喜歡新的家，最後恍然大悟，許火生停下腳步指著未來可能接待外賓的餐廳牆壁說，把畫移到書房去，這裡掛中央選委會最後得票數的照片。管家解釋，並非許火生個人的得票數，而是他和其他候選人排在一起的得票數。

沒有對手即無勝利，他隨時隨地希望讓進入官邸的貴賓了解他熱愛勝利，知道他打敗過什麼人。

許火生常對媒體說自小得遺傳性氣喘病，一旦發病，許媽媽便帶他到鎮上的診所打點滴，躺了幾個小時後，不喘了，人有種飄飄然的感覺，胸部空的，身體輕的，以為自己死了，後來明白他只是感覺飛了起來。

選舉最後的勝利感就是飛起來，像打了過量的類固醇。

今年選情更加火燙，原本許火生對連任自信滿滿，不料兩個在野黨的主席放棄成見破天荒聯手搭檔正副總統候選人，上週末剛做出的民調結果，許火生落後十一個百分點。

對其他候選人，相差十一個百分點已經收拾行李了，不，許火生反而豁出去的拚命。台灣兩千三百萬人都明白他不認輸的個性，有些人欣賞，有些人真價賭爛，罵他嚎哮。許火生對競選團隊精神講話流傳至網路，他面目扭曲的嘶喊：不要怕落後，落後使我們更該努力。因而最後一星期的競選行程排得緊密到連蚊子也飛不進去。他公開宣示：要在我們的票倉固票，更要到票少的地方去挑戰。

大家記得他選台北市長時的名言：搶對手一票，一來一往等於兩票。你們告訴我對手哪裡的票多，我就去哪裡。

進入華陰街前，站在吉普車後車廂的許火生即聽到職棒加油用的喇叭聲，表示他的選民正等著。每個街邊的人看到許火生的身體愈站愈挺，好像他是選戰的領先者，等著再當四年總統。

從中山北路的競選總部沿南京西路到承德路，轉華陰街至太原路，台北少數傳統舊社區，過去選民結構傾向許火生，這次逆轉，對手砸了不少錢做宣傳，把許火生塑造成見利忘義的政客。

「我火生，來向鄉親問好，火生成長於庄腳，永遠不忘記一分一角賺出孩子學費的辛勞父母。拜託拜託，火生仔不怕抹黑。在這裡拍胸脯保證，今後政府幫大家分攤子女念書費用。」

車子未到，競選車上的喇叭聲音先到，他一手扶著吉普車駕駛座艙頂後方不鏽鋼焊接的握桿，一手不停的揮舞，像日本商店門口的招財貓。他不停的揮，襯衫內的兩肘貼了膏藥，背心兩排拔罐的痕跡。今天對他意義重大，離投票僅七天，該是他衝刺的開始。

同黨的立委嘆息的對一位資深記者說：

「下次你們跟拍他到宮廟上香的照片，不騙人，他閉眼喃喃自語，看上去好像神明跟他對話。離開廟，他的精神，比喝五罐紅牛還有用。」

喇叭聲響起不久，鞭炮炸開華陰街。許火生漲紅了脖子的吶喊：

「再給火生四年，火生仔保證，經濟成長亞洲四小龍第一名，股票衝兩萬點，國民所得破三萬美元。一二三，大家作伙拚台灣。」

許火生進入政壇起，從未輸過任何一場選戰……從未。

瘦高穿灰色白邊愛迪達慢跑鞋的男人在九點正打開五樓樓梯間鐵柵門的鎖，快步登上樓，鞭炮聲傳進耳朵，他再快速打開五〇二號房的喇叭鎖，當他站在窗前往下面的華陰街看，總統車隊剛駛進街口。

臨時接到通知才趕來，沒有機會事前勘查現場。釘於大樓牆壁的大小招牌遮去大部分的視野，他掏出瞄準鏡貼右眼調整焦距，沒錯，站在吉普車駕駛座後面的確是許火生。

連續觀察十一天，許火生臉部最大特徵是微笑時左嘴角拉出的三道細紋，如果對準細紋，這麼近的距離，一顆五點五六的子彈即能將那顆腦袋打得四分五裂。與靶場射擊西瓜的效果差不多。

當吉普車經過一個巨幅招牌，目標物被遮住，再出現時看不清臉孔，只能看到鞭炮煙霧中模糊的人影。旅館正下方的鞭炮也跟著響應，炸得硝煙四起，灰色的煙霧瀰漫大半條街。他不在意鞭炮的煙霧，好整以暇的點燃一根香菸，兩手熟練的組裝細長的狙擊槍。

他喜歡ＳＶＤ，傳統，槍管護木與木質槍柄經過幾十年使用者兩手的觸摸、臉頰油脂的磨擦，累積出與體溫接近的親切感。

一九六四年出廠，故障率低，迄今保養狀態絕佳，僅重四點三公斤。他習慣不用腳架，貼著牆伸出槍管，瞄準鏡的中央看到嘴角的三道細紋。他摸出袋中的五發子彈，熟練的填進彈匣，上膛。

掛著候選人號碼與名字旗幟的敞篷吉普車，在警車引導下降低速度的緩緩駛進承德路、駛進華陰街，護衛吉普車的勤務人員包括十多名制服警察與另外十多名混在民眾中的便衣。制服警員穿防彈背心，裝備了警棍、電擊槍、微型相機鏡頭、手銬、通話器、PPQ制式手槍、彈匣、手機，便衣的裝備大致相同，少了警棍、電擊槍，多了手掌大小的警用行動電腦，裡面排列可能威脅治安的名單與照片。他們的汗水滲出腋下、溼了額頭，他們個個瞪大眼睛設法分辨人群內的善惡，急躁的想從民眾中揪出具威脅的對象。

疾如風，徐如林，侵略如火。警員以風與火的眼神警告過於靠近吉普車的熱情選民，他們不在意誰當選總統，在意選舉過程的平靜。

依競選總部提供的行程表，台北市警局必須配合國安局特勤中心於一個小時前就路線做完安全檢查。大同分局的確檢查了，當候選人座車出發，護衛警員隨車行進，行前由帶隊警官發口令的一體試槍、上膛，如遇狀況，他們一定拔槍，包括電擊槍、瓦斯槍、制式警槍。

迎接許火生車隊的不僅鞭炮聲，還有競選對手盧彥博布下充滿殺氣的陣勢。現任總統許火生來拜票之前，盧彥博已經來了三次，吉普車上的人向左望，能見到戴繡盧彥博名字帽子的老人家，朝右邊再見到披著印盧彥博三字螢光背心的阿婆，公寓窗口垂下幾幅盧彥博的競選旗幟，帶隊警官提高警覺的向四面八方掃視。不論鞭炮多熱烈，華陰街是許火生對手的地盤。

火生仔耐得住打，他絕不放棄希望，就算對手宣傳旗幟從華陰街這頭插到那頭，既然來了，掙一票算一票，擴音機集中音量幫他宣揚過去的政績——包括連許火生都不記得的政績。

競選辦公室替他整理的，原來華陰街徒步區地磚是他五年前仍是台北市長任內重鋪的。原來他三十三歲初任市議員時參加過當地金池王爺生日的神明繞境活動。原來祖母曾經在華陰街某家早不見蹤影的中藥鋪買過安胎藥順利生下寶貝兒子，日後才有許火生這個金孫。

選舉的好處之一，所有過去不曾留意的人生片段從天上掉下來，落冰雹似的，每一粒皆落地有聲。

台灣總人口兩千三百萬，扣除二十歲以下的、從來不投票的、看天氣再決定投不投票的，估計七百萬票是當選門檻，許火生在車上朝每個選民拱手呼喚：

就你，就差你這一票。

候選人不講究謙遜，他們一條街一條巷子的混著彼此的汗水、踩著對手的腳印隔空廝殺。

終於，許火生的隱性支持者走出公寓擠到街邊，他們回應吉普車上揮手的總統，口中喊著「當選、當選」，一下子增多的民眾一步步向車子圍攏。

十多年前重建，華陰街仍狹窄，兩邊多是四層樓高的舊式連棟公寓，屋頂防漏水的清一色以鐵皮加蓋，鐵窗鐵門一年四季風中雨裡低聲為居民抱怨對治安的不放心。

上一次鐵窗受到重視是一九八一年，時任內政部長的林洋港在立法院接受質詢正義凜然的說過，「本人有信心和決心將使鐵窗業蕭條」。林洋港已過世多年，鐵窗依然存在，它們並未消失，只是逐日逐年的生鏽罷了。

生鏽的鐵窗內伸出揮舞的手，街邊的支持者幾乎貼近吉普車，後面的指揮車發出命令，警員圍住車子，阻擋民眾逼近。車上的候選人心情相反，希望民眾擠過來，希望媒體攝影機將畫面傳出去。

許火生高舉兩手大聲嘶吼：

「我火生是大家的火生，我的政績大家看在眼裡，火生不能隨便由人糟蹋，你們說對不對？」

掌聲、哨子聲、鞭炮聲將整條華陰街埋沒在煙霧中。

二十分鐘前小艾坐進街角的日式館子吃早飯，海鮮蓋飯，蝦子解凍不完全，吃進嘴挑剔得出冰沙，鮪魚片解凍太多次，吹毛求疵的嫌肉質乏味。不過沒關係，他倒進幾滴醬油，醬料的好處便在能壓掉不舒服的味道，讓食物單純的由醬油香味引導。

他已經多等了十五分鐘，不喜歡被放鴿子的感覺，但伍警官不是失信的人。和伍警官很久沒聯絡，倒是和他兒子偶爾透過網路交換訊息。這次不尋常，收到伍警官以他手機傳來的簡訊：

小艾，見面吃飯，有事商量。

和長輩見面，小艾提早抵達，他選擇背靠騎樓梁柱的位子，放眼過去是華陰街口，安全也清靜些。沒想到陸續來到的人潮沒停過，觀光客找打卡地點拍照，附近住戶坐進習慣的早餐攤子，準備開店做生意的商店老闆拉鐵門並擺出貨品。小艾不喜歡人多的地方，為什麼伍警官約他這裡。

鞭炮聲響起，總統車隊進入狹窄的華陰街，一批支持者湧現，環境變化到他無法掌握的地步，不能再等下去，必須撤退。他付帳，看巷口被車隊塞住，拉低帽舌的起身鑽進圍觀的人群內。

不能急，周圍到處是武裝警員，訓練教會他們注意與環境衝突的人。小艾先和人群混在一起，找到機會再設法消失。

帽舌遮住半張臉，小艾擠到騎樓三明治招牌下面的位置，和周圍的人一樣好奇的看駛進華陰街的車隊。他未馬上離開的理由是怕突兀，總統車隊的抵達是此刻華陰街最引人好奇之處，人擠在車旁，其他地方人少，變得醒目。而且來之前過於漫不經心，未向伍警官再次確認，伍警官怎麼可能突然用自己的手機傳簡訊給可能仍通緝中的非法入境者。如果不是伍警官，那麼，誰借他的手機約見面？

見不到可疑的面孔，他憑經驗過濾十公尺範圍內的人，頭皮麻麻的，似乎有雙眼睛盯著他不放。趁著鞭炮煙霧仍濃，他潛入群眾，慢慢縮小受彈面。

兩輛漆大同分局字樣的警用機車以龜速壓迫人群往後退，跟著的吉普車逐漸接近，對面商家又點燃一長串鞭炮。煙霧裡，他看得出前面便衣刑警夾克背後鼓起的手槍形狀，看得到警車車頂向四面八方旋轉拍攝的鏡頭。他再低下頭，一名男子往吉普車擠去，小艾看他身後，一名婦人跟著擠。他們身上均無凶器，倒是小艾的額頭繼頭皮之後，涼涼的。

鞭炮仍繼續爆響，小艾不再理會車上的總統，他抬起頭望向對面的舊大樓，二樓、三樓，視線停在四樓。閃光，一縱而逝。他趁吉普車開到面前，往下略蹲的將棒球帽留在三明治小攤子的摺疊桌一角。

發現總統異狀的是站在吉普車內幫忙拉票的七十二歲老里長，雖然白內障尚未開刀、不肯接受孫子買來的助聽器、輕微帕金森氏症，仍不能不發現總統朝他身上倒，差點撞得他一起摔出車子。

老里長反應慢，抱住總統發了幾秒鐘愣後輕聲的，彷彿自言自語的說：

「怎麼有血？」

血，是個精確別無疑義的字。

站在總統身後的特勤人員聽到「血」，啟動了訓練時的步驟，一人撥開老里長，身體向前撲，以他的背心遮住前傾的總統，另一人蹲下拔出手槍，槍口掃過左側公寓一扇扇面無表情的鐵窗。

不知哪扇鐵窗上方的鳥巢受到驚擾，不知名字的長尾鳥振翅飛到吉普車上方。這是今天早晨唯一聽得到的槍聲，車上極度敏感的特勤人員慌張的舉槍對牠開了一槍，長尾鳥用力拍打翅膀的飛走，留下一片在空中飄浮許久的羽毛。

特勤人員面目猙獰的對麥克風無聲的嘶吼，尾隨在後面的黑色警用休旅車率先拉響警笛，兩輛前導摩托車在警員協助下開路，於吉普車兩旁邊跑邊護衛的警員不約而同拔出腰部槍袋內的手槍，他們伴隨車隊加快速度朝前方的太原路衝出危機四伏的華陰街，留下一臉困惑的群眾。

常德一號中彈！

總統競選車隊進入華陰街不滿六分鐘即撤出。

常德一號中彈！

護衛吉普車的人員受過訓練，持槍的警戒，持棍的粗暴推開民眾，吉普車上的人影時隱時現。

接近了，槍口平行的移動，吉普車脫離招牌的遮蔽，進入射擊範圍。他推開保險、閉左眼、吸了一小口氣後憋住，鞭炮煙霧的空隙間，高瘦男子右眼貼緊瞄準鏡的再掃視一遍周邊。他的視線被對面騎樓下一名戴棒球帽的男子吸引，帽簷下銳利的眼神射來，來不及確定目標，來不及眨眼，帽子仍在，人不見了。不，帽子在人群的擠壓中從桌面落下的消失。

他關保險的收回槍立刻離開窗戶，轉身要走卻又停下。清槍退出子彈，沒收進口袋，一手使力掰下彈頭，取出小刀往彈殼底部戳。他將火藥倒出窗戶，點燃打火機燒殘留彈殼內的火藥，兩個彈殼於窗臺排列整齊。他吐出口角的香菸，看著最後一截的黃色濾嘴落在花格子地板。抬起鞋子卻猶豫一下，沒踩熄剩餘的火花。

也許他不認為星星菸頭之火能引燃火災。

如進來的路線，他退出五〇二號房，反鎖，退出鐵柵門，反鎖。未坐電梯，他踏輕快的腳步下樓梯，沒遇見任何人，忽然聽到警笛與哨子聲，聽到吼叫，聽到尖叫。他未留戀的鑽進一旁小巷。

2

督導常德一號拜票行程的台北市警局魯副局長待在車隊最後面的警用廂型車內，吉普車上特勤人員喊出「常德一號中彈」時，他迅速抓起防彈警盔開門跳下車，向周圍武裝警察招手：

「叫他們全蹲下。」

六把自動步槍高舉，帶隊警官透過大聲公喊：蹲下，都蹲下。

解決混亂場面的最好方法，威嚇；達到威嚇效果最直接的工具，槍。轉眼間民眾全部蹲著，喧譁的人聲也停止。

「保存現場。」

命令出口，留在場的制服與便衣警員對吉普車不久前停留的位置周遭拉出黃色封鎖條，大同分局趕來支援的武裝警員一下車就封住華陰街兩頭。

魯副局長於行前任務提示時一再強調：遇事立即封鎖，不准任何人離開。若用他日常的語言：

「要撒尿，撒水溝，要大便，拉褲子上，沒我指示，誰也不准離開，金池王爺也不准。」

金池王爺端坐於小巷內小廟的小神壇上，祂哪裡也不去，哪裡也不想去。祂老人家看著瘦高男人背好大的登山用背包低頭步過廟前，沒燒香，沒拜拜，王爺漠然的望著他離去。相差幾秒，一列武裝員警踏整齊的步伐也經過廟前，還是沒人燒香，沒人拜拜。

二十一把自動步槍與二十七把制式手槍團團圍住華陰街，魯副局長以要脅民眾的口吻再喊：

「一隻老鼠也不准放出去，哪隻老鼠敢跑，開槍打。」

蹲下的民眾張大眼找老鼠。大清早，華陰街沒有老鼠，他們見到被警靴嚇出來到處亂竄的蟑螂、見到被警靴踩飛如蝴蝶飛舞的鞭炮紙屑。

華陰街從圓環通往後車站，台北車站改建之前，後車站一帶集中了許多民生用品的批發商，大稻埕的中藥材、太原路的成衣、長安西路的禮品，當然還有名聲遠在士林夜市之上的圓環夜市。華陰街擠在幾條華麗大街中間不太引人注意，像未化妝坐在門口張望歲月變化的家庭主婦。歲月拆了圓環，持續上漲的平均國民所得把夜市擠往一旁的寧夏路，成衣店改賣從韓國進口的襪子、女性內衣，菸具行換了附加「吸菸有害健康」字樣的新招牌，華陰街照樣過幾十年不變的低調日子，今天例外。

兩名員警與拿手機穿拖鞋的目擊男子在地面畫出中彈時吉普車的位置。

魯副局長看看尚未散去鞭炮硝煙嗆人味的華陰街，

「掃街。」他明確的下達指令。

八名員警排成一列，從街頭同步往前，眼睛盯著地面，他們知道該找彈頭、彈殼、血跡或任何疑似與槍擊有關的證物。

目擊者之一的男子被帶到面前，

「這是華陰街在地商家的財哥，他拍到總統中槍倒下的連續畫面。」

手機內的畫面受鞭炮煙霧與吉普車防彈玻璃的影響，不很清楚，可是看得見特勤人員撲上總統背心。

「戴棒球帽的男人？當時你站在哪裡？正對面？」

「我站在店前面，戴帽子的站在對面，總統的吉普車停下，我從這邊看到他。」

魯副局長站到行李箱商店外板凳前：

「旁邊有沒有人？」

「很多啦，大家都拿手機拍總統。」

魯副局長計算步數的走向對面騎樓，標準動作的向後轉，他站在歪斜的摺疊桌與畫三明治的招牌下面。

「這裡，戴帽子的人是不是站這裡？」

財哥點頭認可，員警拿噴漆罐往魯副局長鞋子周圍噴出一個圓。

魯副局長閉一隻眼的看街道，假想他手中有把槍，假想他是槍手，從這裡射擊總統，應該打到背心。

他口中未發出「砰」的射擊聲，蹲下身撿起被踩得扁扁的棒球帽。

「這頂？」

財哥點頭：

「好像是。」

「收進證物袋。」

魯副局長採集到第一件證物，可能留下凶嫌DNA的證物。

第二名證人是華陰街住戶幾乎都認得的大嬸婆，鞭炮是她的。

「沒啦沒啦，明天迎神才買鞭炮，總統難得來，就先放了。」

經查證，明天為神明生日，不少商家準備鞭炮迎神。大嬸婆十九歲嫁至華陰街，除了回苗栗娘家，六十年來幾乎沒離開過。沒人雇她放鞭炮，沒人免費為她送來鞭炮，她尊敬鬼神罷了。

她看見車上的里長伯，馬上叫孫子拿出鞭炮以竹竿撐起架在水溝蓋的縫隙內，以她顫抖的手拿打火機點著引信。

廟方證實明天為齊天大聖孫悟空生日，已向市政府申請神明繞境活動在案。魯副局長沒問孫悟空明明是幾百年前小說家創造的人物，生日？孫悟空拿得出出生證明嗎？

第三名證人是香港遊客冼先生，兩天前入境，住西門町的旅館，與妻女三人同行，一早逛來華陰街吃殺西米和甜甜圈，事前不知道總統車隊來此拜票。

「我站在吉普車前面，對，那個騎樓，看見總統像肚子痛那樣彎腰抱住肚子，很多警察就拔槍了。」

初步檢驗，冼先生身上可能的武器是架手機的延長桿，兩手十隻指頭無火藥味，無火藥反應。其妻女亦無可疑之處，留置半小時查證身分即釋回。不是釋回香港，是由他再去排隊買甜甜圈。自從吃飯這件事和美食ＰＯ上網結合為一體後，魯副局長懷疑就算彗星撞地球，也阻止不了人們吃到網紅美食的決心。

趕去醫院的局長傳來消息，目前僅知總統腹部中彈，不確定傷勢如何。

收起手機，魯副局長繼續審視現場。候選人的吉普車經過國安局特勤中心送廠加強安全設備，駕駛座後方全開式的車廂以三面防彈玻璃包住，背後則由兩名特勤人員充當人肉盾牌的擋著，唯一可乘之機是總統退到兩側防彈玻璃的尾端，而且特勤人員未即時補上空隙。

若背部中彈，總統為什麼身子朝前傾？若背部中彈，局長為何說總統腹部受傷？他抬頭看兩側的舊公寓。另一個可能，槍手在高處，吉普車沒有頂棚，往下開槍再輕鬆不過。

每個角落都可以射殺總統，但問題在於歷年的紀錄明明白白，總統進菜市場、進住宅區、進公車站，見到手便握，近距離的接觸從未發生過意外，最大的傷害不過是握太多手的筋肉發炎，這回居然有人對總統開槍！

你也卡好，這裡是嚴格管制槍枝、街頭掛滿監視器、從小讀《論語》、人人會用拇指與食指比「心」的台灣耶。

總統於吉普車上中彈，車隊按照國安局特勤中心指示，急駛至距離十五分鐘車程的興安內外科綜合醫院。週六沒有門診，可是聽到警笛聲趕來看熱鬧的人不在少數，台北市警局局長已帶隊站在門前清出一條通道，特勤人員圍住的擔架由防彈盾牌護住，直送手術室。

當天執班的副院長是外科權威，率三名醫師戴口罩與手套的等待，馬上引領擔架入內。兩名特勤人員與競選辦公室主任隨著進去，手術約一小時，院方對外表示，將做更進一步的檢查，至於總統健康狀況將由總統府統一發布。

兩架直升機盤旋於醫院上空，憲兵指揮部出動三輛雲豹輪式裝甲車開到，三挺五〇機槍發出清脆金屬音的上膛。

第一條新聞出現於網路：

總統許火生於今天上午九點十七分在北市華陰街拜票途中被不明槍手刺殺，已送往興安醫院，迄今仍手術中，生死未卜。

副總統胡翠麗出現於電視新聞，她神情凝重的說，事出突然，又遠在台中固票，目前不知總統傷勢情況如何，無法發言。她將立即返回台北，暫不對「中止選舉」表達任何立場。

立法院長出現在下一段新聞，呼籲全體國人不分黨派為總統祈福。

魯副局長明快鎖定槍擊案的兩個現場，一個在華陰街，一個在總統搭乘的吉普車。結束華陰街初步檢視，他趕到醫院，不願浪費時間和圍住吉普車的國安局特勤中心人員溝通，要警員攔住特勤人員。他大步上前，大手撕開封鎖條，領鑑識組同仁進停車場，他交代：血跡、彈痕、行車記錄器，最重要的莫過於尋找彈頭。

迄今為止，誰射擊、用什麼槍射擊、射擊了幾發、擊中總統哪裡，沒一樣搞得清楚，甚至擊傷總統的是不是槍也還待求證。

候選人的競選用吉普車由許火生的支持者提供，車子分兩部分，前面駕駛座，可容兩人；後面無頂蓋的車廂，拆除座位，加裝扶手金屬管與防彈玻璃。

鑑識組行動迅速，三分鐘後報告：駕駛座的玻璃沒有磨擦痕跡、坐於其中的駕駛與許火生競選總幹事已由大同分局留置靜待調查、車胎無損、車體無損。

七分鐘後再報告：後車廂新裝供候選拜票時立於其上的金屬扶手桿發現磨擦痕跡。

八分鐘後報告：於後車廂平臺的尾部夾縫處找到一顆彈頭。

凶嫌確實以槍攻擊總統。

魯副局長剛過完五十七歲生日，他手一撐帥氣的跳上後車廂，沒人鼓掌。鑑識人員掌中的銀色彈頭比花生米略大，目視，表面三道細微的擦痕。

「送鑑識。」

刑事局支援的鑑識車輛開到，十二分鐘後報告：鉛製彈頭，初步研判，先撞擊吉普車扶手桿，彈至鐵製車廂地板，再滾到車尾夾縫間。應為土造九毫米手槍用鉛製彈頭，表面粗糙，底部刷出未完全引燃的殘餘火藥粉末，但不是擊傷總統的彈頭，未驗出血液反應。

吉普車列為證物，由魯副局長簽字交給身後擺出臭臉的特勤中心少校，車子由大型拖吊車拖回市刑大做進一步檢驗。他還需要其他彈頭，至少得找到擊傷總統的，至少有血漬的。

沒等總統手術結束，魯副局長即轉回華陰街，現場查獲新的證物，找到彈殼了。車上他對著手機吼叫：

「土造子彈，脫不了黑道關係，查那兩個改造槍枝的專家，叫什麼？對，軍火師和鐵匠——等等，記得軍火師殺人罪判無期徒刑坐牢吧，查查，馬上逮鐵匠，罪名隨便你們掰，要是檢察官廢話太多，拿我名片請鐵匠喝茶，操，他愛喝二十五年威士忌就請他喝，我買單。」

醫院到華陰街很近，他收手機，一下車便蹬蹬蹬的進入街旁的快樂賓館。

快樂賓館與民宅同一大樓，七層的老公寓，賓館是二、三、五樓，一樓為黑白切的小麵館，六、七、八樓為住宅。因忌諱，沒有四樓。櫃檯設於二樓，當班的是名四十多歲婦人，穿過緊的七分褲、過高的厚底鞋，她蒼白的臉孔撇向一側，可能魯副局長面貌凶惡，她不願意留下驚悚記憶。

「休息兩小時五百元，沒留客人的資料。」

「炮館？」魯副局長問額頭上拴了把梳子的婦人。

「是，炮館，打完炮提了褲子就走，老闆沒要客人填資料，他只認得新台幣。」首先發現賓館可疑的警官小賴回答。

「出事時候五〇二號房住什麼客人，長什麼樣？」魯副局長認真的看婦人下眼眶兩枚半月形保溼片。

「沒客人，沒人週六一大早帶查某開房間。」仍是小賴回答。

「老闆呢？」魯副局長眼神轉到指頭間纏了衛生紙的十隻不同顏色指頭。

初步排除婦人涉案嫌疑。

「喝醉了，躺在後面房間。」小賴再答。

暫時忘記婦人與梳子，魯副局長隨小賴上樓進五樓五〇二號。

三樓與五樓出電梯即鐵門，開門後是長廊和一間間空洞的客房。進五〇二號，右手邊浴室，再見到一張雙人床，疊成三角形放在床腳的淡紅花朵棉被，左手邊一張三夾板釘的梳妝臺，配一把塑膠椅，無藏匿空間。

面對華陰街的窗臺上，整齊的立著兩枚古銅色的彈殼。

「軍用步槍子彈？」

「看起來是。」

「鑑識組的，徹底搜查這間房，鞋印、指紋，他媽的每根屌毛都不放過。」

醫院傳出好消息，穿手術衣的副院長惶恐的面對幾十支麥克風：

「總統一切安好，子彈穿過他腹部——」

不知哪位女記者發出尖叫。

「對不起，不是穿過腹部，是擦過他肚皮，皮肉傷，縫了七針。讓總統休息一下，大約一個小時後可以出院。」

像蜜蜂窩被一棒子打爛，激動的記者發出幾百幾千隻蜜蜂搧動翅膀的嗡嗡嗡，副院長瞬間被麥克風包圍、被埋葬，近乎被消滅。

總統的傷勢不嚴重對台北市警局意義不大，照樣是槍擊案，照樣得抓到凶手，照樣得破案。會議室內坐滿各級主管，與刑事局派來名為支援實則坐鎮掌控進度的主任祕書。

市警局局長不能離開醫院，他得陪同警政署長與內政部長守著院內的總統，當總統麻醉醒來見到局長，據信總統會心安，局長會升官，局長是總統於市長任內一手提拔的。

召開會議的魯副局長跑步進來坐下，喘著大氣看面前腎臟模樣的外科用金屬小盆子，從遠看而近看，看得幾乎鬥雞眼。盆裡躺著一顆金色的彈頭，旁邊則是深藍色的總統西裝上衣。

果然是槍擊案。

「射傷總統的子彈終於找到了。涉及總統，事大，我按興安醫院副院長寫的診斷書唸，免得出錯。」

他戴上老花眼鏡，仰起下巴看紙張，但沒唸出聲。不久他取下眼鏡：

「寫了一大堆，還是我講重點吧。射中總統的子彈不是從他腹部取出的，從他西裝內襯。」

看了一旁的刑事局長官一眼，再掃視其他十多名同事，果然所有人已集中注意力。這樣才對，繃緊神經。

「子彈擦過總統肚皮，吉人天相。醫師手術時沒發現子彈，是把總統西裝掛到衣架上的護理師發現的，有東西掉到地面，她撿起來看，是顆彈頭。醫院說比對彈頭上的血液，和總統的血型一致。」

沒人舉手發問為什麼彈頭在西裝內。

「鑑識組檢查西裝，子彈射過總統腹部，喪失尾勁的落進總統西裝，卡在絲質內襯間，被護理師一掛，掉了出來。金色的彈頭，鑑識組認定為銅製的，九毫米手槍用，應該和總統車上找到的鉛製彈頭來自同一把手槍，極可能為土造手槍。」

沒人發問為什麼一顆銅製彈頭，另一顆卻是鉛製彈頭。

「鑑識組檢視了快樂賓館五〇二號房間裡找到的兩個彈殼，一般常見的七點六二毫米口徑步槍用子彈，彈殼內驗出燃燒後的火藥殘渣。」

沒人對步槍彈殼質疑。

「步槍子彈的彈殼。原來我們以為凶槍是九毫米改造手槍，現在跑出來七點六二毫米的彈殼？你們曉得步槍和土造手槍有多大差別嗎？」

魯副局長兩隻三角眼又冷冷瞄遍在場所有人，老同事、老部下，大家了解魯長官快失去耐心了，果然他尖酸的說：

「步槍和手槍，懶叫比雞腿。」

刑事局主任祕書悄悄的笑了，他和魯副局長是刑事局老同事，他的笑表示對綽號蛋頭的魯副局長忙碌半天後恢復正常感到欣慰。

「辛苦大家，這麼短的時間內找到兩顆九毫米的手槍彈頭和兩顆七點六二毫米的步槍彈殼，玄吧。你們用過手槍和步槍，在場的嚴老大原來是陸戰隊的士官，想必槍打多了，請教各位專家一個問題，能不能用七點六二毫米的步槍發射九毫米手槍用的子彈？不然怎麼解釋我們只找到步槍彈殼和手槍彈頭？」

所有人皺起眉頭的低下眼神，尋找桌面上螞蟻的腳印，會議室內益發安靜得幾乎能聽到老鼠咬番薯皮的聲音。

「馬和貓不能配對，鋼筆不能塞進原子筆套，尺寸不合。大家說說，七點六二毫米的彈殼怎麼和九毫米的彈頭湊在一起？」

「大膽的假設，」快被魯副局長瞄成一號嫌疑犯的市刑大資深警官嚴老大吞吞吐吐的回答，「報告副局長，現場可能有兩名槍手，一人站在街旁，一人在快樂賓館五樓。」

「漂亮，兩名槍手，一個拿改造手槍，一個拿長得可以當掃把的步槍。我們沒找到手槍，倒是找到彈頭；我們找到步槍用的彈殼，卻沒找到彈頭。好吧，假設拿手槍的槍手甲開了槍，趁鞭炮的煙霧沒散，趴地上摸到彈殼跑離現場。拿長槍的槍手乙瀟灑多了，開了槍，刻意把彈殼整齊排在窗臺，他潔癖，他強迫症，他是他媽的習慣把棉被軍毯摺成豆腐乾的老軍人。排好彈殼，他高興了，揮揮袖子的收了槍下樓過街到京站吃米其林認證的烤鴨去。我的假設不錯吧？」

當長官說問句，未必想要得到答案，大多以此表明他早有答案。無人回應，魯副局長再說：

「現場射擊的位置，拿手槍的槍手應該從吉普車後面沒有防彈玻璃的地方射向總統，為什麼總統中彈的位置是肚子而不是背部？拿步槍的從五樓射，總統中彈的部位為什麼不是頭部、肩部？鑑識中心，做彈道分析報告。」

有人進會議室將一個牛皮紙袋送進鑑識組長手裡，魯副局長斜眼、右手五個指尖依序的敲桌面：

「老婆送愛心午餐？」

組長像掏出私房錢銀行存摺似的緊張兮兮展現一個小塑膠袋，裡面是黃色濾嘴的菸屁股，燒得徹底，只剩焦黃一圈的黃色濾嘴。

「華陰街快樂賓館五樓五〇二號房，除了窗臺上放著兩個彈殼，我們在窗臺下的地板找到一個菸屁股。因此推測殺手預先躲藏於這個房間內，等待總統吉普車抵達前抽了菸。」

「有什麼特別的地方？」

「日本的 Hope 香菸，短的，叫 Short Hope，短的希望的意思，查過，台灣市面上沒賣，松山和桃園機場的免稅店也沒賣。」

「很好，槍手抽台灣沒賣的日本菸，抽完了還扔在賓館房間的地板，證明他去過日本，愛旅行，常吃叉燒拉麵？」

「報告副局長，華陰街這段，兩側的民宅沒有空屋，趕到現場的小賴判斷只有快樂賓館可能藏匿凶手，領人一間間清查，查到兩個彈殼和一個燒得只剩濾嘴的菸屁股。」

「說些我不知道的，好吧，記小賴一個功。還有呢？」

鑑識組長像掏出愛情旅館住宿發票似的緊張兮兮展現另一個小塑膠袋，現場採集的鞭炮碎屑。

「副局長，我們匯集現場的鞭炮碎片，經過清查，裡面沒有彈頭或彈殼。向商家詢問，鞭炮都向同一商店買的。我們再查那家商店，老闆坦承向地下炮竹工廠進的貨。尋線追查，炮竹工廠在嘉義，已聯絡當地警局協助調查。」

魯副局長的目光轉向大同分局局長：

「小范，你的管區，為什麼放鞭炮，現在有誰家裡沒事買幾串鞭炮等過年？孫悟空生日要放鞭炮？環保署不是禁燃鞭炮了？」

「詢問過，商家準備迎神用的安全鞭炮，神明生日是民間信仰，我們不能禁止。大嬸婆向我們說明店內五天前買的鞭炮，不是用來歡迎總統，看見吉普車上的里長才拿出來放，因為里長常照顧她店的生意，又是老鄰居。」

「不是用來歡迎總統，多傷總統的心。市政府不是一再勸導商家不能於市區燃放鞭炮，除了大嬸婆，其他商家也放，商量好的嗎？」

「有人先放，其他人跟著放，群聚效應。」不知誰提出社會學的理論。

「凶手得事先知道老孫的生日，知道商家買了鞭炮，知道快樂賓館專做ＱＫ生意還不查客人的身分證，不裝監視器，不怕老婆找到錄影畫面抓姦，然後凶手在這些掩護下開槍，比聯軍登陸諾曼地準備得更完善。」

「是。」大同分局局長無可不可的應了一聲。

「計畫這麼周延，我推斷凶手連特勤中心的總統行程表都有，卻拿把土造手槍打總統？一發沒中，另一發只打到肚皮，不打第三發，怎麼解釋？」

沒人想解釋，困惑的不只魯副局長一人。

「嘉義警局回報沒？別等他們，鑑識的派一組人趕去嘉義，說不定造子彈的和造鞭炮是同一家地下工廠。」

鑑識組長馬上起身離席。

「我們現在可能有兩名殺手，明確的有兩顆彈頭、兩顆彈殼。他們知道總統的拜票行程，知道大嬸婆店裡準備了迎神用的鞭炮，推估是集團組織有計畫的刺殺總統。誰那麼想打總統一槍？動機，總統有仇家嗎？他被打掛掉誰得到好處？」

不知誰開的口：

「說不定是競選對手盧彥博幹的。」

魯副局長彈起舌頭：

「嘖嘖嘖，多好，有凶嫌了。派你去說服檢察官到圍了幾萬名支持者的盧彥博競選總部抓人？別怕檢察官，決定你升官還是調東沙島的是我。」

「要不然，說不定總統保了幾千萬的險，有人想分保險金。」不知誰試圖轉移魯副局長的火力。

「小說看太多！他兒子寧可當王子，而且總統就一個寶貝兒子，總統再當四年的退休金絕對比保險金高。」

會議室安靜了一陣子，再出現一個聲音：

「地下賭場，聽說今年賭盤開得很高。」

「這就對了，凡開盤賭總統選舉的統統列為偵查對象，都黑道對不對，市刑大偵八隊是我們偉大的重案組，到現在還裝聾作啞，馬上調查。需要上級協助的，刑事局主任祕書在這裡，請他吃飯、喝酒，請刑事局反黑科幫忙。」

刑事局主任祕書點頭表示同意吃飯喝酒與指派反黑科協助辦案。

忽然魯副局長將三角眼睜成兩顆鴿子蛋：

「操，找出手槍的彈殼和步槍的彈頭！」

會議結束時魯副局長看了看掛鐘，十二點了。

一個早上過去，總統沒死，警方除了兩顆彈頭與兩顆彈殼外一無所獲，刑事局主任祕書臨走前貼魯副局長耳朵說了兩句話：

「找前任反黑科副科長更有用，他對付黑道幾十年，是老江湖。」

送走上級單位，魯副局長總算略為放鬆，打開抽屜找香菸，沒找到，他抓原子筆轉了幾下再扔下，蹺起腳講手機：

「老伍，喂，他媽的老伍，我蛋頭，你才退休幾個月連我的聲音也聽不出來？你脫了制服天天吃香喝辣的，膽固醇高到喪失友情啦。總統的事，你非得幫忙，你是刑事局反黑科的元老，我要知道誰賣的槍、誰做的子彈——沒空？總統被人打一槍，你他媽說你沒空，是人嗎？老伍，一天警察一世警察，就算保險公司每個月付你一百斤重的金塊，也不能忘本。

「重點，兩顆土造手槍的彈頭，兩顆制式七點六二口徑步槍的子彈彈殼，不同地點找到，八成和黑道脫不了關係，黑道你熟，幫我問個究竟。對，替我調查今年選舉地下賭盤的各地盤口。

「少廢話，一起吃中飯。不行，我急，喂，喂，老伍——事情辦成，我幫你在市警局擺張桌子拉保險，誰不保，我瞪死他，可以吧。」

3

總統候選人盧彥博於十二點抵達興安醫院探視受槍傷的另一候選人許火生，沒見到面。醫院表示總統麻醉恢復中，許火生的競選總幹事客氣的陪盧彥博步出大門，親密的握手好讓圍在外面的相機、手機、攝影機拍照記念選戰難得沒有戰火的一刻。

盧彥博未立刻上車離去，面色沉重的對媒體激動的譴責暴力，不齒恐怖分子的手法。為選舉公平，他語氣高昂的說，即時起他主動暫時停止所有競選活動，期望火生仔早點康復，重新開始君子之爭。

盧彥博大許火生五歲，已六十八歲，這將是他最後一次的選舉。投票前十四天，民調領先十一個百分點，沒想到突然得眼睜睜看著選舉可能被法院沒收。

投入選舉的財力、人力與精神，沒辦法從頭再來一次。盧彥博回他的競選總部找了所有幕僚開會研究對策，得出一個結論：不能讓總統死。總統死，執政黨就算推台灣穿山甲選總統，選民的痛恨暴力的憤怒之下，也一定高票當選。如果總統沒死，接著得於最短時間內證明槍擊案與盧彥博無關。對選戰最有幫助的是盡快找出凶手，司法的歸司法，才能公平的選下去。

最怕的是即使警方知道凶手是誰，卻拖到選後再公布，故意讓選民維持同情許火生的熱度。畢竟許火生是現任總統，權力在他手上。

競選總部私下做的民調比媒體做的準多了，原本領先的差距正快速縮小之中，尤其中南部。台灣人有項要命的特質，同情心天下第一強，明明兩個陣營都停止競選活動，電視臺、網路一再重播許火生中槍的畫面，等於幫許火生拉票。

穩住領先局勢，最直接的做法是盡速破案。

幕僚提出一個人選，前刑事局反黑科警正副科長老伍，已經退休，可是黑白兩道關係仍在，於警界有相當分量。而且當年盧彥博擔任新北市長期間，老伍恰好也在新北市刑大工作，彼此認識，有交集。

如果老伍答應，盧彥博陣營多了有公信力的前警官監督偵辦總統槍擊案的台北市警局，每天早午晚各開一次記者會說明案情進度，能對市警局施加壓力，也能避免外界將凶手與盧彥博產生聯想。

政黨的傾向分析，老伍無黨無派。問了他的朋友，老伍不很喜歡許火生，老伍妻子根本是盧彥博粉絲。不少民眾仍記得去年老伍在寶藏巖槍戰事件負傷打死凶手的戰績，他是英雄，講話有人信。

做成決定：找前刑事局反黑科副科長老伍加入競選團隊。

槍擊發生後除了醫師，沒人見過總統，即使總統夫人、副總統一律被擋在病房外，競選總幹事守在門口委婉的拒絕任何人探病。

盧彥博剛走不久，許火生的大學同學房德敏來了，他們倆是台大法律系同屆同班的同學。房德敏赴美念到博士後返台出任他父親一手創辦的四海集團總經理。眾所皆知，許火生選立委起，房德敏便是他背後最大的支柱，為他拉攏商界，為他籌募競選經費，根本是許火生最大的金主。

房德敏與總統間的關係不是祕密，上次選舉與這次選舉，許火生的競選總部都由四海集團提供。競選團隊需要的車輛、電腦相關設備，亦來自四海的關係企業。

三年多前許火生以出乎各大媒體預料的爆黑馬當選後，房德敏公開宣布不進總統府、不進總統官邸、不打電話給總統、四海集團不參與政府的任何標案，直到許火生競選連任前，房德敏的確實踐了諾言。

——距離投票日，還有七天——

距離投票日還有七天，許火生被暗殺，房德敏這才一個人進入醫院、進入病房，二十分鐘後離開。他不接受記者採訪，只對外面圍觀的人群喊「總統沒事」即鑽進大賓士閃人。大家感受到他對老同學的關心與焦急。四海集團的公關也對外說明，總經理與總統是老同學、好朋友，屬於私人情誼，與公司無關，因此無法代替房德敏發言。

房德敏很快被媒體甩到一邊，許火生競選總幹事步出醫院，他帶來好消息，總統預計於傍晚出院，醫師再做一次檢查，若狀況許可，當恢復競選活動。

看來總統真的沒事了。

電視臺的名嘴分析，房德敏探視許火生有兩個重要意義，一是確定他們投資的總統是否安好，二是如果許火生無恙，要求許火生恢復選舉以展現勇氣。四海集團做事一向嚴謹。四海的不具名員工爆料，房德敏以基金會之名私下做的民調，許火生中槍後的支持度已經追到只差盧彥博四個百分點了。

房德敏的父親八十三歲，當SSB電視臺記者追蹤房德敏返回公司，意外拍到在公司大廳內迎接房德敏的居然是坐輪椅的父親。房父十多年未在公開場合露面，推輪椅的是安全部經理趙佐。

四海集團內的安全部門很大，保護產品的商業機密、保護房家大大小小十多名家人的安全。趙佐畢業於警官學校，台中市警察局主任祕書卸任後退休轉到四海集團，警界的老人，他於房德敏返回公司後不久叩了老同事蛋頭的手機，沒人接，但留下訊息：

「魯副局長，得空煩賜電。」

蛋頭不能不抽空趕至民生東路這家僻靜的日本料理店，沒有桌子，料理臺前八張空著的椅子，就他一個客人。戴小圓白帽的料理長不問客人要吃什麼的即送上冰得燙手的啤酒和一碟小菜，蛋頭吃了一口，趙佐進來，拿出手帕擦汗再拍拍蛋頭肩膀：

「副局長，忙啊？」

「學長，兵慌馬亂，有話直說，我得趕回局裡。」

趙佐的手機伸到蛋頭面前，興安醫院副院長開記者會中。

「傷勢很特別。」

「半小時前知道了。」

「天底下哪有這麼巧的事。土造子彈的品質差，如果用的是土造手槍，談不上瞄準，槍管沒膛線，子彈到處亂竄，怎麼可能剛好擦過總統肚皮？」

「調查中。咦，你老闆不是許火生競選最大的支持者？」

蛋頭見到趙佐腰間繫了顆小小的彈頭，打趣的問：

「槍傷總統子彈的彈頭？原來有三顆彈頭，踏破鐵鞋無覓處啊，學長，你要投案？」

趙佐摸金塊的溫柔摸彈頭：

「你曉得二十年前我出事那回吧，差點沒命，打我的那傢伙八成太緊張，手不穩，一槍打到我肚皮。巧不巧，那陣子腰閃到，綁了復健用的護腰，子彈卡在金屬釦。他見我沒事，張口結舌的發愣，我不客氣，一槍打中他胸口。後來送醫院，醫師說老天保佑，我連皮也沒擦破，那天起我綁條鍊子拴彈頭，收在身邊當護身符。副局長，九死一生，感謝這顆彈頭，你不也有護身符，聽說鎮瀾宮廟祝為你向媽祖婆請的。」

蛋頭掏後褲袋、掏皮夾、掏出皮夾內摺成八角形的紅紙：

「我老婆向菩薩請來的，我的護身符是我老婆，懂吧。」

趙佐哈哈一陣大笑，向只懂日語的料理長說國語：

「老樣子。」

趙佐才朝裡面走去，一個瘦長的人影出現在他背後，是四海集團的房德敏，依然深色西裝，頭髮梳得服貼，戴細框眼鏡，不等蛋頭起身已坐在旁邊。

「副局長，能打個商量嗎？」

「請說。」

「總統的案子請徹底追查，光天化日攻擊總統，太不像話，勿枉勿縱。私下一個請求，逮到凶手先讓我知道，早一個小時，早十分鐘都行。」

蛋頭在警界混了三十多年，如今身為台北市警局副局長，練成無變化的表情、無起伏的聲調。

「責任所在，房總放心，一個原則，盡早破案。」

「立場一致。」

「能問為什麼想提早知道嗎？」

「我支持火生仔不是新聞，可是不能影響公司聲譽，萬一兩顆子彈不那麼意外，我得設法自保。」

「當然。總經理，我也有件事和你商量，我一個小老妹，以前國防部的，槍戰受傷送進療養院，後來下落不明。你們是療養院的主要贊助者，能不能幫我打聽她去了哪裡，讓我小老弟見見他以前的這位女同事？」

房德敏毫不遲疑：

「行。」

「一有消息，我打給趙佐學長。」

「有其他需要，對趙佐說。」

蛋頭將五百元鈔票放在啤酒瓶下，告辭離去。

一向不吃免費的，不收禮物。他不貪小便宜，和清廉的關係小，與遺傳性的龐大自尊心關係大。

兩顆不一樣顏色的子彈彈頭、兩顆步槍用的彈殼，總統僅腹部挫傷。不是刑事案件，根本政治事件，他的烏紗帽即將毀在這個沒有屍體的案子。

蛋頭看看表，催司機加快速度，他還有一攤。

蛋頭急，他不參與政治，卻懂政治，這個關鍵時刻得把所有線索抓在手裡。如果投票日之後逮到槍手，他絕對被罵成政治性故意壓案子，掩護總統；投票日前逮到槍手，分散總統中槍的吸票力道，總統不高興、行政院長不高興，各級長官不高興，他免不了被罵成盧彥博支持者。

兩陣營目前五五波，許火生連任成功，案子還沒破，盧彥博陣營和媒體會把他罵到臭頭，勝利的許火生興奮之餘，宰個台北市警局副局長平息眾怒，不會手軟。若許火生連任失敗，盧彥博當選，他照樣因未能在投票前破案，被新政府罵到臭頭，盧彥博不會嘉勉他，宰了他可以平息許火生支持者的憤怒。

離投票僅七天，他的副局長官位也只剩七天。目前兩個候選人旗鼓相當，不知該朝誰下注，得把證據和凶手抓在手裡，到時再看情形怎麼處理。

有凶手有證據，才能談條件——無論跟哪個當選人。

他對手機吼：

「找不到人？叩他手機，叩到他回話為止。」

再對司機說：

「那間滷肉飯的館子。」

4

老伍是刑事局資深刑警，八個月前滿六十歲那天退休，一天不多留。槍傷在家休息兩個多月，飯來張口，報紙來伸手，成天穿睡衣打赤腳，眼看由老婆的前世情人快成來世仇人，老長官介紹進了保險公司，受訓三個月後成為理賠調查員。兒子問他什麼是理賠調查員？

「我的工作是想盡辦法，合法的想盡辦法不賠償保險人。」

兒子愣了愣，勉強的回答：

「爸，你的新工作好像不太人道。」

工作就是工作，和人不人道無關。

此刻他在死者家裡，設法解釋公司不能理賠的原因。

來之前他特別搭四十分鐘的捷運到長安東路的犁記餅店前，再排半小時的隊，殺進重圍的買了盒綠豆椪。年紀累積經驗，送禮要讓收禮者體會得到心意，商品牌子便是心意，因而他得到喪家一杯機器煮的咖啡。

設法婉轉說明死者的死因與保險金理賠給付的關係。

兩個月前內湖十五層高的大樓在傍晚時分傳出驚叫聲，一名散步的婦人在庭院內見到屍體，四肢皆呈不正常角度的男性屍體。稍後死者妻子、女兒與警方幾乎同時趕抵現場，一個家庭少了丈夫與父親。

警方鑑識結果認定死因在於後腦的重擊，可能遭人持球棍之類的凶器打中而致命，也可能墜落至地面時後腦著地。

從死者仰躺面向天空的模樣與從後腦採集的草屑、土粒來看，死亡原因縮小至失足或自殺。再勘查死者的住處，陽臺高及胸部，室內反鎖，無其他人的指紋，不慎失足或被推下樓的機率甚低，況且死者體內無酒精反應。兩個月後檢方根據警方的調查，宣布死者為自殺墜樓，別無他殺嫌疑。

家屬不能接受。死者生前為餐飲集團的分店經理，工作正常，無仇家，年前做過的健康檢查也一切無恙，沒有自殺的理由。至於警方查證死者剛被公司解雇，導至心情不佳而一時想不開的可能性，家屬亦主張他對解雇一事不在意，說他找到投資人，計畫自己開餐廳，心情好得很。

但最終，檢方仍以自殺結案。

老伍的工作便是再做一次解釋，保險法第一〇九條規定，如果保險人故意自殺，必須在保險兩年後才給付理賠。

「他付了好幾年的保險費，晚繳一點，你們像閻羅王索命似的一天催三次，比銀行催繳房屋貸款還急。現在你們說不給付？」女兒鐵青臉孔質問老伍。

老伍想解釋卻張開嘴又閉上嘴。死者已經七個月未繳保費，處於停保狀態，家人顯然不知道，他該說嗎？

「我們家全靠他賺錢，房屋貸款還有七百萬，你叫我們怎麼辦？」遺孀以哀怨的口氣問老伍。

老伍被逼得不能不說出斷保的實情，於是沒喝完咖啡便被趕出門，他認命，沒人喜歡理賠調查員。同層樓每一戶都開門看小偷似的看老伍等電梯，等著逃走。他想到以前處理命案，找出死者身分，警局一向安排適當的警官赴喪家通知，由女警官出馬最佳，女人天生比男人多了種安全感，兒子不是也常對他說：

「媽不在家啊，晚上吃什麼？爸，不要穿圍裙，不要進廚房，求求你，我請你去巷口吃麵好不好。」

下了樓，平空掉下一件東西，犁記的綠豆椪禮盒，幸好沒砸中老伍，卻無巧不巧落在死者墜樓的位置。他很想撿回來，綠豆椪碎了也好吃，畢竟是他掏自己荷包專程去買的。

然後手機響，陰陽怪氣的聲音，老伍沒好氣的問：

「你哪位？」

陰魂不散的蛋頭找上門。

應付完蛋頭，手機再響，這次是個女人的聲音：

「老伍，怎麼，退休以後連老朋友也不見？我爸找你，過來喝咖啡。」

他是不是該補回沒喝完的那口咖啡？

二十七分鐘後，老伍坐在刑事局對面巷子裡茱麗的咖啡館，永遠不老的茱麗仍然黑絲襪配高跟鞋，見到老伍，小碎步迎來，抹得鮮紅的食指戳向已下垂的老男人胸肌：

「聽說退休賣保險？為什麼不來找我，雖然小店小本生意，老交情還在，我汽車的第三責任險以後交給你？」

茱麗三十七歲離婚，應該說她踹她前夫出門，一毛贍養費沒要，赤手空拳開了咖啡館。退休前刑事局的工作壓力太大時，他就近躲進咖啡館，久了和茱麗成為朋友，原本有點性期待，認識茱麗爸爸後，老伍立刻比冰庫內的沙丁魚還冷靜。茱爸是黑道大哥大，雖然自稱已退休，老伍從沒見過真正退休的大哥。

茱麗細長的手指抓住老伍外套衣領，

「退休這幾個月跟老婆處得來吧，別太煩人，叫你來我這裡坐坐陪我爸聊聊天，不聽。怕什麼，我又不拉你上床。老男老女，喝杯小酒，看你緊張的。對，好像我房子的火險也到期了，一併由你幫我辦。」

沒推辭，沒解釋理賠調查員與保險業務員之間的差別，老伍一個勁的點頭表示感激。

茱爸老樣子坐在門口大陽傘下的藤椅閉眼養神，老伍正要往他對面坐下，卻見一個東西從茱爸肚子跳出來。那頭至少五種顏色的老花貓四隻爪子抓牢地面的拉直身子做瑜伽，不屑老伍的搖搖尾巴走了。
老貓十二歲嘍，精神好得很，看樣子茱麗拿手的香煎鱸魚對貓的健康有益。
「伍警官，坐。自己來。」
老貓走了，茱爸坐正身子，朝老伍指指桌上的茶壺。
「是，老人家幫盧彥博助選？」
「人呀，在社會上混幾十年，渾身上下纏了理不清的蜘蛛絲，這個關係，那個關係，全是關係。聽說許火生被槍擊的新聞了？網路上信口胡說的賴盧彥博幕後指使，操，領先十幾個百分點，有必要找槍手打老許一槍嗎？有理說不清，總之得在投票日前找出證據推翻老許陣營的指控。盧彥博那裡商量過，你有聲望、有公信力，他找上我，指名要你。」
「我退休一年了。」
「少來那套，你的本事人家調查得清清楚楚，非你不行。價錢你開，要是破案，再追加這個數字。」
茱爸比了「1」，老伍沒問是一百萬、一千萬。
「不談錢，欠你人情，早點還了我能透口氣。」
「需要什麼儘管說，我在道上還有點人脈。」
「隨時和你保持聯繫。」

「兩個彈頭和兩個彈殼對吧？伍警官，邪哪。」

「耐人尋味。」

「市警局的魯副座是你老朋友？人怎麼樣，挺許火生的還是挺盧彥博的？」

「魯副局長啊，他從不介入選舉，用他說過的話，一生唯一挺老婆。茱爸閱歷豐富，公務員還不誰當權聽誰的。」

「本來擔心許火生現任總統用權勢玩灌票那套老把戲，誰替他出的主意，搞兩顆子彈的苦肉計騙同情票，高招。」

正說著，茱麗推門出來，把平板塞給茱爸。看了一眼，茱爸抬起眼神朝老伍示意，老伍馬上摸出手機點開新聞網站。興安醫院副院長再開記者會，老伍聽得頭頂五隻痲雀往不同方向飛，不知從何追起。

副院長公開許火生傷處的照片，肚皮中央，肚臍上面一點，一道長十一點七公分的帶血彈痕，畫面雖有點模糊，看得出皮開肉綻。院方說明最深處達兩公分，幸好未傷及內臟，縫了七針，若定時換藥、不碰水，七至十天結疤、康復。和老伍上個月被開水燙了差不多情況。

記者搶著提問，副院長說明中槍的傷口處有無火藥反應不是他們的專業，病人送進手術室，他們救人優先，清理、檢視傷口，馬上消毒、縫合，所有用過棉花紗布都交給市警局了，由警方檢驗。

至於子彈怎麼僅擦傷總統的肚皮，院方不便置喙，請媒體問警方。

「槍手射得真準，」茱爸放下平板，「就算陸軍的神射手，也不能保證只傷皮肉，我要是總統，馬上十二道金牌下令找出這位槍手送去參加奧運射擊賽。」

老伍一向不回答沒證據的話，槍手對防彈玻璃與特勤人員保護下的總統開槍，兩槍中的一槍命中總統，當刺客勉強及格，居然畫過總統肚皮而已，但即使機率只有千分之一，也是機率。

茱爸不再評論槍手射擊的精準度：

「希望你在投票日前一晚，更深半夜也好，找出凶手，我們有時間對媒體公開真相，否則一開始投票，什麼也沒意義。兩顆子彈一場風，來無影去無蹤。」

沒吃茱麗的牛排，沒喝茱爸的普洱茶，老伍連水也沒喝一口，他沿著忠孝東路一路往國父紀念館的方向走，每天至少一萬步是他唯一的運動。

手機響，兒子回電：

「爸，小艾一分鐘後給你電話。」

果然才掛斷兒子的電話，小艾便出現在他手機。

「伍警官，我看了新聞，快樂賓館的彈殼比總統車上的彈頭重要。其他的，有機會再說。」

5

小艾正忙著炒龍珠，十一點上工，此時下午三點，他已經炒了今天的第二十二盤龍珠。離開華陰街，為躲開快樂賓館的槍口與可能存在的監視，繞很大一段路才進捷運北門站，準時抵達餐廳。他炒菜很少用鍋鏟，靠手腕力量拋、甩，右手甩完換左手，維持兩臂肌肉的平衡發育。

廚房是鐵皮搭進後巷的違建，夠大夠通風，小艾一手鍋，一手灑花生米，嘩的，炒鍋冒出一股神燈精靈登場前的濃煙。

換了幾家餐廳，這家待滿三個月，最久了。之前的小吃店生意不好，一再扣他工資，大館子的待遇未必好，會計小姐老追著他要身分證、健保卡。這家熱炒店的老闆老么不廢話，付薪水乾脆，從不要小艾出示身分證或廚師證。

熱炒店的菜色單純，在花椒和辣椒的香味裡容易忘記時間，一下子三個月了。老么主業不是餐飲，他私下賣黑槍賣藥，熱炒店的客人什麼行業的都有，方便做生意。面試時要小艾炒飯，他的理由是：

「飯能炒得好，炒菜就沒問題，我開館子的心得。」

小艾炒飯也不用鍋鏟，以長筷子邊甩鍋邊拌開飯糰的飯粒，表現的是手控制的力道與速度，看得老么直點頭，吃了兩口，改成搖頭晃腦：

「可以，飯粒顆顆分明，蛋香撲鼻，而且我還沒中毒掛點。」

老么一個人笑到爽，站在他身後的主廚臉皮不動的嚐了口炒飯，眼角抽筋的動了兩下，評語簡潔有力：

專業。

主廚不哈啦，做事認真，背部刺青，像龍又像蛇，聽說一清專案時在岩灣監獄用原子筆刺的，有形有體但不講究細節。沒人敢問到底是龍是蛇。岩灣出來再犯了傷害罪，前後蹲了十年牢房，認識的世界不在了，老婆帶孩子跟別的男人，心灰意冷，寧可炒菜炒飯，很少過問江湖事。

老么喚主廚目鏡，因為他戴了近視、老花兩用的眼鏡，小艾隨其他人喊他師父。的確半個師父，教小艾炒龍珠外，更教會小艾用油。油，中菜裡的大學問。

「沒別的，豬油第一。」

老么談生意才進廚房，坐角落貼牆放的小方桌，兩條胖腿杵向不同方向，擺個A字形，免得妨礙散熱。他一手提啤酒，和坐對面穿黑西裝，上衣後面腰帶旁突起一坨的中年男子說話。

「哥，大小事情我能幫得上忙，不二話，你開口，選舉期間上級壓力大？要槍要毒，你說要多少，老規矩，我給你地址，你領人去衝。如果要人，我湊兩個小弟當你業績，不過得保證，初犯、未成年，兩年以下，緩刑，不然我的安家費付不完，小生意，禁不起折騰。」

中年男子聲音低沉，只看得出他嘴脣動了動。

「唷，我的哥啊，別開玩笑，總統被槍擊我是看午間新聞才曉得，你不會要我交個殺總統的槍手吧？就算想幫忙怕也幫不上，不是聽講彈頭、彈殼兜不攏，聽來學問大，我哪裡去找個做子彈的專家給你拎了去報功。再說，哥，殺頭的事，別找我尋開心行嗎？」

中年男子發出一串笑聲，仍壓低嗓門講話。

「這可以，子彈兩顆，一顆銅頭，一顆鉛頭，沒錯？當然是中部綽號鐵匠那老屁股的工夫，陸軍軍械士官退伍，他做槍做子彈，你們情治單位媽的比我還瞭。我說說，鉛頭的當然成本低，不過朝模子裡灌銅、灌鉛，花的工夫一樣，買子彈的不在乎差那一點銅和鉛的差價，而是——」

老么認真的看中年男子。

「哥，你不會弄我？」

中年男子笑著從口袋裡拿出手機、皮夾和腰間的槍，再將西裝上衣朝兩側拉開，表明沒錄音。

「聽說過最初出了另一個鐵匠吧？他特別，做土造噴子，娘的還在不鏽鋼槍口裡刻膛線，他要是真閒，來幫我洗碗。對，他也做子彈，賣的子彈全憑KIMOCHI，高興時候抓兩把給你，銅的、鉛的，各種口徑的。是這樣，哥，聽說，純聽說，他改造手槍賺錢，子彈加減做，有什麼材料做什麼子彈，不拘銅、鉛。喝一口？不行，我渴，你陪我喝。」

老么朝正刷鍋子的小艾比個手勢：

「先來兩瓶。」

這是間網路上小有名氣的熱炒店，主要生意在晚上和半夜，老么不甘心白天空著要按月付租金的店面，中午也賣。小艾盡忠職守炒龍珠，按鐘點計酬，最初一小時兩百元，第二個月在目鏡堅持下，老么不能不調升至三百元。

老么開六間熱炒店，誰都曉得他表面是老闆，骨子裡是萬聯幫虎嘯堂的二把手，有個頗武俠小說的職稱，執法長老。有次他對小艾發牢騷，如今流氓不好混，圍事搶公家單位的標案，得有祖宗三代的良民證；開賭場，賭客向場子借錢不還的嗆「你砍我呀」。明明當了長老，不能不靠開小館子賺點錢養家活口，就卑哀。

小艾送去啤酒，當著中年男子的面以兩根指頭扭開瓶蓋。對方看了他一眼，沒反應。

「我打聽打聽，別再弄我，哥，你在調查局二十年，你我認識二十年，我他媽老二長幾根毛你不清楚。你瞭我為人，我老么不弄什麼狗屁土造噴子，要麼就克拉克、烏茲。啐，左輪沒意思，別人說它故障率最低，攜帶方便，我說啊，裝的子彈有限，而且轉輪總他媽讓我想到自助洗衣店的洗衣槽，槍管短更談不上準頭，射出去的子彈上下左右、東南西北的轉到哪兒算哪兒，沒趣。」

中年男子跟著呵呵一陣笑。

「哥啊，不是警察局辦總統的案子？怎麼勞動你們調查局，幹，不會總動員，國安局、國防部、情報局、憲兵隊全上？好，乾了這杯，哥，兩天內給你回消息。國家有事，全民有責，不求功，你請我喝酒賭帳，但，哥，千萬幫我保密，在道上混，抓耙子這事最忌諱，要是傳出去，我老么別混了。」

么哥轉頭再朝小艾招手：

「新來的，給我大哥炒盤龍珠，麻辣花生米多放點，我哥不怕嗆。」

龍珠指的是花枝的嘴，以前處理花枝第一件事便是摳了嘴巴扔掉，花枝全身上下就屬嘴最沒用處。後來不知誰覺得可惜，將花枝嘴裹了炸粉進油鍋炸得酥脆，一下子成了熱炒店名菜，如同江浙菜的東坡肉，北京菜的烤鴨，川菜的夫妻肺片，台式熱炒店沒龍珠就遜了。

龍珠雖說炒，其實先炸過，鍋子裡以熱油將辣椒、蒜末爆香後，加進龍珠、蒜味花生米、辣椒快速拌炒即起鍋，吃來辣、鹹、脆，喝啤酒最速配。

第一次炒就通過目鏡的檢驗，目鏡三十年尼古丁與焦油熏得沙啞的聲音說：

「沒人要的東西，我們把它炒得熱爆。」

小艾懂，像他，無父無母跟著沒血緣關係的外公長大，小學老師問他為什麼姓艾而外公姓畢，他張著嘴不知怎麼回答。他是被摳了扔掉的花枝嘴，要是不炸不炒，不能在洋洋灑灑的菜單裡擠個位置。

龍珠，天才想出的名字，鯉魚跳龍門而成龍，花枝嘴因油炸而成餐桌上的主角。

老么一百二十公斤重，腰圍與河馬相當，每回轉身子彷彿搬動地球，現在他搬了地球半圈，貼在中年男子臉旁看一張照片。

「沒見過，以前那個陸軍特戰隊的？涼山特戰隊是吧？狙擊手？欸，真沒見過，叫什麼？艾禮？成，哥，石牌到北投算我的，比他媽的條子查戶口還滴水不漏，非給你個交代不可。總統是他打的？」

中年男子滑出手機畫面讓老么看。

「嚇，經歷挺唬人的，真他殺總統的？我覺得不太對頭，陸軍射擊隊，到法國當過傭兵，怎麼淪落到拿把土造噴子朝總統噴？市面上弄把像樣的槍又不難。」

兩人停了話，卡茲卡茲咬龍珠和花生米。

「這樣，哥曉得我陸戰隊退下來的，在退伍老屁股裡算人頭還熟，我問問。這個叫艾禮的騎重機不？騎自行車環島不？河濱籃球場和老屁股鬥牛不？彈子房打網子拚九號球不？喜歡窩眷村菜的館子嗑水餃配高粱不？哥，好歹給我點情報，不然要我挨家挨戶敲鑼打鼓，」他拉大音量的喊：「我操你祖宗，你們家有個叫艾禮的沒？」

中年男子笑著為老么斟酒。

「個資愈多愈好，以前哪個旅、哪個營、哪個單位的，我放話出去，說不定這兩天就有人回話。台灣，哪個外交部長說的，鼻屎大，找個人不會找不到，花多少時間罷了，我盡速辦理。在家靠父母，出門靠朋友，就這樣，找到人，哥，你升官，我更有照應。你瞭老么為人，沒一寸肌膚乾淨，就愛國這點，誰也別想跟我爭。」

兩個人笑得像電影裡的金凱瑞，三公尺外能看見他們喉嚨內的小舌頭鐘擺般的顫動。

小艾重新洗刷乾淨鍋子，接過主廚遞來的菸，兩人站在後門抽兩口，算工作中的逗點，其間不免瞄了眼中年男子的背影。

終究追來了。不惹事，不開車，不買房子，不考公務人員特考，他躲進老鼠洞，發生槍擊案，所有單位還是找他。

艾禮曾在國外涉及三起命案。

去年總統府戰略顧問在羅馬被槍殺，小艾奉命動的手，接著合計背上四條半的命案：戰略顧問、狙擊隊同梯的大胖、捷克湖邊的狙擊手張南生、鐵頭教官，鐵頭的助理娃娃中彈未死算半條命。可是伍警官對他說過，罪證不足，唯一能證明他殺戰略顧問的是鐵頭教官，卻死了，鐵頭教官的命，伍警官頂的罪，警匪槍戰中在職警官身中兩槍，自衛還擊時擊斃試圖殺警的鐵頭教官，不起訴處分。

難道還有其他罪名通緝他？

不對勁，昨天有人用伍警官的手機號碼傳簡訊約他今天一早去華陰街吃早飯，好巧不巧，沒見到伍警官，倒是總統在華陰街被打了黑槍，中午調查局便找到店裡打聽他的下落。得另外找工作了，他看到後巷的機車，鑰匙仍掛在啟動孔上。

大中午，後巷一對高中生模樣的情侶倚著機車又親又摸，目鏡冷冷的看，小艾無可不可的看，他摸出手機打了行字發出去。

「行，兩件事，找做他媽的土造槍和子彈的，還有操他媽的艾禮，包我身上。」老么吼著。兩個人半小時喝掉三瓶啤酒，他們太熱，火氣太大。

「下午我去幾個角頭放話，他們瞭，對總統開槍不單你們的事，我們出來混的更不爽。和平，世界大同，大家才有郎好削。」

老么喝得大舌頭，摟著穿西裝的猛乾杯。

「哥，你過來人，婚哪是人結的。我老娘不喜歡我那口傻屄，成天叫我離婚，人家好好的跟我，沒豪宅住，沒賓士開，不也把兩個臭小子養得白白胖胖，我怎麼好意思開口對她說，喂，俏妞，我老娘叫妳回家吃自己。是啊，話傳出去我老么是人嗎？只好另外搞個房子，兩個兒子幼稚園放學回奶奶家，傍晚我去接了送回他們媽媽家。操，我司機啊。這不說，你看看我，一天吃兩頓晚飯，老娘那裡吃完回家再吃，少吃哪一家都不行，老娘會對我老頭的遺照掉眼淚，老婆會甩出枕頭叫我來店裡睡。孝子兼孝公，能不胖啊。」

小情侶一個專情的打啵，一個空出一隻手往裙子內伸。台灣要到十二月下旬才算入冬，比夏天毫不遜色的攝氏三十二度熱得目鏡喝光一罐沙士，捏扁空罐朝垃圾桶內扔。

送走中年男子，老么轉回廚房後門：

「目鏡，來管草。」

目鏡抛去一根菸，老么無可不可的抽，目鏡無可不可的瞄小情侶，小艾無可不可的相信太陽每天爬起再落下。

「兄弟，剛才講話你們聽到了，我老么最恨抓耙子，又惹不起調查局的，該怎樣，你們看著辦。目鏡，我看你和新來的還處得來，他就你照應了，我當不知道。還有，」他伸出空著的食指戳戳小艾胸部，「少年仔，你他媽比照片上的變了個樣，男人別自恃老頭老媽賞的ＤＮＡ好，生下來長得帥不代表一輩子帥，保養是王道，要不然賣化妝品的怎麼活。我眼尖，其他人大概看不出來，不過呀，調查局光臨我們小店，多少一定有點風聲。」

伸手捏捏小艾的臉皮：

「比照片上黑了、瘦了，到中東打過仗？像條漢子，可惜沒空聽你吹牛。風頭過了有空彎來喝酒，目鏡待你像徒弟，別他媽船過水無痕，滿口詩情畫意，骨子裡就是沒誠意。」

老么將菸屁股彈得半空高的走了。

目鏡沒回話，他也將菸屁股彈得兩公尺遠，再指指倚牆放的自行車。

小艾騎著鍊條發出疙瘩疙瘩聲的破自行車下班，小情侶不知爽到沒，小艾經過時，機車被他倆的熱情壓得喘不過氣，朝後倒了。

他騎過兩個紅綠燈停下車，抬起自行車往塞滿機車的停車格裡硬杵進去，兩手插口袋步入捷運站，手機響起，他對手機小聲說：

「怎樣？」

「我爸退休一年了，他不清楚你是不是還在被通緝，要花點時間去問。他會回你電話。對他說了，打公用電話。」

「謝謝。」

小艾站在月臺等車，手機再響，他步進車廂站在門邊的聽，好久才開口：

「麻煩伍警官，放心，我這支手機乾淨，上午十一點才換的。倒是伍警官，當心你那支，對方留我手機上的是你的號碼。」

到站，有人上下車，他有了座位，坐進角落的位子。

「對，我在現場，不過，伍警官，詭耶，誰知道你和我的關係又知道我手機？而且騙我去華陰街做什麼？作證人？作替死鬼？」

他下了車，換到對面月臺，等下一班車，同一條路線再往回坐。

「兩顆手槍用的彈頭和兩顆步槍用的彈殼？懂，先傳照片我看看，可以提供意見。不要錢，伍警官清楚，拿了錢有包袱，我不喜歡壓力。而且，我是軍人，軍人不搞政治那套，搞上政治就沒意思了。」

停下話，他深深吸一口再說：

「伍警官，上回拜託你的事怎麼樣？我得找到娃娃。是，那個娃娃，被我打一槍的娃娃。」

再停下話，到站，上來一名戴耳機的年輕人往他一旁空位坐下。

「謝謝長官，也謝謝魯副局長，不，查不到沒關係，我知道你們都盡力。」

小艾收起手機，垂下頭。一年了，他忘不了雨夜裡傳來的娃娃中彈尖叫聲。

第二部

三箭定天山

「狙擊手對敵人的威嚇力不下於千軍萬馬，千軍萬馬看得到，敵人怎麼來，我們怎麼去。狙擊手呀，看不到，像蚊子，更深半夜沒事衝你耳邊吱吱叫，娘的挺個癮的。

「有史可查的第一場狙擊手對狙擊手的會戰發生在唐朝，名將薛仁貴——對，章回小說裡稱他白袍小將，後世給他的評語最精闢的莫過於兩個字：善射。西元六六二年，唐高宗龍朔二年，鐵勒九姓的十餘萬大軍憑天山之險布陣對抗唐軍，他們早聽說薛仁貴是神射手，決定公開打蚊子，派幾十名射手出陣指名挑戰薛仁貴，媽的，幾十個對人家一個，不講江湖道義，根本欺負人。

「做為狙擊手，膽大、心定，學學人家薛仁貴，毫不膽怯的單人匹馬迎戰。對方叫罵一陣，他老兄不浪費脣舌，連發三箭射死三名鐵勒高手，旁觀的鐵勒大軍嚇得逃的逃，降的降。

「狙擊手別小看自己手裡的槍，火力不如機槍，殺傷力不如突擊步槍，外觀不如FGM148標槍式反坦克飛彈唬人，孫子兵法說，善守者藏於九地之下，善攻者動於九天之上。表揚一下小段，下午的偽裝比賽，測驗官花兩小時三十二分才找到他，訓練場長五百公尺，寬四百公尺，能藏這麼久，不容易。」

小段自動起立，搔著新剃的三分頭向周圍鞠躬。

「狙擊手要會藏，藏的目的不是找個熱被窩鑽進去睡覺。藏，為了攻，敵人摸不清子彈從哪裡來，探頭看一眼，我們扳機一扣，殺，子彈不長眼睛，天生萬物以養人，人無一善以報天，殺殺殺殺殺殺殺。等等，我喝口水，薛仁貴的故事能了解——

「你們這群小王八蛋了解到什麼？都不吭聲，怕講錯了我不放假，讓你們的小馬子抱根按摩棒苦守寒窯？

「啐，膽量，聽懂沒？膽量哪裡來？信心。信心哪裡來？訓練。訓練哪裡來？汗水和不休假、不回家抱小馬子。

「看看你們的臭臉，想到馬子想到奶子，想到奶子是不是想進廁所杵你那根快生鏽的棒子？」

他手裡的半截雪茄掃過面前十幾張想笑不敢笑的面孔。

「永遠記得革命軍人第一條準則，泰山崩於前而色不變，狙擊手的工作直接，能一秒鐘內幹掉敵人絕不花兩秒鐘，永遠讓敵人處於恐懼之中，像薛仁貴。

「笑？相信教官，敵人殺到門口，陪你們的不是大咪咪的小馬子，是你懷裡那桿冷冰冰的步槍。

「薛仁貴這場仗贏得的不是戰功，不是賞金，是傳誦一千多年的兩句詩：將軍三箭定天山，壯士長歌入漢關。」

鐵頭教官吐出一口既濃又長的煙霧：

「三箭定天山，豪氣。」

——前陸軍特戰中心狙擊手上校教官　鐵頭

1

許火生中彈的畫面一再重播，慢動作的、倒轉過去的、不同角度的，只見他忽然低頭一手捧住肚子便往旁邊的老里長身上倒。

「看出什麼名堂？」

坐輪椅的老人問，周圍或站或坐的四名有點年紀的男人都搖頭。

「專家怎麼說？」

打亮眼綠領巾大約六十多歲的男人摸著下巴回答：

「陸戰隊朱教官反覆看了十多次，他說子彈高速飛行會拉動周圍的空氣，不過從老許被槍擊的畫面，即使放慢動作也看不出來，推斷很近的距離開槍，他估計五公尺內。鞭炮的爆炸影響太大，最好的方法是出高價收購槍擊當時的畫面。華陰街的觀光客大多年輕人，有用手機錄影的習慣，錄影夠多，找到槍手的機率就高。」

「老許肚皮上的傷口呢？」

「興安醫院守口如瓶，問不出，只好問其他專業的外科醫師。」穿花格子高爾夫POLO衫也六十多歲的男人接話，「榮總古主任，Johnny認得，他說看公布的照片，傷口不深，原先他以為高速飛行的子彈貼身而過的拉傷，可是警方說彈頭沾了老許的血，表示子彈一定劃過老許的肌膚。老許的總統三年多任期牛排啃了不少，法國酒喝得更多，肚子大，凸出，十一公分的傷口不算小，子彈勢必很淺的劃過他肚皮，一下子拉出傷口。」

「朱教官對傷口好奇，」綠領巾搶過話，「除了電影，他沒見過這麼恰好的槍傷。我轉述他的話，恰巧形成槍傷，恰好流了血，恰好只劃過表層的肌肉和皮膚，恰好發生在公共場合。更恰好的是，距離投票只剩一星期。」

「小柯呢？」

「柯委員還在立法院，等新消息。」

「我們雇的人呢？」輪椅老人繼續命令口氣的問。

「傳回最後的消息就不見人影，查過入出境管理局資料，可能用另一本護照出境，已經找人調機場的錄影畫面比對。」拿推桿的中年男子回應。

「什麼最後消息，忘記告訴我？」

「不好惹 Johnny 生氣，」推桿男子笑著回答，「他傳了則訊息到我們的手機，一個大寫英文，F。」

「確定不是他開的槍？」

「確定，如果槍是他開的，老許沒命了。子彈更不對，他用的槍和子彈是我們從海關直接領出來的，他在台灣人地不熟，應該買不到槍。他們那種職業的，對土造手槍很不齒。」

「叫艾禮的傭兵槍手呢？」

這次沒人回答，沉默了好一陣子，綠領巾的開口：

「各單位都找他，調查局說一眨眼的工夫人不見了，我交代他們盯住伍警官，他沒地方去，一定找伍警官。」

「伍警官呢？」

「茱爸找過他，幫盧彥博陣營蒐集證據反駁老許，剛剛的消息，台北市警局的魯副局長找他，為老許中槍的事。」

Johnny 轉動輪椅在屋內兜圈子，沒人敢說話，直到他停下椅子。

「Jeffrey，盧彥博那邊再拖一天。」

「不看好他？」打領巾的問。

「老許沒死，又中槍，盧彥博贏不了。」

「盧彥博接受我們五名副部長、國營三家銀行副總經理的條件。」

「他做不了主，要是他當選，和他合夥的兩個半黨等著分內閣大大小小的官位，我們打交道的對象太多，到時沒搶到官位的挾怨到處放話，非必要，我們不冒這個風險。」

「再逼老許？」

「逼！他不低頭，我們就一步步按照計畫走。」

「他現在民調快速攀升，要是不甩我們？」

「要是他不買帳，我們順著他的勢，幫他忙。」

「什麼意思？Johnny，怎麼順他的勢？」

「本來只有我們請來的槍手，他沒開槍。就算他開槍，他用的是步槍，怎麼平空冒出兩顆土造子彈的彈頭？警方沒找到土造子彈的彈殼，兩顆彈頭是真的，老許肚皮傷是真的，選情整個翻盤是真的。猜不出誰搞的鬼？不必猜，我們也搞，鬼自然出來。」

「大概懂Johnny的意思。」

「你說說看。」

Jeffrey替自己添了威士忌，慢條斯理的說：

「如果老許自導自演，我們順他的勢，既然有子彈，沒槍手，我們善心事業，替他找個槍手。」

「Jeffrey懂了。」Johnny點頭。

「等等，你們的意思是就算本來沒凶手，我們硬弄個凶手，還證據齊全，老許就明白我們看穿他的手腳？」Joe急著說。

「老盧不是要從國外找刑事專家來，基金會贊助美國專家來台的所有費用，以平息民間疑慮，替老許澄清外界關於他自打的傳言。還有，畢竟請專家是我們花的錢，基金會有第一手調查情報，讓老許燒燒腦子猜我們葫蘆裡賣的什麼藥。」

「是。」

「怎麼弄個凶手？」

「交給 Jeffrey 辦。Joe，找人解決艾禮。Jacob，你認得警政署長，問問進度，他知道我們家德敏和老許的老交情，不會不說。Jackson，約盧彥博的那個誰，跟你同個學校的，啊，Allen，私下找他，我們要盧彥博提出對他答應名單的保證。」老人轉動輪椅，「叫老陳送我回去。」

「喔。」拿推桿的 Joe 這球沒擊進玻璃杯。滾得老遠。

公司總經理急著找老伍，不是台灣的總經理，新加坡的大大總經理，半夜十二點十一分，半睡半醒的老伍將就的邊聽邊猜對方的英語，偶爾回答幾個單字，然後說 Yes, sir 的切斷通話。他看看床頭的鐘，一拍腦袋，新的一天開始了。

2

——距離投票日，還有六天——

攝氏三十一度，氣象預報，短期內台北持續高溫，這可能是許火生選擇清晨六點半出院的原因，涼快些。

他由兩名隨扈人員扶著出現在醫院門口，由於網路上流傳其實許火生根本沒中彈，為了騙選票，他裝的，這股聲浪刺激他不再賴在病房。

他對媒體講了簡短的聲明，身體無大礙，醫師要他回家休息，下午恢復競選行程。

「火生不怕子彈，打不倒我。」

底下一片掌聲，許火生對著他的支持者露出笑容。

許火生不向法院提出中止選舉之訴，離投票日只有六天了，許火生老神在在，台灣人有種——用盧彥博的口氣說，台灣人有種該死的強大同情心，誰是弱者就同情誰，一天工夫，兩人的民調差距再拉近到三趴。百分之三在誤差範圍內，等於追成平手。

在許火生出院前，六點先請五名記者代表進入醫院檢視總統中彈的傷痕，不過不准攝影，由總統府統一提供傷口照片。雖然懷疑他中彈的人變少了，新懷疑卻是傷口真是別人開槍打的嗎？

一整天盡是許火生的新聞，盧彥博的僅一條，勉強掙回些有限的收視率：他提供一千萬元賞金給破案者。

槍擊事件取代政見，兩邊陣營集中火力於造謠與闢謠。盧彥博的競選總幹事不避諱的說許火生中槍是演戲，許火生陣營不客氣的要求盧彥博交出凶手。台灣的選舉因兩顆子彈倒退二十年，雙方透過網路、廣播、電視，幾近潑婦罵街的對罵。

許火生出院的同時，被逼得走投無路的盧彥博於城隍廟前發下重誓，向神明立下保證書，槍手絕不是他派的。他並對圍觀的記者高喊：

「一千萬，我自己掏腰包，不用各方捐贈的選舉基金，我出一千萬給提供破案線索的人！」

許火生陣營對此毫無反應，許火生穿醫院用的綴巴巴睡衣睡褲與藍白兩色拖鞋，一手由隨扈架著，一手掩著肚皮，不時露出痛苦表情。不論傷勢輕重，好歹他真的挨了一槍，選舉演變成演技比拚。

許火生撐著身子對記者表示絕不向暴力低頭，他誓死競選到底。一旁的競選總幹事接過麥克風，聲嘶力竭的痛斥盧彥博陣營放假消息試圖影響選舉，要求選委會嚴查。兩邊的支持者壁壘分明，險些發生人身衝突，大批保警持警棍與盾牌趕至現場，組成人牆隔在中間。

老伍繞過醫院前的熱情民眾，沒興致聽總統的重返選戰宣言，從側門進行政大樓，他急著要許火生的傷勢診斷證明，院方以超過上班時間為由拒絕了他。總公司要求至少得在這天上午拿到不可，許火生三十年前保了他公司的人壽險、意外險、癌症險、房子的火險、汽車的第三責任險。當初為許火生保險的是已退休的業務員，搬到苗栗當農夫仍熱心新聞，他打了電話到公司提醒台北的經理，一層層上報，新加坡的大大總經理要老伍盡快公告理賠程序，興奮的說，對保險公司而言是宣傳的好機會。

輕傷、住院一晚，理賠不了幾萬元，比起墜樓身亡的失業父親，就金額與對家庭影響力而言，無足輕重，卻十萬火急。老伍覺得沮喪，心情提早跌進預測十二月底來臨的寒流裡。

打電話到院長家，不在；副院長，仍在醫院值班，辦公室無人接電話；打給外科主任，不在家。

為什麼一下子所有人都不接電話，他只不過要個診斷證明書好付錢給被保險人罷了。

終於有人回覆他手機，是蛋頭。

匆忙攔輛計程車，老伍在計程車上撥出七通電話，接了一通電話，他得在下一攤之前，插進新的一攤。

蛋頭在無警察標誌的警車上撥出十一通電話，接了一通電話，他得在下一攤之前，也插進一攤新的。

老伍到板橋，車子停在一家傳統，可能世代經營的茶行前，門口三七步站了兩名少年郎報仇似的抽菸，沒迎接老伍，只用香菸朝店內比比。

店裡三名客人、賣茶葉的老闆，敲計算機算帳的會計，沒人留意門的開關。老伍如隱形人一般走進後面房間，土龍仔坐在仿明式的木椅內。

「呷茶。」

「沒空呷茶。土龍仔，幫個忙，借你廁所。」

土龍仔點點頭，指後面房間。老伍鑽進掛於門楣的布簾內。

他和萬華在地的角頭土龍仔認識二十多年，彼此相互幫過忙。當年逮捕逃亡的綁架殺人犯黑狗，土龍仔點出黑狗沒女人沒辦法睡覺的習慣，而黑狗的女人雖多，僅相信一個。追女人的家人、追女人家人的動向、追女人弟弟連兩天進大賣場買食物、追送食物的快遞員、追到女人就追到黑狗。

人有些習慣比毒品更難戒掉，黑狗不能沒有女人，他的女人不能沒有大賣場限定款的奶酥麵包。

老伍還的人情很大，土龍仔後來被台南地檢署以傷害罪起訴，老伍發現其中一份筆錄的一頁角落曾沾過水的起綴且泛淺淺的紅色，提醒土龍仔的律師。經化驗筆錄上的水漬是土龍仔口水與血液，DNA為證，以此向檢方提出被告遭刑求之訴，偏偏做筆錄的派出所未錄影，警方所有證詞不被採納，土龍仔逃過一劫。

土龍仔沒有親自感謝老伍，託人放了話：伍警官，相賭。

已經恩情相賭，這回老伍實在想不出其他方法，就近硬著頭皮找上土龍仔經營的茶店，沒喝茶，他知道土龍仔有條逃命通道。

「右轉直直走，Uber在那裡等你。」

後屋是土龍仔存放茶葉的地方，一天二十四小時的空調除溼，平常很少人進去，外面人以為屯毒品或槍枝，老伍曉得，土龍仔愛茶葉遠勝過毒和槍。

穿過後屋是浴室兼廁所，有扇小門，通往屋後的防火巷。說是防火巷，窄到一個人通過得當心肩膀別擦撞了牆壁，且老房子老社區，兩頭被居民擺了花盆、機車塞住，看不出裡面是巷子。老伍通過小門右轉到巷底，用力挪開一輛機車，勉強側身鑽過，登上等在那裡的轎車。

「客人去哪裡？」

車窗貼了幾近全黑的隔熱紙，茶行外兩輛車，車牌號碼都有兩個八，討吉利。兩個八以上的車牌大家搶著要，監理所標售賺錢，價格不低，賓利、賓士、BMW掛這種車牌有道理，福特的車主不會花這種錢。上一批調查局的公務車由福特標到，調查局要帶有八的車牌，一通電話而已，不花一塊錢。

抄下車牌他傳出畫面，蛋頭馬上回話：

「到底在哪裡，天都黑了，人呢？兩輛車跟蹤你？怎麼，總統的兩顆子彈是你打的？車牌號碼我查查，老伍，你退休了還能被跟蹤，你紅，比猴子屁股更紅。五分鐘後小情小愛的老地方見。」

老地方？蛋頭能把任何事情說得令人反胃。

「能借用你手機嗎？」

司機二話不說，頭也不回的遞來手機。

「老大講，送你一支手機。」

老伍憑記憶撥出號碼，這是繼家裡的市話、保險公司的總機、刑事局總機、老爸的市話與手機外，新記憶起的號碼。沒手機的時代他能記住一百組號碼，科技讓人墮落。

他對手機說：

「閃，也有人盯我。別找我兒子，別回你住處，你我別聯絡——你照樣找得到我對吧？」

「伍警官頭頂有彩雲，同一地平線內，看得到。」

「三十分鐘後叩蛋頭長官的手機，我傳給你了。」

「是。」

結束通話，老伍不自覺的看看天窗，沒有彩雲，倒是看到魚鱗狀的雲快速往西移動。冬天接近了。

蛋頭沒回中山堂旁的市警局聽調查進度，要司機轉往寧夏路的滷肉飯小店，老伍已到，點了一碗花枝羹，蛋頭臭張臉要大碗滷肉飯和四樣小菜。

「手機交給我。」

「幹麼，我是市警局副局長，你膽子未免太大。信不過我？」

「如果你不當官，信得過，你現在是大官，兩眼利慾薰得紅通通，為求安全，寧可不信。」

蛋頭遞去手機，老伍擱一邊。

「我們等電話。」

蛋頭不再說什麼，悶頭吃飯。

「吃慢點，萬一噎死，我理賠調查員在現場，第一手的證人證明你意外死亡，馬上可以領賠償金，回到公司老總一定幹死我：你陪他吃飯做什麼。喂蛋頭，你沒保我公司的險吧？」

「我看法不同，噎死勝過餓死，噎死幾分鐘的事，餓死起碼拖一星期。保險我老婆弄的，搞不清哪一家。」

「蛋頭，你老了，老人才成天想怎麼個死法划算。」

「媽的，老婆替我保險，說不定買了幾千萬，好像等我早點進棺材，她悶聲大發財，保險的感覺很差。」

手機震動，老伍點開通話鍵，將耳機的右耳塞交給蛋頭，他戴左耳塞。

「嘿嘿，老伍，我們分享同一副耳機，有點小男小女談戀愛的氣氛。外頭沒狗仔隊等著拍照？我們倆手牽手出去，紅了。」

老伍沒搭腔，他對手機說：

「魯副局長在線上，你說說看。」

耳機傳來小艾的聲音：

「兩位長官好，我看了新聞，幾個問題請教副局長，兩顆步槍彈殼確定同一種？」

「高矮胖瘦一模一樣。」

「七點六二步槍的？」

「沒錯。」

「彈殼高多少？」

蛋頭向老伍要手機。

「只准看檔案，別鬼鬼祟祟。」老伍同意他取回手機。

「沒關係，我打公用電話，不容易追蹤。」小艾聽到。

「你看，小艾比你講人權。」

蛋頭滑出鑑識中心的資料檔：

「七點六二標準步槍子彈。」

「報告長官，這樣不精確，我要知道彈殼高度。」

「要彈殼高度幹麼？」

「七點六二指的是槍管直徑，所以子彈的彈頭直徑也以七點六二為標準，有時稍稍大一點，像很多子彈的彈頭直徑是七點八二，因為擊發時的高熱使槍管膨脹，就和彈頭的直徑吻合，彈頭飛行出去緊密而順暢。兩位長官了解嗎？」

「嗯，得消化一下，不過沒關係，你接著說。」

「彈殼則講究高度。現在全球的趨勢是用北約的五點五六乘四五子彈，國造65式、T91都用五點五六乘四五的，四五指的是彈殼高度四點五公分。台灣唯一使用七點六二口徑子彈的是M14步槍，已經四十年歷史，如今少數仍由狙擊隊使用，其他分配在後備部隊，大多不堪用，不會拿來刺殺總統。狙擊隊槍枝少又列管，很好查。長官，M14用的彈殼高五點一公分。」

斷線了，蛋頭一手滑手機，一手恢復吃他的滷肉飯。

「步槍子彈，彈殼和軍方有關？蛋頭，你搞得定國防部？」

「我哪搞得定國防部，我連小艾講什麼都搞不清。你哪裡弄來這個軍火專家，當我是批發子彈的，應該懂亂七八糟的口徑。」

「滷肉飯不夠塞你肚皮，吃得不爽？」

「怕被你老婆發現我們共用一副耳機，姦情曝光。」

手機再震動。

「幾公分高？」

「不是四點五公分，反過來，是五點四公分。」

那頭沉默了好一陣子。

「小艾，怎樣？」

「請問局長，你們鑑識單位確定彈殼底部有撞針打過的痕跡？」

「不確定。等下我問。」

「火藥反應？」

「有。」

「可是沒找到彈頭，總統也沒被七點六二的子彈擊中？」

「對。」

「怪了，如果槍手用M14，就是美造M21狙擊槍，一定是職業的。華陰街很窄，由上往下射擊，吉普車的防彈玻璃沒包天花，不可能擊不中總統。」

「說說你的看法，盡量說。」

「請再確定彈殼高度？真的五點四公分？」

「真的。」

「我想想。」

斷線，這次時間較長，蛋頭吃完飯和所有的菜，鑑識組傳來訊息，重新量了三次，確是五點四公分。

老伍滿足的打了個驚人的飽呃，喝掉半瓶黑松沙士，而後小艾回來了。

「五點四公分？」

「對，五點四公分。」

「請長官看彈殼底部外圈打的字樣。」

「英文字母和阿拉伯數字？」

「對。」

「看不太清楚，有點怪，不像英文單字又不像阿拉伯數字，像密碼。」

「有沒有倒過來的英文字母？」

蛋頭戴上老花眼鏡貼著手機看。

「看不清，我問問鑑識組，你再打來。」

蛋頭撥出電話：

「用你們浪費公帑的高精密相機把兩顆彈殼左拍右拍，上拍下拍，用 micro 對屁眼拍，拍了每個字母立刻傳來，快。」

小艾回來了：

「長官，有沒有倒過來寫的英文字母？」

「沒有，字母是JAOW96。」

「更怪。兩位長官，我解釋一下，狙擊槍分成兩類，制式的和專業用的，制式的講求後勤保養一致性，像美造M21，子彈通用北約標準的七點六二乘五一，利於戰場行動時取得同樣的子彈。二〇〇二年加拿大陸軍狙擊手在阿富汗射中距離兩千四百三十公尺的塔利班機槍手，創下狙擊槍射擊最遠的世界紀錄，用的是美造TAC50狙擊槍，專業的，子彈比較大，十二點七乘九九，就是彈殼高度九點九公分，填裝的火藥量大。二〇一七年加拿大另一名狙擊手射出三千五百四十公尺的新世界紀綠，用的是同一款TAC50，子彈也是十二點七乘九九。」

「大子彈射得遠？」

「長官說的對，射擊有效距離與槍管長度、火藥量成正比，可是大子彈重，不好攜帶，真正愛好狙擊槍的人和執行特殊任務才會用，一般用制式的，華陰街很窄，用不到專業的狙擊槍。」

「小艾，你到底想說什麼？」老伍插進話。

「報告伍警官，五點四公分高的彈殼是俄國人用的。」

「操，國際陰謀。」蛋頭略顯激動。

「未必，有些愛射擊的民間人士也用，俄國槍少見，很炫。」

「台灣有？」

「很奇怪，我打聽看看。如果是俄國槍，怪的是彈殼底部打的字母和數字不是俄羅斯軍火廠用的批號，俄文有些字母是反過來的英文字母。」

「愈聽怎麼我愈像小學生，能不能用不是專業人士也聽得懂的話再講一遍？」

「先這樣，兩位長官，再聯絡。」

小艾不再回話，不見了。

「上回拜託你查的事，答應人家的呢？」

「好啦。我是堂堂副局長，被你當成賊似的。」

小艾離開公用電話亭，騎車到台大旁的新生南路才停下，他進鳳城燒臘點了三寶飯，跑了好幾個地方打公用電話，總算坐下休息。手機上出現一則新的訊息，宜蘭的地址。他傳回去：

謝謝伍長官，我知道可以相信你，再聯絡。

「沒道理，明明我查出娃娃在哪裡，他為什麼謝你？他相信你，我呢？好歹媒人有個紅包可領對吧？」
「蛋頭，都大官了，計較這麼多。」
「不是我計較，該我的就我的，不能我翻山越嶺找來娃娃的地址，人情算躺在家裡你的。」
「請你吃飯，可以吧。」
「我哪那麼小氣，不過請吃飯，聽來不錯。不計較。建議，還有個辦法，你可以不費吹灰之力還我人情。」
「你說。」
「你進土龍仔的茶店幹什麼？」
「喝茶。」
「非這樣明人眼裡說瞎話？」
「有人跟我，借他那兒擺脫掉。」
「所以你問我車牌號碼？我是堂堂首都副局長，一整天替你幹多少見不得人的勾當。」
「車牌號碼呢？」
「監理所電腦查不出。」
「情治單位的？」

「沒錯，調查局，他們做事偷偷摸摸，不比我們警察正派。」
「調查局為什麼跟蹤我，你又怎麼知道。」
「人總有朋友，你有土龍仔，我有李先生、趙大媽、柯爺爺，不值得大驚小怪。」
「明知調查局跟我，明知我去了土龍仔茶店，你非得問？」
「測試你的第一反應，測試老同事、老朋友感情的堅硬度。」
「蛋頭，再測試下去，恐怕交不到朋友。」
「也是，以後提醒自己別對朋友太挑剔。老伍，你講實話，我也講，我們警方憑證據追土造子彈、追土造手槍、追凶手，調查局不來這套。他們負責國家安全，鎖定一批可疑人物，你的小艾是陸軍一級狙擊手、當過法國傭兵、參與過去年寶藏巖槍戰、涉及總統府戰略顧問被槍殺案，根本是個長了兩條腿的火藥庫，早被他們鎖定。八成找不到小艾，轉而找你。」
「找保險理賠員？涉嫌妨害個人隱私，誰同意的？」
「盯小艾連帶盯你，這題數學夠簡單吧。第二題，在馬路上遙遠的看幾眼，關心老百姓安危而已，談不上隱私。第三題，小艾是狙擊手，手上有槍，他們理所當然懷疑暗殺總統的是小艾。第四題，小艾為什麼暗殺總統，平常人吃飽睡覺不會鬧到這種地步，他幕後是誰？老伍，我相信不會是你。」
「謝謝。小艾不用土造手槍，專業的，不可能留下彈殼，他不抽日本菸，沒菸癮，有人請才抽抽。還有，他滿腦袋全是女朋友娃娃，總統不是他對象。」

「我當然清楚，調查局哪搞得清，他們一心搶功。」

「你不向他們解釋？」

「老伍，你是老刑警，調查員那些鬼你比誰都理解，我向他們解釋？不如我去公園和池塘裡的金魚一起吐泡泡。」

「存心盯我，幸好我和你在一起。」

蛋頭露出遺忘五十年、偷老媽錢包內新台幣去買菸的得意笑容：

「光是拍到我們用同一副耳機，他們現在大概樂得寫國情報告，附上我們頭貼頭的照片送國安局證明台北市警局副局長勾搭保險員。嘿嘿，盯上我們的還有國安局，他們單位的特勤中心保護總統不力，人人想抓兇手扳回一城。」

「軍情局呢？他們不可能閒著。」

「小艾以前是陸軍狙擊手，當然上天下海運用軍中管道到處找。」

「小艾不涉及任何刑案，並沒通緝他，憑什麼盯他？」

「是啊，前陸軍特戰中心鐵頭上校叫他去羅馬執行任務，在世界遺產的許願池一槍幹掉總統府戰略顧問免得軍火生意被搶走，鐵頭死了，義大利警方沒破案，司法拿小艾沒辦法。我信司法，別的單位未必信。」

「幸好小艾打公用電話。」

「喂，打我手機，萬一我手機也被監聽呢？」

「你老刑警，又是台北市警局副局長，和線民聯絡是工作需要，天經地義。」

「被你賣了也沒關係？」

「今年的選舉不尋常。」

「聽說你們公司要付總統保險金，到處找診斷證明書？」

「難得機會打免費的廣告。」

「說的好。」

「你的立場呢？」

「老伍，官做得大，方知下面想我位子的部屬，上面想我向他效忠輸誠的長官，滿坑滿谷。」

「你滑頭，應付得來。」

「對，我應付得來，可是，寂寞啊，要不要回來復職當顧問？逗陣仔，順便說說茱爸他們打算怎麼行動？茱麗風韻猶存齁。」

老伍不再說話，沒付飯錢即上計程車走了。有些人自以為聰明，很難交朋友。

3

小艾還是回到住處，不喜歡退縮，更要命的是他好奇心超過貓，非見見想對他怎麼樣的人。

選擇八德路這條巷子內的老公寓，除了房租便宜，房東不囉嗦外，房前在台北市罕見的設置旋轉逃生梯，可能後來住戶擔心孩子玩耍摔下樓而在鐵梯外加了鐵柵般的鐵窗，遠遠望去有如在公寓外加了根巨大的煙囪，工業風，又像房子長了瘤。使得公寓除了室內樓梯，多了一個進出口，之後他再發現更多進出口，房子除了居住的舒適性，更要出入方便。

因為旋轉梯沒門，因為四層樓公寓沒有管理員，大門的鎖壞了很多年仍未修，門便敞著。不設防的房子。只有老住戶才知道加蓋鐵皮屋頂的頂樓彼此相通，這是第三個出入口。小艾從七十一號的大門進去，踩頂樓脫落的水泥塊，跳躍相距三十公分的女兒牆到三十三號，沒走安全梯，抓住排水管，身體下垂的擺盪進窗戶，第四個出入口。

室內沒有外人進來過的痕跡，至少三樓養的老貓又不請自來的躺在窗下的毯子閉目養神。牠沒掉毛、不驚慌，甚至不理會小艾。為牠準備的牛奶與貓食罐頭吃得精光，說明牠從未受到驚嚇。誰說貓不會看家。

窗戶開著透氣，他沒打算關，趴下以伏進拿出一直沒打開的背包，裡面是他所有家當，方便隨時搬家。亮起臥室的燈，打開投影機，拍拍老貓的頭，仍從窗口攀上頂樓。

如果調查局的人查出這個地方，他們會停兩輛廂型車在巷外的小公園旁，會向鄰居打聽，會不管有無搜索票的進屋。若是警察，找里長叮嚀幾句，為了社區安全，里長早拉長臉站在一樓等小艾回家，不然打電話叫房東請小艾搬家。來的人不想逮捕他，不想浪費時間的盯梢，他們想直接的消滅目標物。

翻上頂樓，小艾輕聲的摸出背包外側袋內的彈弓和兩顆玻璃彈珠，當初野外求生課程為打獵物而自製的。彈弓準頭差，射距有限，不過與對面的公寓相距六公尺，他又不想殺人，勉強可以派上用場。

靜下心的傾聽，他聽得到細微的金屬聲，熟悉的上膛聲。

如果對方也是狙擊手，會守在對面的四樓屋內或在屋頂，用夜視鏡看小艾換內褲。對面的四樓和頂樓不尋常的沒亮燈。

巷子的夜晚比白天熱鬧，上班上學的回家，電視新聞與叫孩子吃飯的聲音此起彼落。聰明的狙擊手以日常做為掩護，壞在有些人就是手賤，移開晒在對面頂樓的白色床單，移了半尺左右，而小艾每天離家都會到對面晒同一床單，每天位置略有不同。這件事只有他和老貓知道，而老貓絕不可能勤快的跳到對面變換床單的位置，牠不是運動型的貓，是家居型的。

投影機朝牆壁放出不同人形的光影，維持約十分鐘，必須在十分鐘內吸引對方動手，超過時間，他只好撤出或冒險進入對面的頂樓。

敵不動，我不動；敵欲動，我先動。狙擊手的基本教條。受訓時很多時間花在學習自我偽裝課程，也有堂課考驗學員能待在同一地方多久不動。小艾今晚可以很久很久不動，和晚間天氣涼快有關，和他想找出答案更有關。誰想找到他進而殺了他？近一年來，他不曾與任何人發生超過涉及恩怨的關係，可是從總統到華陰街拜票前一晚收到的簡訊起，他是獵物。

對面頂樓陽臺的床單偶爾隨夜風飄動，每一戶亮起電視螢幕閃爍的光線，唯獨對面的四樓依舊漆黑。小艾等到了，出現於四樓窗戶的槍管像根尋常鋼管，沒有防火帽與準星，應該是軍備局二〇五廠生產的T93狙擊槍。這種槍以美製雷明頓700型為參考對象，後旋式槍機，用七點六二北約標準子彈，靠安裝於槍身上面戰術導軌的TS95型十倍瞄準鏡捕捉獵物。

距離投影片結束的時間還有不到兩分鐘，小艾填入彈珠，拉緊粗厚的橡皮筋。

再看到另一枝槍管，藏在三十六號的頂樓，若小艾仍在屋內且還擊，免不了被這支槍逮個正著。同樣的T93。

無三不成禮，他不能不再仔細尋找，果然第三枝槍管位於七十二號的頂樓，封住巷尾小艾逃亡的路徑。對手犯了錯誤，他們對環境的了解不如小艾，他們動了有礙瞄準的床單。

謹慎的重新審視戰場，他的目標不是對面的兩名槍手，是巷口七十二號的。第三把槍專注的瞄準他的窗戶，距離遠，最不具威脅性卻影響他逃出巷子的退路。

小艾變更位置，摸出街邊小販賣的圓形化妝鏡倒放於鞋頭，專注瞄準對面四樓窗內黑影。

總有一方忍不住，當投影片即將結束，對面先開火，噗的一槍射進他腳下住處的窗戶，輕微的東西掉到地板聲音，屋內的投影鏡頭被打個正著，好眼力。小艾停止呼吸，放開捏住彈珠的右手兩根指頭，左手臂一震，感覺如同子彈飛出槍口的興奮，彈珠弧形的奔向四樓窗內的第一枝槍管，準確的射中T93槍身中央。同時鞋往上踢，鏡子反射路燈閃過黑暗的女兒牆，埋伏於頂樓的傢伙一槍沒擊中鏡子，彈頭空蕩蕩的消失於黑夜，直到力氣放盡的落下。

那一瞬間，小艾轉過去的彈弓對準開火的頂樓目標，沒射對方的槍身，他瞄準藏於黑暗中的槍機位置，雖然冒險但依然命中。彈珠敲得槍身發出輕脆的撞擊聲，T93無言的從女兒牆落至四樓的遮雨棚，滾到三樓牆壁的有線電視傳輸纜線，便這麼吊在半空中。

撿回槍，趁住戶開窗打探外面發生什麼事，對面兩名中槍者忙著撤離，小艾提背包順排水管落至一樓，一掌擊昏也退出現場的第三名槍手，摸摸對方口袋，國安局的證件。

國安局的人怎麼可能一心把他打個稀爛，小艾開始大致了解怎麼回事了。

駭進伍警官手機，以他的號碼傳簡訊約小艾去華陰街見面的人，故意設計他成為槍擊總統的刺客，沒想到他沒吃完海鮮蓋飯就先溜，更沒想到快樂賓館的兩顆彈殼吸引警方大部分的注意力，忽略了他，於是進行第二擊，殺小艾滅口，同時也將刺殺總統的罪名栽在死透透、名叫艾禮的屍體。

三名槍手，用的清一色國造T93狙擊槍，國安局特勤中心不保護總統，用三名戰力對付退伍的狙擊手？

小艾不想傷腦筋思考國安局選中他為代罪羔羊的原因，此刻別無其他，三十六計，走為上策。途中他傳出一則郵件，買了兩張蔥油餅，一杯奶茶。蔥油餅能滿足立即的需要，奶茶能安定心情，至於郵件，只傳了幾個字：

去首爾不，石鍋拌飯好吃。

4

找了公用電話向茱爸回話，尚無進展。老伍進辦公室處理完公文，看了眼抽屜內另一支手機，一則訊息，兒子打的密語：

你愛吃石鍋拌飯啊，爸。

還可以。

關了手機，他下樓搭捷運回家。

兒子等在家，老伍脫下夾克，台灣的天氣，到十二月還穿不上夾克，當警察養成的習慣，憋出一身汗忍受夾克是為了遮住腰間的槍和手銬。兒子穿上他的夾克，戴上他的棒球帽，老伍仔細的瞧，肚皮得塞三天份的報紙。兒子百分百配合，腰間綁了十幾張報紙，像老伍了。

這個兒子千真萬確是親生的，父子身高僅差一公分，唯一的，歲月不饒人，老伍低頭看肚皮忍不住嘆口氣，這是他最深刻的一次刺激，要減肥了。

「兒子，你和小艾到底怎麼聯絡的？神祕兮兮，我付錢讓你學電腦，怎麼，學會了不教教老爸？」

「爸，太複雜，怕你罵賈伯斯、比爾．蓋茲，連帶罵我。」

兒子笑著帶老爸的手機出門去，老伍交代：

「我平常吃首爾石鍋拌飯，不然讚岐烏龍麵，今天你吃石鍋拌飯，別跑去吃漢堡王，馬上露餡。」

「爸，你偶爾吃漢堡王不犯法。」

「不吃漢堡王。」

「好，聽你的，石鍋拌飯。」

「我平常愛坐哪個位子？」

「漢堡王對面的桌子。偏偏不吃漢堡王，何必坐它對面。」

「坐！」

拉低帽簷，兒子不搭電梯，走樓梯繞到B棟才步入敬業三路。如果一切如事前設想的，他將筆直往北，走到接近北安路口的美麗華商場，下樓梯至地下層美食街，起碼三十家小吃攤，今晚只准點石鍋拌飯，上面加個煎得半熟的荷包蛋，吃之前戳破蛋，將濃稠的蛋黃與飯、海苔絲拌在一起。專心吃飯，一粒米不剩，吃到鍋子不用洗的地步。

維持屋內的燈光，老伍悄悄走兩層樓的樓梯到老鄰居石老師家，他高中教員退休，一個人住國宅過日子，偶爾和老伍一起到河濱公園散步。

石老師開冰箱拿啤酒，老伍開了陽臺的燈，兩人坐著看棒球。林哲瑄往全壘打牆跑，手套一揚，高飛球死得來不及開口喊救命，直到石家的電話響起。老伍向石老師點頭示意，石老師擺手做個「請」。

「石公館，請說。」

「不對勁，伍警官，三名拿陸軍制式T93狙擊槍的槍手攻擊我。」

「只國安局有這種人。」

「伍警官瞭，請當心。」

「好，你躲開，不關你的事。」

「關了，不喜歡被人家當成箭靶。忽然想到，攻擊我的人用七點六二乘五一的北約制式子彈，陸軍的M24也是七點六二口徑，留在快樂賓館窗臺的卻是七點六二乘五四的。打我的人和快樂賓館留下彈殼的不是同一掛的。」

「你不是說這是俄國人用的狙擊槍子彈？」

「是，我打聽過，台灣沒人用這種槍，連模型槍也沒有。」

「國外來的槍手？」

「應該是。」

「俄國人？」

「彈殼不是俄國製造的。」

「這下子走進死胡同。」

「不，後來想想，可能我認得槍手。」

老伍沒追問，他等小艾的說明。

「那個人不在台灣，聽說這幾年不太得意，變成酒鬼。他和打總統的土造手槍絕對不會有關係，像，像，像——」

「像搭公車的和開超跑的，不一國。」

「接近。如果請了他來，不必找土造手槍的槍手，他拿狙擊槍守在快樂賓館樓上，視野好，一槍解決，馬上離開現場，絕對不會偏差到只擦過肚皮，難道找了拿土造手槍的當煙霧掩護他？可是他沒開槍，射擊總統的是兩顆九毫米土造子彈。沒聽說過拿狙擊槍的當土造手槍的煙霧。」

「換相反的角度，兩批人刺殺總統，土造手槍的開槍，狙擊槍的是後援，土造手槍開了槍，總統倒了，狙擊槍不必再開槍的撤退。」

「說不定兩批彼此沒關係的人，剛好同樣選擇華陰街刺殺總統，拿步槍的見有人先動手，覺得不對勁的跑了。」

「嗯，等等，這個假設有個漏洞，他為什麼留下彈殼和菸蒂？」

「除非他存心留記號，告訴某個人，他在現場。」

「某個人是誰？」

「好像是我。」

「為什麼告訴你？」

「可能想說明他看到的真相，而且他只認識我這個台灣人。」

老伍再沉默，他等待。

「伍警官，射中總統的土造子彈也有問題，槍手的位置射不到總統肚子，也射不到後車廂的扶手鋼管，建議請魯副局長重新還原現場，尤其鑑定扶手上的刮痕和彈頭上的一不一樣，彈頭刮過扶手，會留下不鏽鋼粉屑。」

「你意思是，假的？」

「還有，那時候放鞭炮，煙霧很濃，槍手打了兩發子彈，總統倒了，中間不超過一分鐘，華陰街一陣混亂，槍手怎麼可能在濃煙和混亂當中，蹲下身找彈殼？我在槍手射擊的現場，為什麼我沒看到他？報告伍警官，按照魯長官在電視新聞指出的槍手位置，離我身邊兩公尺半徑內，我不可能毫無印象。」

「現場沒找到土造手槍的彈殼，你沒見到可疑對象，意思是根本沒彈殼，沒人開槍？」

「怪，說不定滅音器做得很好，我得去找一把土造手槍看看。」

「不用了，小艾，害你牽扯進這件事情我過意不去，你閃開。」

「閃不開了。」

「去找過娃娃？」

「還沒。」

「祝你一切順利，保持聯絡。」

「謝謝，我真的需要順利。」

老伍又看了一陣子電視才告辭回家，老婆剛進家門，她趁超級市場打烊前的客人少，搶了半個市場。女人的潛能無法用科學解析，她們平常推不動沙發、搬不動電視，但上菜市場、進百貨公司，令人驚訝的能扛超過體重的瓶瓶罐罐坐公車。此時她忙著分類戰利品，打算將冰箱塞得過度肥胖，血糖飆高。

「又去石老師家喝酒？」

「啤酒。」

「啤酒也是酒。」

「同意，以前陪我喝酒的女人是老婆，現在不准我喝酒的女人也是老婆。」

「膽固醇降下來再說。」老婆對嘲諷不感興趣。

兒子進屋，他嫌夾克熱，嫌帽子難看，嫌石鍋拌飯味道不足。他甩下夾克，撕出報紙，扔帽子到沙發，對他老媽撒嬌的喊：

「得救了，老媽，買什麼吃的給我？」

「看你，警大學生餐廳的伙食不好啊？等我一下，買到不錯的牛排，替你補補身體。」

「我呢？」老伍湊熱鬧。

「沒手沒腳，自己煮麵，燉了牛肉湯在冰箱，微波爐叮一下。」

「兒子是人，老公也是人，而且老公先於兒子，歷史悠久。」

「去，歷史悠久的去和祖宗牌位坐一起。還有，明天去醫院看你爸，你說時間我配合，需要帶什麼？希望他能吃喝了。」

「我一個人去，有些事得問醫師，花點時間，下回再一起去。」

「我們家，你說了算。」

老伍沒回應，夫妻倆都更年期，一不當心脫口而出的話能引發戰爭。兒子塞了兩顆彈殼進他的手，熱呼呼的。

幾乎一模一樣的兩顆彈殼。

「包彈殼的紙條上面寫，叫你拿尺量。」

吃完麵再量。

「沒看到我在忙，你進廚房幹麼？」老婆就差沒一腳踹老伍出廚房。

半夜再吃麵吧，一山不容二虎，一個家庭不宜有兩個成年男人，難怪非洲草原的公獅不顧親情的趕成年兒子離家。

兩顆彈殼的高度有差，一顆高五點一公分，七點六二乘五一，北約標準子彈，台灣軍備局也生產。另一顆彈殼五點四公分高，老伍上網查，俄製ＡＫ系列的步槍用三點九公分高的彈殼，新式的狙擊槍不是用北約同樣規格的子彈就是大口徑的十二點七毫米彈。

有了，老式 Dragunov 工廠產的ＳＶＤ狙擊槍用五點四公分彈殼。使用ＳＶＤ的國家很多，老式木質槍柄看來典雅。

兒子拿著紅酒杯進房：

「爸，喝杯酒。」

兩個酒杯互碰，老伍看著深紅的酒液，莫非老婆把他藏了多年的法國拉圖開了給兒子？她恨不能把老伍所有的寶貝全給兒子。

「我在美麗華買的。」

還好。不管牌子、產地，喝了不心痛的才是好酒。

「見到人了？」

「算，他經過我桌旁扔紙包的兩顆彈殼在我腳邊。」

「就這樣？」

「剛剛他傳我信箱的訊息，你看。」

Japan Asahi Okuma Weapon 1996

「爸，什麼密碼？」

「刺殺總統現場留下的彈殼，底部打了 JAOW96 字樣。」

「噢。」

「日本製、武器用，出廠時間一九九六年。」

「原來如此，Asahi Okuma 又是什麼意思。」

查 AO，日本的旭精機工製造所，生產子彈的工廠。

老伍舉起杯一口喝乾。

「爸，你喝慢點。」

「破解。」

「破解什麼？」

「槍手是拿俄製狙擊槍，用日本子彈的外國人。小艾解開快樂賓館兩顆彈殼底部數字的謎。」

「這樣叫破解？」

「小艾認識槍手。」

「不會吧，爸，小艾已經夠倒霉了。」

「他踩到狗屎，搞他的人恐怕來頭很大。你記得清理電腦上他的帳號。聽好，當心點，不會有人對你怎樣，可是你別把頭伸出去讓別人有機會怎樣。」

「爸，你講話用愈來愈複雜的白話文，還好我是你兒子才聽得懂。酷。免驚，我和他聯絡自有祕訣。」

小艾有自保能力，兒子沒有。一年前兒子好奇而涉入總統府戰略顧問在羅馬被槍殺案，事後透過網路與小艾聯絡上，小艾送了他炒飯的食譜，雖然沒見過面，小艾成了兒子的偶像。如今情勢緊繃，不管國安局還是什麼單位，存心把小艾朝死裡打，兒子才進警大研究所，涉世未深——

「老爸，安，我明天回學校，誰也不敢動我，而且蛋頭叔是我靠山。」

蛋頭，要命，事情怕連蛋頭也控制不住。

通霄分局的分局長神情惶恐的站在教室大樓門口向每輛車載來的長官敬禮，其間搭配些尷尬的苦笑，這是他的管區，他卻離案情五百哩遠。

午夜一點四十分，第一輛抵達的是刑事局的大型指揮通信車，馬上放兩架無聲遙控飛機升空監視周邊。

5

——距離投票日，還有五天——

刑事局借用通霄分局旁的國小做為臨時指揮中心，因案情重大，情況緊急，警政署副署長與刑事局局長隨後抵達。

調查局來了三輛車，台北站的、苗栗站的、新竹站的，他們認定槍傷總統候選人許火生事件應列為恐怖行動，意圖以暴力影響選舉，勢力可能來自境外，屬於他們的偵辦範圍。刑事局長摸摸鼻子沒意見，可是也沒轉移指揮權的意思。

調查局和刑事局各派出一輛電訊偵測車，像雙生姊妹，車頂安裝圓盤天線，可攔截電訊，進而掌握來電者的位置。真要追究兩車的差別，調查局的是歐洲車，刑事局的是國產車，不是長官對車子的喜好不同，是兩單位預算書裡阿拉伯數字不同。刑事局隸屬警政署，警政署隸屬內政部，調查局直屬法務部，名稱雖同為局，差了一級。

蛋頭沒通知調查局或其他單位，只向市警局局長報告，但不意外見到這麼多戰友出現在通霄。

隨蛋頭同時進駐通霄分局旁國小操場的是圍攻主力的台北市警局大批人馬，一輛大型警備車運來攻堅的霹靂小組，十二柄狙擊槍、十四柄自動步槍、二十四把手槍，火力足以使通霄分局警員自卑三年。

預算最龐大的國安局特勤中心來了兩輛車而已，草綠迷彩的輕型戰術裝甲輪車，領頭的指揮車走下一名穿野戰服的少將，他帶來兩挺重型機槍與國安局長命令，現場由刑事局指揮，台北市警局負責攻堅，調查局當觀察員。

看得出來，霹靂小組的狙擊手對裝甲輪車車頂的五〇機槍挺不以為然，而五〇機槍毫不掩飾對M24狙擊槍的蔑視。

台北市警局魯副局長下車即進國小一樓教室內的國安局戰術指揮中心，向上級長官報告槍擊案細節與人員配備。

國安局少將依例嚴肅的宣達上級要求，事關選舉，務必於最短時間內破案。他做出裁示，根據國安局收到的報案電話，凶嫌與其同夥可能三至五名，持有步槍、手槍，屬於犯罪組織，即時起提升為反恐行動，陸軍特戰中心隨時待命支援。苗栗警方則控制周邊每個路口，聽候命令展開封路臨檢任務。

「是否逮活的依現場情況而定，由魯副局長作主。」

蛋頭應了一聲，肚子裡幹了一聲，聽得出國安局的將軍不喜歡俘虜。一頓猛攻，打死滅口，省去很多麻煩，他勉強算破案英雄。可是有點不甘心，當了半輩子警察，想知道真相的心情如春天的香港腳，癢得難受。

老伍搭蛋頭的座車，在國小門前先下車，閃進一旁的分局，胸前雖掛了識別證，畢竟非現職人員，他客氣的站在執勤櫃檯前等待行動的展開。通霄分局老刑警阿羅是舊識，他蹭過來問：

「長官，回鍋啦？」

「我保險公司理賠調查員，中槍的總統買我公司的保單，隨魯副局長來查證意外發生原因，再決定發不發理賠。」

「長官，能不能賄賂你？如果不理賠總統，很多人高興。你便當要排骨的、雞腿的？蘑菇起司堡、美而美炸雞堡？梅干扣肉、客家小炒？」

「我退休了，不必幫我準備。」

「不差你一個，反正縣政府買單，不吃白不吃。」

苗栗縣政府的財務理論上早已破產，老伍覺得吃他們一個便當有點不厚道。

「我不餓。」

「長官還是和以前一樣，有原則。」

官方訂的一百份宵夜餐盒恐怕還在炒鍋裡，老伍的便當已送到。後座四方型的 Uber Eats 搶眼，分局門口值勤的警員看著足足能裝十個便當的方形保溫袋直翻白眼。阿羅領路，送便當的彎腰將食物安全送抵客戶面前。

「原來長官訂了宵夜，看樣子比分局訂的豐富。」阿羅打趣的說。

掀開保溫袋，圓盒裝的湯，聞香氣，八成老母雞燉紅棗，專滋補產後媽媽的身體。方盒內肉絲、香菇的油飯，嬰兒滿月致贈親友的禮物，分享快樂。

送餐來的外送員禮貌，恭敬的問老伍：

「伍先生滿意嗎？麻煩上網替我評分。」

「原來我在網上訂的是坐月子餐啊，一百分。」老伍表示滿意。

「還有什麼需要？」

「你說你可能認識那個人，到底是誰？」老伍小聲問。

外送員沒回答的拎起外送保溫袋離去。

油飯太超過，沒人這麼叫便當的。香菇味引發另一波騷動，蛋頭滑步而來兩指捏起一口油飯：

「老伍，你做月子啊，這樣補身體，馬嵬坡楊貴妃怎麼死的？」

「餓死的？」

「安祿山造反，大軍快打進長安，唐玄宗帶全家老小逃命，路上士兵沒得吃，皇帝一家照樣大吃大喝，阿兵哥拿皇帝沒辦法，氣就出在楊貴妃頭上，她被幾萬餓肚皮的大軍集體恨死的。」

「我是老百姓，你們警方辦案，硬要我來是幹麼？」

「守住我背心，他媽的，我的直屬長官台北市警察局局長是許火生的人，我不是。警政署長是許火生的人，我不是。國安局長是許火生的人，我不是。告訴你，老伍，這裡所有長字輩的人只有我是中華民國權力中心的私生子，離總統的距離比天堂遙遠，偏偏要我打前鋒。打死了人我被修理，活抓了人我還是被修理。不怕修理，怕陰的。」

「什麼叫陰的？」

「說得出來就不陰嘍，反正你老江湖觀察全部過程，記下他們的惡形惡狀，到時哪個王八蛋陰我，你找媒體公開政治陰謀。」

再捏一口油飯，蛋頭整隊去了。

「你買太多，我這樣吃，是不是該跑步回台北？」

外送員在分局門口修車胎，他很會撿時間搞故障。

「難得，第一次陪伍警官出任務，不能讓伍警官吃得不開心。」戴機車安全帽的小艾拉開面罩說。

「分你一半？」

「看樣子會搞很久，長官還是多吃點吧，我吃過了。」

說著，小艾再從袋內拿出保溫瓶為老伍倒滿滿一杯冒熱氣的麥茶。

「這樣，我真的楊貴妃了。」

洞兩兩洞，通霄天空被濃雲遮蔽，三分鐘後大雨傾盆，嘩啦啦有如夏天的午後雷雨。消息確定，鎖定目標物，開始行動，武裝人員分批靜悄悄包圍小鎮外面稻田當中的傳統三合院民宅。

屋前晒穀場除了一排被淋溼的衣服外，空蕩蕩，後面的稻田裡插滿泥漿塗抹的狙擊手，屋內有人影，一旁的魚池邊閃幾枚小燈泡。

無事先警告、無招降演說，蛋頭不穿雨衣，一馬當先率人衝進屋。

屋內一名老太太，更深半夜坐在廚房，手裡捧著一碗飯。她年紀大睡不多，她晚飯五點半就吃，八個多小時前的事，此刻餓了。

臥室睡了一個女人與兩個孩子，推測也五點半吃晚飯，他們不餓，警察靴子聲沒能吵醒他們，真能睡。

屍體趴在屋後的水池，中年男性，穿汗衫短褲和長統雨鞋，封鎖條內的救護車剩下沉默的警示燈，轉呀轉的，各單位人員緊張的盯住雨珠打出無數小洞洞的池面，下水的刑事局人員小心移動腳步以免破壞證物。

通霄分局找來的里長看一眼即證實死者為三合院屋主蔡民雄，魚池是他的，被封鎖條圍住的農地是他的，警方從魚池撈起的手槍用土地衍生權利的法律條文來解釋，也是他的。

國安局人員圍著證物的槍，調查局的退得遠遠窩在車內吃便當，苗栗縣警擴大封鎖範圍，刑事局鑑識人員忙著放魚池的水以利蒐證，攻堅的台北市霹靂小組卸裝躺在遠方架起遮雨帳篷的產業道路待命。

國安局的將軍與警政署副署長、刑事局長陪同搭直升機到達的內政部長巡視現場，台北市警局魯副局長跟在最後面，就差沒為部長撐傘。十二月，季節交替之際，中醫說法，防寒氣。

意外，國安局於行動前兩小時得到的線報是三名槍手窩藏於蔡民雄家，追查來電，是做土造手槍的鐵匠，顯然消息來源可靠。國安局將情報轉到台北市警局，為免打草驚蛇，蛋頭直接率大隊人馬南下，發動攻擊後從屋內逮到四個人，阿嬤外，蔡民雄的妻子與兒女，沒有槍手。攻堅的台北市霹靂小組一槍未發，凶嫌已然死在魚池內。鑑識人員初步判定，死亡時間約兩個小時，換言之當蔡家老小睡著了，蔡民雄忽然關心魚池的魚，巡田時不幸掉進水淺的魚池內淹死。

刑事局長罵：

「魯副局長，你怎麼監視的？連蔡民雄被殺也沒察覺？」

蛋頭沒吭聲，他不能把責任推給國安局。

國安局的將軍沒罵人，一個勁的說：

「怎麼搞的，怎麼搞的。」

蛋頭更不能吭聲，他只能以哀怨的口吻問老伍：

「保險公司代表怎麼說？」

其他長官和行政院通電話，小小的台北市警局副局長任務未完成，被長官輪流罵完滿頭包的退出權力核心，他走在狹窄的田埂，抹去臉上的雨水，寂寞的問保險公司理賠調查員要不要吃軟糖。

「蔡民雄不是打總統的槍手。」

「刑事局問了他家人，說他對農地補貼很不滿，阿嬤說他每天邊看電視的政論節目邊開罵，總之，不滿分子。」

「兩千三百萬人，不滿分子起碼一千萬，不是理由。」

「國安局接到報案電話，我接到命令馬上帶隊來抓人，率領幾十支槍衝蔡家，結果只有一具涼透透的屍體，接下來我怎麼辦？」

「聽起來你們被報案電話矇了。誰打的，怎麼不查證，活該倒霉。」

「國安局聽信做土造槍彈的鐵匠，他要投案，子彈是他賣給蔡民雄的。」

「鐵匠人呢？」

「刑事局接手去追捕。我他媽卡在中間，夠衰吧，怎麼辦？」

「蛋頭，別逞能，別當英雄，蔡民雄不是兇手。」

「是啊，風涼話，好歹我找到兇槍，蔡民雄逃不掉兇手的嫌疑。」

「看清楚點，池子裡撈出的槍我認得，你也認得，三十年前台灣黑道流行過一陣子，大陸生產的黑星手槍。」

「黑星，對，沾滿泥，是黑星沒錯。不過，老伍，怎麼，黑星太老，槍管像你的攝護腺一樣堵塞，殺不了人？」

「它的口徑是七點六二毫米。」

「和快樂賓館的一樣？」

「黑星的子彈是七點六二乘二五，彈殼高度二點五公分，只有步槍子彈的一半，槍傷總統的是九毫米口徑子彈，你忘啦。」

「不會吧，好不容易逮到兇嫌，死的一樣好。你確定不能兩種子彈通用？」

「槍管不接受。」

「收小腹、擠一擠？」

「叫你別逞能，證據不足，憑黑星不能破案。」

小艾見到出水的黑星戳戳老伍的背心便走了，馬上被跟蹤。這回是調查局，他們的車輛將跟蹤畫面傳回台北調查站，站長站在螢幕前認真的看，將畫面傳到國安局的裝甲輪車內，將軍坐在後座認真的看部屬膝蓋上的筆電。

「就是這個人？」

將軍下載了畫面以他加密的手機傳出去。

小艾騎車的畫面出現在布置得如福爾摩斯住處的房間內，不大，卻有鋼琴、真皮沙發、吧檯，幾十瓶不同的威士忌、白蘭地。屋內瀰漫雪茄煙味，六隻眼睛瞇著看螢幕上晃動中偌大的 Uber Eats 保溫箱。

「小朋友膽子夠大，直接到現場，沒人逮捕他？」

「調查局的車跟著，現在逮捕怕證據不足。Johnny，你怎麼說？」

「我看，先別下手，等一切塵埃落定再說不遲。」Johnny 沒回答，說話的是一年四季、黑夜白天隨時準備打高爾夫的 Joe。

Johnny 揮手對 Joe 的話不耐煩：

「夜長夢多，好不容易盯上，叫他們製造車禍什麼的，除掉艾禮。有困難？國安局的劉少將不願意？」

「劉少將不肯接陸軍參謀長。」

「他想陸軍官校校長，老許口袋裡已經有名單，難談。」

「難什麼難！」

他們從螢幕收回視線，坐輪椅的老人兩手微微發抖，兩眼幾乎爆出眼眶，領口纏絲巾的 Jeffrey 伸出手按住他。

「Johnny，我們上了年紀，犯不著急，靜下心來等，反正你下棋，他們再怎麼鬧情緒總出不了棋盤。」

其他人沒說話，老人的視線再回到螢幕。

「就他搞掉國安局派去的三名神槍手？」輪椅上 Johnny 激動的聲音說，「我們這時不下手，萬一再讓他跑了呢？不是說國安局監聽魯副局長手機，槍手故意擺兩個彈殼和菸蒂是向艾禮表明身分要艾禮找他。我們只一個漏洞，請來的槍手不見了，不過他不敢回來，講的話也沒人信，現在漏洞變大了，要是艾禮認得他，要是和槍手碰了面，對我們不利。對調查局說，開車撞，當天雨路滑，事後的法律訴訟、民事賠償我們負責。去，弄掉艾禮。」

Joe 點頭，他打開隨身藥罐，每格各取一顆的吞下，然後忙著傳訊息。

「傳出去了。」

「Jeffrey，找中間人，到底他們找來的槍手是什麼人，未完成合約，我們拒付尾款，給他們壓力。」

「是，何不請中間人打掉槍手，免得我們還得再找槍手？」

「不行，我們和中間人不熟，出了一回包，別再出第二回。老許那裡有回音沒？」

輪椅老人問。

「沒。你交代過，他沒動靜，我們不主動。」

「魚池死了人，還是他小學同學，傻了眼，要點時間思考。Joe，傳話給老許的人，說你幫他們處理乾淨了，看老許的反應。」

「好。」

「放話出去，蔡民雄是受苗栗議員那個叫什麼石虎的煽動去台北的。」

「施福議員不是和盧彥博同一政黨的？」

「嚇了老許，再嚇嚇老盧，投票日前，什麼事情都可能變，網撒出去，我們看撈上來什麼魚。」

另兩人點點頭。

「我回去了，熬夜傷身，其他的事你們看著辦。」坐輪椅老人按鍵往後退。

「Joe，你叫一下 Johnny 的司機。」

「等等，Johnny，調查局又跟丟人了。」

螢幕上的畫面少了 Uber Eats 機車。

「Jeffrey 去，約調查局那個誰明天中午吃個飯，成天丟三落四的，什麼事也幹不好。」

6

老伍學聰明，搭捷運上班，兩支手機留在辦公室抽屜，下停車場再開公司車出門，從後照鏡看，後方無可疑車輛。

沿海岸公路到宜蘭，太平洋上空藍得泛白，飛機拉出箭頭狀的雲尾，遊艇和漁船一艘艘懶洋洋的停在幾乎不見浪花的海面。離開高速公路後的台灣東半部幾乎靜止不動，唯一動的是剛被釣出水面的細長銀色白帶魚，牠在生命的最後剎那用盡所有氣力將陽光甩向每個方向。

右轉往太平山，他放慢車速，得尋找一條岔路裡的教堂。

教堂躲在好幾叢樹林後面，長著老外面孔卻有中文姓名的顧神父一臉微笑等在門口。庭院很大，幾名教友蹲在一角的菜圃好像討論高麗菜的成熟與否，一輛小貨車鑽出汗透背心的年輕人搬一箱箱舊書、舊衣服進去。這間教堂雖小，禮拜堂、圖書室、宿舍、廚房一應俱全。

顧神父領老伍到教堂後面的圖書室便離去，娃娃坐在斜斜射進窗戶的光線裡，可以看見浮游物飄在她四周，可以聞得到窗外傳來淡淡的桂花香氣，老伍停下腳步深呼吸一口。

娃娃聚精會神的看書，老伍決定不打擾她的就近坐下。運舊書的年輕人做事負責，沒扔下箱子便走，他細心的按照原來書架的分類，將一本本書填進屬於它們的位置，這樣，老伍想，到了陌生新家的書不會惶恐。

國防部上尉聯絡官洛紛英於去年發生的寶藏巖槍戰受傷，當時協助刑事局伍警官辦案的前陸軍特戰中心狙擊手艾禮一槍命中攻擊伍警官的洛紛英左額，經過急救，雖挽回性命，從此洛紛英腦部受損，經情報局安排從三軍總醫院轉至榮民總醫院，始終未痊癒。辦理退伍手續後，退除役官兵輔導委員會透過榮總系統原欲安置她去花蓮的榮總分院，沒想到洛紛英拒絕，她選擇離市區很遠的這處宜蘭山區教會休養。她是教友，上帝的子民。

洛紛英原為特戰中心狙擊隊教官黃華生的學生，艾禮的同梯同學，結訓後考取陸軍官校，接著轉入國防部軍事情報局工作，再至副部長室任祕書。黃華生綽號鐵頭教官，涉及操縱民間神祕組織「家裡的人」，與派駐歐洲的軍購代表 Peter Shan 陰謀殺害原欲洽談烏克蘭軍火的總統府戰略顧問，動機為 Peter Shan 擔心戰略顧問搶走原來屬於他的軍火生意。

刑事局結案報告明白列舉黃華生違法與死亡經過，洛紛英的部分卻提不出犯罪事實，最後以不起訴了結。軍方的規定比司法嚴格，強行要求洛紛英提前提伍。

這是老伍第一次見到洛紛英，兩人之前僅通過電話，寶藏巖的夜戰，天黑、雨大，洛紛英掩護黃華生拒捕，被艾禮一槍擊中。老伍可以做為證人的指控洛紛英開槍襲警，他沒有，他躺在醫院，兒子替他進刑事局辦退休手續，都退休了，何必橫生枝節拉個女孩坐牢。

送書的年輕人動作輕巧，不願干擾洛紛英。究竟什麼書讓她如此著迷？沒什麼特別，這裡是教堂，當然看偌大一本的硬殼《聖經》。

洛紛英額頭留下明顯的蚯蚓形狀暗紅色傷疤，她的皮膚很白很薄，老伍幾乎看得見太陽穴附近淡綠色靜脈的跳動。

老伍帶了箱老婆特別挑的營養品當禮物，臨出門前聆聽老婆的判決書：

「都是你把好好女孩打成那樣，你不是每次打靶零分，怎麼不該準的時候特別準？你喲，臨退休還傷人。」

沒解釋，不是他打的，艾禮開的槍，換成他，開三百槍也傷不到洛紛英。對老婆不能解釋太多，她們經常誤會男人爭取真相的辯護為存心抬槓頂嘴。

洛紛英穿白圓領T恤與刷得近白的牛仔褲，剃光的頭髮長出短短一片，像高中男生。看來她沒事了。

「她沒說過話，」顧神父之前說明，「我不想逼她開口，她接下來的人生，上帝自有安排。」

顧神父暗示老伍別逼洛紛英說話，而老伍也不想說。他退休了，他是保險公司的理賠調查員，他能問洛紛英保過什麼險、需要協助辦理賠償事宜嗎？

沒坐多久，老伍留下禮物悄悄退出圖書室，沒向顧神父告辭，他開車順山路七拐八彎的回到公路停下車，忽然有抽菸的欲望。

沒香菸，他拆開蛋頭送的軟糖。

送舊書的小貨車吭咚吭咚的抖動每個零件駛來，駕車的年輕人搖下車窗，

「請問有菸嗎？」

「沒菸，有這個。」

年輕人順從的接受一顆軟糖，他專注的運動口腔，年輕人也許從此愛上軟糖而戒菸，老伍則極可能立誓不再吃糖，後面一顆活動假牙老被軟不拉嘰的糖果黏得想離開牙床。

「見到娃娃了，怎麼樣，過去的感情隨風而逝，還是非見蠟炬成灰的灰長什麼樣才甘心？」

「懂伍警官的意思。」

「不在意她曾經和你鐵頭教官在一起的——」

「伍警官戳我痛處了。」

「痛？」

「痛。」

「不能不說鐵頭教官雖然年紀大，有男人味，難怪。」

「伍警官愛戳人痛處，戳到對方痛得咬牙切齒。」

「我過來人，告訴你失戀處理的方式，快點讓愛變質為恨。愛啊痛苦，恨，反倒爽快。恨得差不多，扭頭忘記過去，交個新女朋友，五年後回想，感慨當初為什麼想不開。」

「伍警官說過，打靶的靶紙，掛去乾淨一張，打完靶傳回來，全是彈孔。」

「你記得？」

「你還說，沒人在乎本來乾淨的那張，大家留下全是彈孔的當紀念，因為上面有成績，練了許多年的射擊成績在一張盡是洞的破紙上。」

「我講這麼多廢話啊？」

「對，伍警官講的。」

「你想留下有彈孔的靶紙？」

「好像，我沒別的了。」

「有，你有的比我多。」

「什麼？」

「青春。」

小艾伸手再要一顆糖，他沒蛀牙，沒假牙，距離植牙尚有二十年可以悠閒的嚼各種各樣令牙醫搖頭不止的糖。

「每次跟伍警官聊天，回去都要想很久。」

「幹麼，我一向講白話文。」

「不，長官常常講深奧的話，聽的時候聽到一加一等於二，等回去好好想想，原來你說的不是一加一等於二。」

「我說什麼？」

「像是說，一加一等於二嗎？如果等於零呢？像傭兵部隊的日本同袍教我的日文，前面很長的敬語，重要的動詞在最後面，要全神貫注的聽，聽到『這樣不是很好嗎』，再重新思考他說的到底好還是不好。」

「哈哈，我講話真這樣？」

「對，伍警官的話不能幫助人找到該走的方向，是幫人找到思考的方向。」

「你思考出方向了？」

「是，目標十一點方向獨立家屋左邊木窗內敵人一名，狙擊手三發裝子彈遥行射擊那樣的方向。」

「落落長的方向，好吧，你有方向就好，別太死心眼。」

「是，報告伍警官，我小艾從不違背自己。」

「哪天你能不能違背一次？」

小艾發動引擎，

「伍警官又講一句一加一等於二嗎的話。」

「是喔。」

「對了，伍警官，昨天晚上的事讓我想到鐵頭教官講過的話，引蛇出洞。」

「蔡民雄死在魚池那椿？」

「是，在戰場分不清對方多少人，我們火力居優勢，其中一名狙擊手先曝露自己位置，向最可疑的方向發動攻擊。如果對方害怕，會想法子隱蔽，一動便露出行蹤；如果對方不怕，直覺的會對開槍處集中火力反擊，還是曝露位置。」

「什麼意思？」

「黑星的事，查過，蔡民雄是農民，很少進台北。我猜他的身分特別，雖然和槍擊案無關，可是一定和關鍵人物有關，不然不會遠到通霄害死蔡民雄，藉他的死，勾引真的凶手還是相關人士忍不住的出來。」

「你也學會一加一等於二嗎的講話調子啦？」

「伍警官一定懂。」

「好，我多用用腦子，免得退化太快。」

「是，伍警官再見，祝你身體永遠健康。」

小貨車一擺一擺，吭咚吭咚掉轉車頭。

7

刑事局長的大臉占去電視螢幕三分之一，他唸著稿子：

「凶嫌蔡民雄死於魚池雖可能意外死亡，仍不排除涉案嫌疑。本局一再過濾事件發生當天相關監視器的畫面，各位請看，槍擊案發生後的十三分鐘，拍到這名穿雨衣的男子快步進入京站大樓的長途客運轉運站，經過比對，應是蔡民雄。再經查證，蔡民雄與總統是小學同學。」

底下記者交頭接耳，刑事局長拚命咳嗽。

插進監視器拍到的畫面，一名穿雨衣的男子穿過馬路跑向京站大樓的長途客運轉運站。下個畫面來自轉運站內，男子跳上開往新竹的客運。

兩張照片，蔡民雄的與下載自監視器的男子的。

「至於蔡民雄陰謀刺殺總統的動機，目前推測，近年乾旱，農田休耕，嫌補償金的數目太低，找民代抗議，苗栗縣議員施福認為他既是總統小學同學，鼓勵他到台北找總統陳情。本局向總統府求證，並未收到蔡民雄的請願申請，會客名冊內沒有他的名字，可能蔡民雄火氣太大，拿槍去華陰街攔總統座車，不幸無法控制脾氣而開了槍。總統本人向本局人員說明，確和蔡民雄於小三、小四同學過，無深交。大家知道總統從小鄉下阿嬤帶大的。他轉學台北後，未曾和蔡民雄有過聯絡。」

刑事局長一口氣唸一長串，抹去汗水的喝水。

「另一槍手，持步槍的，本局高度懷疑為退伍軍人所為，幾經調查與比對，此人本名艾禮，曾涉及去年發生的羅馬殺人案。前陸軍特勤中心狙擊手、法國傭兵團士官，這是他去年扮女裝混進桃園機場的影像截圖，刑事局已發布通緝令，希望認識他的人提供線索。目前艾禮涉案程度不詳，本局在此呼籲，希望他主動出面解釋。」

看了一下鏡頭，他再唸稿子：

「槍擊案往三個方向調查，許總統的仇家，已在追查中。至於政治上的對手，為了真相，本局不得不約談盧彥博，請各方諒解，絕對與選舉無關。關於媒體報導的地下賭盤，本局並未忽略，正北中南同時著手。」

刑事局的記者會開得冗長，局長不再看稿子，他看向臺下的記者。

「本局初步推測，蔡民雄逃回通霄擔心事發，將凶槍擲入魚池湮滅證物，當時天雨，魚池邊是泥地，不慎滑倒而摔入池中溺斃。法醫連夜解剖後證實肺部積水，溺死，無外傷。至於外界懷疑起出的黑星手槍與刺殺總統的子彈不符，本局亦重新鑑定之中，同時專人南下苗栗，放光魚池內的水，逐寸逐尺的搜索，以防其他槍枝或證物落於池底，被石頭、泥土壓住。」

三名老人圍坐在大電視前，Joe搖著杯中的冰塊：

「我把蔡民雄的身分傳給老許的人，看樣子他們領情，很快會有回應。」

「老許自己不回應？」輪椅老人斜著眼問。

「他的兩個小朋友一個勁的道謝，誇我們協助警方破案。只怕老許吃了悶虧，明知蔡民雄是假凶手，也只好往肚裡吞。」

「棒球怎麼形容的？」

「自打球，球彈到本壘板，再彈到褲襠。」

「對，自打球。」老人難得的露出笑容。

抽雪茄的是Jeffrey，他噴口煙：

「魚池裡怎麼撈出黑星，出了什麼狀況？」

「派去處理蔡民雄的小子臨時起意，捨不得扔新槍，挑把舊槍丟進魚池當報銷。」

Joe的推桿又推歪了。

「你們怎麼辦事的，找的第一個槍手故意留證據，找的第二個丟錯槍。」輪椅老人以顫抖的聲音罵。

「這——」

「拖拖拉拉！」

輪椅內的Johnny不尋常的兩眼發光，一掌用力拍在扶手。

「老兄弟，別動氣，我們一步步走。這把年紀，不慌不忙，為了這種事情飆高血壓划不來。」Jeffrey 安撫老人。

「刑事局往地下賭盤查，賭盤大部分押盧彥博贏，要是盧彥博真贏了，組頭賠死，乾脆找人朝老許打兩顆假子彈，增加老許的同情票，說不定老許逆轉勝。組頭一心想贏錢，哪在乎誰當總統，他們是多理想的開槍嫌犯。如今開槍的蔡民雄死了，問不出他為什麼打老許一槍，大家自然把帳算在組頭頭上，等於我們替老許解了套，他能不領情嗎？剩下黑星手槍和彈頭不符的事，Johnny 出個主意。」

「想法子讓警方打迷糊仗。」老人點頭，「本來所有籌碼在老許手上，誰也弄不清哪裡跑來子彈劃傷他肚皮，現在死了蔡民雄，有了凶手和槍，刑事局當真開了記者會，認可蔡民雄是凶嫌，籌碼變成在我們手裡，老許不能不接受我們的條件。不急，他是聰明人，犯不著惹惱我。殺蔡民雄的二愣子呢？」

「拿了錢，被我的人關著。」Joe 小心回答。

「盧彥博那裡怎麼說？」

「急著催美國刑事專家上飛機來台灣，他們那邊慌了。」

Joe 看了手機上的訊息插嘴進來：

「老許的人不放心，問黑星不是凶槍，真的凶槍呢？」

「弄把九毫米槍往蔡民雄家裡塞，」老人說得斬釘截鐵。「對老許說，我們全力協助他找出凶手，別讓殺蔡民雄的凶手跑了，弄妥對的槍，傳話去，蔡民雄留了遺書對他不利，我們正設法找，他聽得懂，要是不在這兩天買單，把遺書送媒體。」

「真有遺書啊？」Joe 驚訝的問。

「本來沒槍手，如今刑事局認證蔡民雄是凶手。蔡民雄死了，叫死無對證，同樣，他如果留了遺書，是真是假也死無對證。你們看過電視上他老媽、他妻子，哭窮勝過哭兒子哭老公，基金會已經送一百萬慰問金去了。」

「老許不敢否認蔡民雄是凶手，更難否認蔡民雄的遺書，Johnny，這個主意好。」

「老許派來的人表現得如何？」老人沒接受稱讚。

「一個滿臉委屈，一個巴結奉承。我們下的藥有效，老許怎麼也沒想到真有凶手，還是他小學同學，這下子搞不清我們手上到底有多少他的東西。」

「兩顆彈殼得處理。」Johnny 降低了嗓門問。

「逮到艾禮，往他頭上一推就解決了。我們找來的日本槍手嚇得跑了，不會回來投案。」

「盯住艾禮和老伍，艾禮油滑，老伍有家有業，他跑不了。」

老伍的家業之一躺在病床上，父親以呼吸器傳出的聲音宣示他的存在，老伍坐在一旁握著老人沒有反應的手。

忘記在哪本雜誌上看過，老伴若走了一個，另一個也活不久，少了倚賴，對生命不再抱持期待。母親走了一年後，父親在短時間內衰老許多，記憶力減退，喪失味覺，既不肯搬到兒子家，又不肯讓兒子為他請看護。

鄰居通知，老伍比救護車晚到五分鐘，擔架正將父親送上車。洗澡時摔了一跤，鄰居吳阿伯每晚睡前一定來看看，發現叫不開門，還好老伍給了他鑰匙，進屋發現不對，馬上撥一一九。

頭部撞到地磚，腦震盪，從那天起父親睡了三個月又十二天，對外界的聲、光、接觸皆無反應。

兒子的懊惱喚不醒固執的父親，他說不想打擾兒子的生活，他說習慣住老房子而且房子裡有他妻子的味道，他說他身體很好。

說再多也無法說服命運。

請了看護每天為父親擦澡、翻身活動四肢，因為兒子想多賺點錢支付住院的費用沒法子親嚐湯藥，因為公務人員雖有退休俸但也有限。

手機一再震動，老伍未理會，他每隔幾天來陪父親坐半小時，這樣算盡孝道還是見到棺材才垂淚的懺悔？

是護理師叫他回家的，大概老伍疲憊的神情讓護理師擔心不會又一個老人躺下吧。

走出醫院，手機留了六通蛋頭打來的未接電話，本來不想回，被纏得很煩。志明的電話不好意思不接，說他就在樓下。

「長官，我是你的老部下志明，魯副座派我接你，沒見到人，你還在醫院？千萬別躲我，不然我會被副座罵到下一輩子。」

「沒空，老婆要我去辦事。」

「求求長官，副局長快瘋了，你去局裡，我到你家，辦什麼都由我來。大嫂要鹿谷茶葉？萬巒豬腳？SK2面膜？要不然LV包包？」

「我老婆打麻將去了，要我接她。」

「哪裡打，我去為她們送永樂市場的旗魚米粉、東門市場的水餃。」

老伍笑得快岔氣。

「志明，壓力這麼大？」

「報告伍長官，總統挨了兩槍。」

當老伍坐進副局長辦公室，他的待遇不見得比老婆差。

「鹿谷新茶，你嚐嚐。那個誰，替我拿冰箱裡的綠豆糕，還有，我話沒說完你急著去哪裡？伍長官愛高粱，我藏了瓶黑金龍，應該在保險箱裡，密碼你知道，要是有巧克力也拿來。」

「我的偉大副局長，刑事局出面宣布破案，不是台北市警局，你把椅子坐穩點，免得被人搬去廁所門口。」

蛋頭拉拉制服下襬：

「刑事局莫名其妙急著破案，明明槍不對，惹來媒體攻擊了吧。氣出在我頭上，半小時前才被內政部長和警政署長叫去修理一頓，說我情報不準確，說我怎麼被個做土造槍彈的鐵匠騙。操，明明國安局接到線報，我只是執行逮捕命令，現在什麼錯都要我擔，早知道不當官，回警大教書。台灣公務員不是人幹的。」

老伍恢復沉默，蛋頭嚼起水果軟糖，自從戒菸之後，他每天嚼至少十五顆軟糖，警界的人聽過蛋頭的名言：你們猜猜戒菸的後遺症？他媽的糖尿病！

又是水果軟糖。老伍打個呵欠：

「有屁快放。」

「老伍，你走一趟市警局耽誤不了什麼事，既然有人跟蹤你，乾脆正大光明請你來喝咖啡。」

「說吧。」

蛋頭將一張列印的紙張推到老伍面前：

一九三五　汪兆銘挨三槍，未死，凶手孫鳳鳴用左輪

一九八一　行凶者朝美國總統雷根開了六槍，雖然亂槍打鳥，僅一發打到轎車反彈到雷根身上，至少凶手用的是點二二左輪

一九八一　教宗若望保祿二世被打中兩槍，未死，凶手用白朗寧九毫米半自動手槍

一九九五　以色列總理拉賓中四槍，死亡，凶手用九毫米手槍，達姆彈

「暗殺的歷史。要我專程跑來回顧歷史？」

「不能傳出去，市刑大小王反應快，幫我整理的，看出苗頭沒？」

「說吧。」

「汪兆銘時代稍微久遠，兇手拿左輪貼近了開槍，雷根遇到神經病，也是近距離射擊，都沒被打死。一九八一年教宗那件槍擊案絕對想置教宗於死地，用九毫米的手槍，殺傷力比左輪大多了。拉賓那回兇手更狠，用達姆彈，就是開花彈，根本要人命，拉賓沒逃過。」

「我聽出來了。」

「是吧，謀殺演進史，既然開槍，當然想打死人。」

「你想說沒人刺殺總統用土造手槍和土造子彈？」

「就說你不該退休。別出去講，媽的，這幾天晚上睡覺會驚醒，老伍，天底下沒這麼暗殺總統的，拿土造手槍見到總統座車就打，像話麼？」

「殺手說不定在氣頭上，拿到什麼就開槍。」
「打中總統的那顆彈頭居然停在西裝外套內襯裡，有這麼萎的子彈？」
「你嫌我們台灣人刺總統也刺得不三不四，不爽，氣得睡不著？」
「不，老伍，我怕案子查不下去。」
老伍懂了，不過他打算等蛋頭開口。
「說吧，」蛋頭站起身，「蔡民雄不是凶手，現場沒找到殺傷總統彈頭的彈殼，兩顆步槍彈殼沒彈頭。」
「我說，根本沒槍手，沒人開槍打許火生，他自己搞的，弄個替死鬼了帳，沒想到栽錯了黑星手槍。」
「說謊就得圓謊，說完第一個謊，趕快編第二個謊、第三個謊。」
老伍冷冷的看蛋頭，看得他又搖頭又嘆氣。
「我們猜測沒人開槍，許火生自導自演，可是沒證據，想想爽而已，於事無補。你有法子破案嗎？還是刑事局、調查局、國安局搶先宣布破案？」
「他們能怎樣？」
「蛋頭，別裝了。」
「喔，你說昨天晚上國安局派人打小艾的事啊？懂，蔡民雄當不成凶手，抓小艾替補，而且他們要死的小艾，省得偵訊，廢話半天。」

「看出苗頭了？」

「什麼苗頭？」

「兩名刺殺許火生的槍手，一個雖然凶器不合，但仍被列為以土造子彈攻擊總統的凶嫌。另一名留下步槍子彈的彈殼，小艾是職業槍手，他若收了誰的錢要打許火生，理想的凶嫌。蔡民雄死了，要是小艾也死，順理成章的破案。最佳的副作用是——」

「只有盧彥博有動機雇槍手殺許火生。」

「你說的，我沒說。」

「選前，沒證據不重要，光是傳言又要盧彥博丟幾十萬票。」

「還是你說的。」

「小艾在哪裡？」

「不知道。你想升官發財，我不想。」

「就是看不起我，當個小官罷了，不值得你成天酸來酸去。你最後見到小艾不是在太平山？」

「是啊。」

「他去了哪裡？」

「看完娃娃，我叫他去避風頭，犯不著扯進槍擊案。」

「老朋友，說說，不說我難辦事。」

「不是八德路的巷子？國安局找到，派三名槍手打得自己滿頭滿臉的灰。」

「其他住處呢？」

「我沒問。」

「你們算朋友嗎？」

「他沒請我去他家吃飯，我一向不寄聖誕卡，沒想過要他的地址。好吧，聽他提過達觀。」

「新店那個社區？」

蛋頭打開抽屜拿出一張照片：

「國安局收到一個隨身碟，寄件者不明，裡面錄下總統被刺當時的另一角度過程，人群內有張戴棒球帽的臉孔，經比對，是艾禮。」

老伍看也沒看，低頭喝了黑金龍，一杯不過癮的再斟一杯，大口喝乾，他重重放下杯子。

「蛋頭，為什麼一開始不講？你真不能做朋友。」

8

「確定是艾禮的摩托車？」

輪椅老人貼著螢幕看上面的照片。

「他的，停在土城這家麵館前，國安局拍的，證實一男一女，比對照片，是那天扮成外賣的艾禮和他女朋友洛紛英。」

螢幕上出現另一張照片，同一輛摩托車停在縱貫線旁的一家旅館的停車場。

「車子停在桃園中壢，國安局劉少將來電話，抓不抓？」

老人沒回答，操縱輪椅在房間裡轉。

「我的看法，」Jeffrey 整整領巾，「國安局發動突擊，一陣亂槍把艾禮打死在旅館裡，兩顆子彈對老百姓可以算有交代了。既有蔡民雄在槍擊案現場的錄影，又有民眾提供艾禮在現場的照片，勉強完美。」

Jeffrey 看看老人，像是揣測老人是否同意他往下講。

「不過，Johnny，打死了艾禮，刑事局馬上宣布破案，把蔡民雄和艾禮扯成一夥執行謀殺總統行動，民眾不會在意幹麼一把手槍一把步槍，幹麼手槍打兩發破爛的土造子彈，居高臨下的步槍卻不開槍。兩名凶嫌均死亡，沒有口供，老許沒有了後顧之憂，到時我們拿出蔡民雄的遺書也沒用，他的人可以說是假的。」

「你想的對，暫時還沒到殺艾禮的時候。」老人說。

「不能殺。」Jeffrey 回答。

「留著他，其他單位會殺。」老人說。

「我們保護艾禮。」

「怎麼說？」

「送艾禮離開台灣去日本找我們雇的槍手，他的個性挺拗的，追根究柢非搞清楚怎麼回事不可，再說國安局派人殺過他——」

「有仇不報非好漢。」

「是這個意思。」

「我們派人跟著到日本，連他帶我們雇的槍手一起解決？」

「是，Johnny，艾禮死在日本，要求我們的槍手務必毀屍滅跡，一把火燒了。日本警方比對不出他的ＤＮＡ，我們不說，老許的人不知道，一直逮不到艾禮必然心慌，以為在我們手上，容易接受條件。」

老人透過下垂的眉毛足足看著 Jeffrey 有一分鐘，

「死諸葛嚇走活仲達？Jeffrey，你也長大了。」

「Johnny 教得好。」

「艾禮肯帶他女朋友去日本？」

「利用伍警官。」

老人轉動輪椅對向Joe，

「去對老許的人說，內閣人選是新選上總統的權力，我們從不要院長、部長，照老規矩，七個部會的副部長，一家國營銀行的總經理，我最在意的，央銀副總裁就Jeffrey，他和你也熟，彼此了解。我的最後底限，態度堅定點，讓他知道不能討價還價。」

「行。」

「重新順一遍。」

「是。」Jeffrey看了Joe一眼，「Joe去找老許的人談條件，央銀副總裁是底限，沒得談。我叫各單位盯牢艾禮，要是他去日本和那名槍手接上頭，一起做掉，屍體放火燒，等日本警方查出死者身分，選舉早結束。因為只有我們知道艾禮死了，老許不知道，他對我們提出的條件不能不慎重考慮。不過，Johnny，老許的個性你清楚，吃軟不吃硬，會不會和我們槓上。」

「不會，老許從來不是搞革命的理想主義者，他是商人，是賭徒，都快投票，他的局勢轉好，犯不著旁生枝節，他會接受我們的條件。」

「是。」

「艾禮這邊，再找劉少將確認，確定是艾禮。不能再被艾禮耍了。」

「好。」

「你們找的殺手行嘛？別怕花錢，兩個人都得死，留不得。」Johnny 語重心長的說。

確是小艾的摩托車，接了娃娃離開太平山，抵達台北換了摩托車一路往南。

與老伍分手後，小艾忍不住的掉頭回教堂，他蹲在娃娃面前問，我小艾，記得嗎？娃娃看著小艾，眼神卻空洞。小艾握住她的手，娃娃，我小艾，妳恨我？

娃娃依然看著小艾，她的手抖了抖，小艾握得更緊。對不起，我知道對面窗戶後面的那把槍是妳，可是妳的槍口對準伍警官，我直覺的開槍，對不起。

娃娃未移開視線，眼睛裡多了東西，一點點，慢慢放大，然後落了出來。

跟我走。小艾拉起娃娃，妳不能一直待在這裡，妳還年輕，放心，花再多錢我也要找到能治好妳傷勢的醫院。

娃娃沒有拒絕，她隨小艾的力量站起身，任由小艾牽著步出圖書室，坐進貨車。那天陽光一如所有的初冬，因大地蒼涼而顯得尤其溫柔。

他與娃娃進了中壢的汽車旅館，十分鐘後旅館內陸續跑出男男女女，有的仍衣衫不整，開車的開車、騎車的騎車，一片混亂。三名穿黑西裝的男人衝出廂型車抓住一名配了旅館名牌的女人，原來有人持警察局的服務證要求清空旅館，他們接到報案要抓通緝中的毒犯。黑西裝動作明快，一人持槍衝進旅館，一人呼叫後援，另一人阻止人車離開。

阻止不了，很多男女進汽車旅館的伴侶不是丈夫或妻子，是老王或小三，他們不跑不行，再說攔他們的國安局人員沒穿制服，不嚇人。

警方接到通知，於各路口展開臨檢，可惜晚了點，至少五輛汽車早跑上高速公路，其中一輛也再跑下高速公路。

螢幕上十多輛竄逃汽車車燈不時閃過監視器，螢幕前的人看得很不舒服，坐輪椅的Johnny 不高興的問：

「怎麼回事，Jeffrey，查查。」

Jeffrey 傳出訊息，他對 Joe 急躁的說：

「不對勁，艾禮帶洛紛英不見了。」

輪椅上的老人抬起手臂：

「讓他們走，叫人看著機場。另外，Jeffrey，安排一下，我見見伍警官。」

桃園機場也忙，就在長榮航空櫃檯關櫃前一分鐘，一對訂位的女乘客才趕到。飛機不能延誤起飛，基於服務旅客的原則，兩名地勤人員陪同二女通過護照查驗、通過行李查驗，個子較矮的女孩被刁難了幾分鐘，女關員從頭到腳摸了她一遍，甚至要她脫下鞋子重新走一趟X光。

兩名女孩趕到登機門前喘著氣的向地勤人員一再道謝，她們是最後步入機艙的兩名乘客。

飛機準時起飛，這是今天第十七班飛往日本的飛機，尚未離地，兩名女孩即睡著，直到空中小姐喚醒她們吃飯。

這天商務艙的餐點很豐富，四道法式前菜、四種麵包、四種酒、一種牛排、一種海鮮、四種甜點、兩種咖啡。

一名女乘客的胃口不好，另一人的胃口則好到驚人，吃光自己的份之外，幫同伴吃掉沒吃完的，之後再要一份牛排，才滿足的繼續睡眠。服務商務艙的空中少爺眼神離不開那名好胃口女孩的腿並對女同事說：

「她練過，女生一定要練，腿的線條才出得來。」

兩個半小時後，飛機在大阪的關西國際機場降落，日本已入冬，氣象預測北方冷氣團南下，這兩天可能急速降溫，北海道、東北地區降雪，中國與關西地區的山區亦可能降雪。

兩個半小時前，難得的警政署副署長召見老伍。說起兩人關係可以往回推到警校期間，副署長是他學長，以後兩人在台南、花蓮、新竹、台北共過事，都是老伍的長官。他曾在酒後對警界的人說，他在警界一天，老伍一天別想出頭。沒說原因，老伍聽到也不在乎，官場一向如此，誰看誰不順眼往往一生一世，他和黑道走得近，免不了惹來閒言閒語。

長官希望部下建立幫助破案的黑道關係，長官不想提升有黑道關係的部下，他們有官場潔癖，兩隻手非得乾淨到一星期去做一次指甲，修得光亮整齊，像從沒拿過槍。儒將，每名長官最愛的稱號，諸葛亮那樣搖把扇子破敵於千里之外。

副署長維持官民間的客氣，偌大的會客室，兩人握手後對坐。

「小伍，退休前不來看我，急著脫下制服？」

屁話。老伍堆出笑臉。

「在刑事局不如意？早點來找我，這麼早退休，警界的損失。」

屁話。老伍維持笑臉。

「聽說你幫盧彥博的忙，怎麼，如果他當選，答應你什麼職務，不會是國安顧問兼警政署長吧。」

副署長呵呵笑兩聲，老伍跟著笑。

「有件事該告訴你，艾禮失蹤了。」

這下老伍不能再裝笑，裝驚訝，所有情治單位盯著，小艾怎麼可能失蹤，他還帶著娃娃呢。

「他和洛紛英一起失蹤。」

噢，老伍得改用困惑的表情。

「別在我面前演戲，小伍，我們從警校就認識，你婚禮我還喝得半醉。他們人呢？別推託，我清楚你和艾禮的關係，你從蛋頭口裡問出洛紛英下落，艾禮接她離開太平山，從此不見蹤影。小伍，艾禮涉及槍擊總統案，你護不了，別到時連你也涉案。」

老伍不能再不開口了，他清清嗓子中氣十足的回答：

「報告副署長，多年來受您關照，既然問起艾禮，他確是我線民，我確實和他失去聯絡，可是我猜想他離開台灣了。」

「去哪裡？」

「報告副署長，我猜他們去希臘的愛琴海。」

「為什麼去希臘？」

「報告副署長，度蜜月啊。」

幹！老伍聽到副署長肚子裡的聲音。

也是小艾與娃娃飛機落地後的兩個半小時前，蛋頭輕裝簡行，沒動用霹靂小組，沒調動大型警車，他帶了市刑大六名刑警分兩輛車順基隆路上高架橋過新店溪的駛進一條大坡度的山路。

一名刑警守住大門警衛室，監看社區內的監視器畫面，其他人遠遠停下車，走了段令他差點透不過氣的上坡，再留一名刑警守住電梯口，他與剩下四名刑警扣好防彈背心，舉起手槍，一出十一樓電梯即圍住七號的鐵門。按了電鈴以為不會有人回應，打算舉攻門錘撞開門，沒想到馬上門開了，一名穿內衣內褲的胖嘟嘟男子一臉笑容的撞往蛋頭舉槍的手喊：

「靜容，我姊夫來了，餃子下鍋。」

蛋頭不得不收起槍的進屋。

「還有同事啊，一起來，今天包餃子，不愁不夠吃，各位警官請進，我拿拖鞋。」

脫防彈背心時蛋頭認真的想，他對記憶力一向自信，果然想起來，老婆一早叮嚀他到警局找快遞送個包裹給她弟弟，包裹上寫了姓名和地址。

被老伍耍了。

耍了認命，大不了多吃幾顆餃子，壞的是——小舅子拉他坐進廚房並且問：

「姊夫，我姊做的包子快遞來就好，還特別跑一趟。咦，包子呢？」

包子還在辦公室桌上，放一天，這種悶溼的天氣，不酸也臭了。

因而當他要吃第一顆餃子前，吆喝同事一起喝酒：

「我們遙敬以前老同事，大家敬愛的伍長官，祝他喝副署長的茶，落賽一整夜。」

第三部　見影不見人

「狙擊手遇上狙擊手？好問題，卻沒什麼大學問，讓敵人見到你影子見不到你人，相對的，你要從敵人的影子裡找出他的人。

「聽不懂？孺子不可教也。學過偽裝、學過地理環境，你們要和周圍一草一木結合，敵人的瞄準鏡裡看見到處都是你的影子，喬不定哪個影子是你。要是你從敵人的影子裡找不出他人在哪裡，小雜碎們，用用腦子，逼不出他，想法子讓他自己出來。

「怎麼，嫌教官說得太玄？還有一種，漫天飛舞的都是你的影子，他只能逃，否則投降。這種渾身殺氣的槍客不多，得遇上，你們才恨你媽少給你生兩條腿。恐懼，從腦門涼到腳底心的恐懼。」

教官兩隻傘兵靴蹺在桌面，椅子斜斜對著門外的夕陽，花了點安靜的時間從他自己營造的語言醒轉，點起一根新的雪茄。

「回過頭再講薛仁貴，西元六五九年，唐高宗顯慶四年，薛仁貴率兵與高句麗大軍戰於橫山，他一馬當先，腰間掛兩副弓衝敵陣，歷史上這麼寫的：『所射皆應弦仆。』要是用章回小說的寫法：凡弓弦響處，敵人仰面而倒。欸，拍什麼手，小學生啊。薛仁貴死了一千三百年，你們拍手他聽不到。要是存心拍教官馬屁，不必，教官我念的書，深，對你們小白痴而言，深不可測。」

教官得意的狂笑，菸灰落得一身，他不撣不拭，用力縮著兩頰吸一大口。

「唐軍得勝，與高句麗再戰石城，這次遇到勁敵，高句麗那裡也有善射者，躲在大隊兵馬後面，飛箭連殺唐軍十多人，一時之間軍心動搖，不敢進又不能退。薛仁貴毫不猶豫的往前，他得殺了那小子，不然沒法子提振士氣。

「尋找那名狙擊手，千軍萬馬，泥塵遮日，怎麼個找起？說，輪你們小王八蛋說說。」

「射影子，他就出來了。」

一陣鬨笑，教官面不改色：

「又是你小段，長輩說江山易改，本性難移，誠然有理哪，你就忍不住的非開口不可對吧？今天不罰你跑步。小段雖然胡說八道，但有點意思。

「戰場上兵荒馬亂，薛仁貴找不到對方狙擊手，他單騎往暗箭射出的方位快馬騎射，一箭射一人，所有高句麗兵四處逃竄，於是薛仁貴見到戰場一角孤單的躲著一名握弓的人。對，那名善射者，歷史上寫他『賊弓矢俱廢，遂生擒之』，酷吧。老子打到你害怕，你一慌，嘿嘿，站好等我踹你屁股。

「誰有意見？好，大胖你說。」

「報告教官，我不信善射者站著等薛仁貴踹屁股，他不會射薛仁貴嗎？」

「哎，平常不看書，跟你講書中的道理，你又只識其字，不明其意。大胖啊大胖，我該拿你怎麼辦？繫首馬鞍也沒用。聽不懂？砍下你腦袋掛在我靴頭，給其他人做個榜樣，誰再笨得惹毛我，就這樣砍頭！

「我們先看薛仁貴怎麼射擊，他『單騎突擊』，騎馬突然發動攻擊，所以他處於移動狀態，於馬上射擊想攻擊他的人，其中當然包括高句麗的善射者。高句麗兵被射得逃命，善射者前面的掩護沒了，坐著等死。

「他怎麼逮到善射者？書上寫『賊弓矢俱廢』，對方弓和箭都壞了，或者箭都射光了，也可解釋扔下弓矢。我的看法，高句麗的狙擊手當然對殺過來的薛仁貴瞄準了拚命射箭，恨不能把薛仁貴射成刺蝟，可是薛仁貴氣勢驚人，風、沙、響遍四野的喊殺聲，高句麗善射者眼裡幾十個薛仁貴朝他殺去。人，一怕，手軟，善射者一箭未中目標，薛仁貴已殺到眼前。

「嚇，嚇到對方手足無措，你先贏一半。

「聽懂了嗎，雖然狙擊手對狙擊手沒機會面對面比賽，孔子說的『揖讓而升，下而飲，其爭也君子』，操，我們不是君子，我們是強大的狙擊手，聽到我名字你們就想撒腿跑回家抱你小馬子哭。什麼氣勢？

「老子吐口水也能淹死你的氣勢。」

——前陸軍特戰中心狙擊手上校教官　鐵頭

BAR TARO N JIRO

小艾與娃娃走進一棟細窄的水泥樓房，一樓外牆的商店指示牌顯示別小看這棟樓，一層四家店，八層三十二家，包括以魚料理為主的餐廳「鮨」、以天婦羅為主的「揚げ物」、以咖啡與咖哩飯為主的「SNACK」。小艾研究了一會兒，他選擇「TARO N JIRO」，因為他喜歡「太郎和次郎」的感覺。

五樓出電梯左手邊，小小酒吧，長條吧檯能容六名客人，另外三張各能坐三人的小方桌，盡頭處一臺鋼琴與倚牆的大提琴。晚間十點四十五分，僅剩三個座位，酒客大多認真的喝酒或專心的看手機。小艾牽娃娃擠進吧檯旁，對領口打個揪揪、瘦瘦帥帥的酒保說了句日語：

「ZANKYO（ざんきょう），two。」

酒保的眉毛朝上彈了兩下，他聽得懂小艾的日語加英語。

喘口氣的坐下，從領娃娃離開教堂後，她始終應付的回答小艾的詢問，對小艾的安排也只是順從的接受，從未表明自己態度，更別說久別相逢的熱情。本來不該帶她到日本，不過小艾不放心留她一人在台北，而且說不定離開熟悉的台北對她反而是好事。

事前查過娃娃的病歷，三軍總醫院醫師寫得很三軍，多寫一個字也不肯：創傷後壓力症候群。榮總比較具體：額葉輕微受損，需時間復元。病歷沒寫復元需要多少時間，小艾能做的只有等待，幸好他什麼也沒有，卻有的是等待。

「你是次郎，太郎不在？」

「你是太郎的朋友？」

「小艾，台灣來的。」

次郎挑挑眉毛，不說話，可能正在與太郎心電感應以確定小艾的身分。

酒精使人亢奮，小艾一個勁的說，像對自己說，像對娃娃說。

「日本朋友說他認識大阪一家小酒吧，能調殘響這種雞尾酒，酒的後韻拉得很久，值得慢慢體會。」

酒送來，一種以威士忌為基酒，加入若干香料，入口直衝腦門的爆發，隨即慢慢淡去，而後從喉嚨反芻出香味。娃娃喝了口便握著酒杯停止動作，小艾也靜靜的反芻另一種更深沉的酒味。

酒保同時送來一張影印的旅遊地圖，上面寫了幾個字，小艾點頭收下。娃娃沒問，小艾想說，又放棄。

將近十一點十分，溫度升高，小艾發現店內擠進更多人，甚至連門外也站著候座的客人。樂團來了，三名樂手，鋼琴、大提琴與新加入的吉他。

也許音樂的關係，娃娃變得不再那麼恍神，她兩眼的焦距逐漸回到該有的位置。殘響，娃娃隨著酒精逐漸柔和，不過依然遙遠。

大阪市熱鬧，尤其難波後車站外面的狹窄的商店街，小艾就近找了家旅館，娃娃睡床，他將睡袋往地板一鋪。可是從浴室出來，娃娃不見了。

娃娃坐在樓頂陽臺，對著周圍不同色彩的招牌發愣。小艾坐下，摸出剛買的香菸，Hope，Short Hope。希望雖短了點，至少仍存在，凡存在的就是好的，小艾從戰場領悟的道理。

香菸是種矛盾的商品，兩種好處，一是陪伴孤獨，一是縮短生疏的距離。既享受孤獨又期待溫暖，極端矛盾。

「朋友叫佐佐木，法國傭兵團的同袍，鐵頭教官安排我提早退伍，要我參加這個單位磨練自己，說日後有用。訓練的確比台灣嚴格，結束後分派到好幾個國家執行任務，在阿富汗認識佐佐木，我們互為備份，我是狙擊兵，他是觀測兵，萬一我受傷，他狙擊，我觀測與警戒，若是敵人多，我們分開狙擊，彼此掩護。娃娃，記得我們受訓時候吧，三個月，妳我是對方的備份，一樣的關係。佐佐木常愛和我抬槓，有次我寫信給妳，信封上寫妳的名字洛紛英，他搶去，說怎麼有人姓洛，是京都的別稱，多美的姓。我解釋紛英是飄落的花瓣，他嘆氣的說一定要見見妳。」

天空冒出幾朵五彩的火花，夏天早已結束，年輕人用煙火懷念，或者想抓住逝去季節留下的殘影。

「忘記，妳沒收到信，不是郵局的錯，我沒寄出去……很多封。」

小艾垂下頭，深深吸一口氣再抬起頭。

「日文裡的洛，用在京都，以前日本人仿唐朝都城建京都，西半邊的京都稱長安，東半邊稱洛陽。說不定我們可以去京都走走。佐佐木比我早退伍，他說如果找他要靠嗅覺，順著酒的氣味，他愛喝酒，而且，他說他有個弟弟叫次郎的在大阪開了間酒吧，調的酒還不錯。次郎的意思是第二個男孩，佐佐木當然是太郎了。後來聽說太郎成了酒鬼，退伍金、存款花得精光。」

娃娃微微發抖，畢竟是日本，冬天踩著順從的落葉來得急又快。

「從戰場上撿到一把俄製狙擊槍，Dragunov 廠的ＳＶＤ，老式的，四點三公斤而已，他說好用，子彈特別，七點六二乘五四。」小艾看著手指間新點著的另一根菸，「總統刺殺案現場找到兩顆七點六二乘五四的彈殼，還有 Short Hope 的菸蒂，我馬上想到他。」

小艾靜靜抽了口煙，娃娃伸手拿了菸盒與打火機，她點上另一根。

「刺殺現場的華陰街不寬，他在五樓，應該看清整個過程，留下記號叫我找他，所以我們來了。二十世紀初他的高祖父舉家移民巴西，他們兄弟是第五代，長大後回去日本，他的日文帶種腔調，和東京人格格不入，不像次郎適應得快，兩人轉到大阪才算勉強安定。住沒幾年太郎去了法國加入傭兵團。」

小艾仍記得佐佐木退伍那天，用憂鬱深沉的目光說他終究得回日本，不能再逃避了。以前小艾覺得自己是孤兒，收養他的外公早已過世，他是沒有根的浮萍，漂蕩是人生。那晚佐佐木的眼神告訴他，漂蕩不是人生，是過程，安定下來之前的過程，是尋覓。

「既是酒吧，又有太郎和次郎，我就進去試試看。」

小艾打開小小的地圖，

「到了高野山，我得再找他留下的線索。佐佐木愛地圖，不是衛星地圖，紙張的地圖，每次看地圖都有尋寶的刺激，長不大，以前鐵頭教官說過，愛上軍旅生活的男人不想長大，躲在制服裡逃避。」

娃娃看了地圖一眼，她的小腿又抖了一下。

「快兩點了，夜涼，進屋吧。」

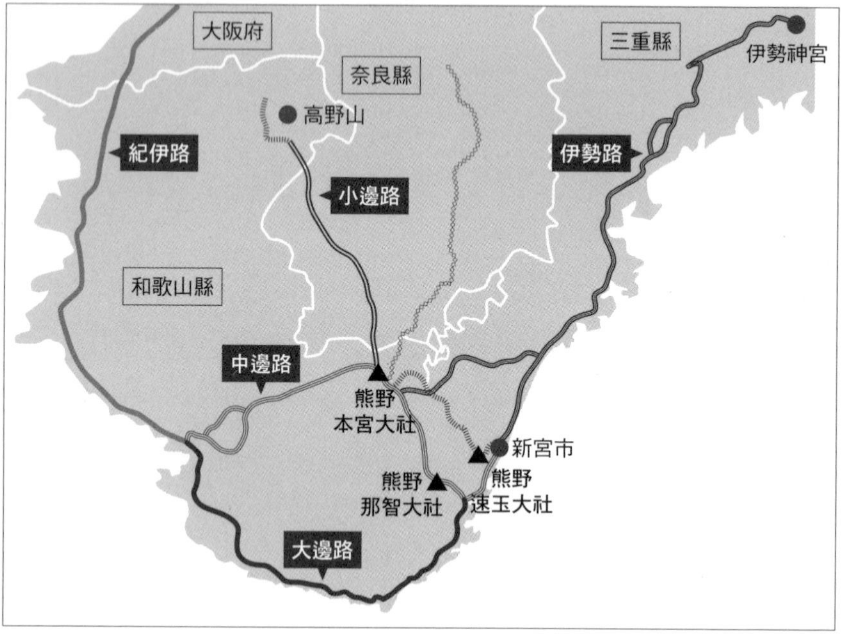
大阪府
奈良縣
三重縣
伊勢神宮
高野山
紀伊路
伊勢路
小邊路
和歌山縣
中邊路
熊野
本宮大社
新宮市
熊野
那智大社
熊野
速玉大社
大邊路

1

——距離投票日，還有四天——

小艾牽起娃娃，他們手臂貼著步下樓梯，小艾嗅到以前娃娃的氣味，以前持續到現在的氣味，始終沒變。

剛過午夜十二點，老伍從大到難以想像的勞斯萊斯轎車下來。車上有酒有茶有點心，他都沒碰，這個晚上必須保持清醒。

退休多年的老長官來電話：

「小伍，好多年沒見，有件事，一位老朋友想見你，和你現在忙的事情有關，不准推辭，看我老臉，你非見不可。條件，保密，誰都不許講，你老婆、兒子，茱爸，一概不准講，行嗎？」

於是十一點四十五分，老伍走到河濱公園上了勞斯萊斯，司機只問：

「伍先生嗎？」

他只回答：

「敝姓伍，一二三四五的五，不過大寫。」

下車是棟舊大樓，二樓張了網子與鷹架，外牆的二丁掛剝落，看樣子準備拉皮中。司機以鑰匙開鎖為他按了電梯鍵盤上的「8」，頂樓。連電梯也很舊，上升前先一陣顫動，像是發出卡卡卡聲音的老人膝關節。

電梯門打開，穿燕尾服的領班有點年紀，可能比老伍長幾歲，他輕巧的跨步上前彎腰歡迎來客：

「歡迎伍先生，請這裡走。」

進門後最初的感覺華麗，定下心來再看，不是華麗，是雅致。幾張深咖啡色皮沙發與高背的閱讀椅，每張椅子皆伴著鑲嵌彩色玻璃的立燈，兩盞蜻蜓圖形，兩盞白色百合圖形，連窗戶也由鑲嵌玻璃拼成。

左手邊另一名年輕多了的服務生向老伍行禮，捧上一張以木製記事板夾著的紙：

「請這兒簽字。」

老伍不假思索的簽了。

年長的領班戴白手套的兩手奉上兩邊印了金邊暗綠色樹藤的信封，老伍收下顧問費用的支票，隨他往內走。

是條長廊，牆壁掛滿畫，老伍認出其中一幅署名大千居士，一幅畫金魚的署名汪亞塵。老伍好像聽過這人，民國初年上海的畫家，留學日本，曾經遊學於法國、執教於美國，一度來到台灣居住於中永和一帶，後來仍回上海。飄泊的一生。

領班禮貌的伸出右手打斷老伍的思緒，他離開金魚走進另一間房。

領口打條黃色絲巾的老先生在房間門口迎接他：

「伍警官，久仰，這邊請。」

屋內另有兩人，一人灰白頭髮穿花格子高爾夫球裝，正以推桿想法子將球推進地毯另一端的玻璃杯內，此刻他抬頭，微微舉起推桿向老伍示意。另一名看起來年紀大多了，估計八十上下，坐在輪椅不聲不響，從他布滿皺紋的臉上找不出笑容或其他表情。

「敝姓伍，已退休的前刑事局警官，目前在保險公司做事。」

室內貼牆是木製小吧檯，酒櫃內擺滿各式各樣的酒瓶。窗戶也是鑲嵌彩色玻璃，椅旁也是立燈與檯燈，牆上掛油畫，不太搭配的是其中一面牆被大型電視螢幕占滿。

「隨便坐，喝點什麼？」

老伍尚未開口拒絕，領巾老人已經到吧檯後的冰箱內取下一瓶酒：

「聽說伍警官愛高粱，一九七六年金門的高粱，愛酒的人叫它黑金龍、黑金剛。」

他看看掉色的招紙，「伍警官退休不久？我們同一世代，高粱酒是我們那個世代的共同記憶，濃濃的兩岸戰火味夾著點看不清未來的希望。」

民國六十五年的金門高粱，老伍想到父親的床底，一有高粱就塞床底，老朋友、老同事約吃飯，從裡面撈出一瓶踏輕快的腳步出門。小時候陪父親去過幾次，一屋子的叔叔伯伯，見到高粱都發出爽朗的笑聲。

「還是喝麥卡倫，不過時間晚了，Johnny，來杯白蘭地，睡前酒？」

老伍接下一杯高粱，冰鎮過，聞到父親年輕時的氣味。

拿推桿的停下擊玻璃杯的遊戲走來，老伍依領巾男人的手勢坐進單人高背沙發，另兩人一站一立的與老伍圍成三角形，輪椅老人在螢幕前自顧自喝手中的白蘭地。領巾與推桿看寵物般微笑的看老伍，令他很不自在，像考進警校前的面試。

「忘記介紹，」領巾說，「我叫 Jeffrey，這位是 Joe，伍警官目前工作的保險公司我們熟，遠東區總經理是瑞典人 Louis，愛喝伏特加。」

「不認識 Louis，我只是台灣分公司的理賠調查員。」

「是啊？對你的職業很好奇，我們這把年紀的不在意保險，可是子女對理賠的興趣很高。」他仰首的笑。「今晚先不談理賠。之前所有細節都清楚了？對不起，我們年紀大，怕麻煩。」

「清楚，簽了保密協定。」

Joe 解釋什麼似的補充：

「伍警官，查過，你一向守信用，警界的人服你，去年寶藏巖槍戰你以手槍制伏專業的狙擊手，了不起。」

「我退休了，以前的已經過去，兩位前輩找我，請有話直說。」

「好吧，觀察你很久，願不願意來我們公司，不算公司，是基金會，也是俱樂部，幫幾個老頭子的忙？」

「有什麼我能幫忙的？」

「難說明，我們需要光陰，需要健康，最需要的是了解變化不停的社會脈動，可能還需要有個旁觀的第三者隨時指正我們的時代偏差，免得年輕人老當我們說的勸世良言是笑話。」

「這不需要我，不如找幾名年輕助理，我，」老伍攤開兩手，「如你說的，已經是笑話。」

「聊聊，」輪到Joe面試老伍，「伍先生對這次總統大選有什麼看法？」

「我，退休的人，可能連投票也懶得投，政治人物——對不起，小警官出身習慣講粗話——嚎哮的多，實在的少，而感覺上實在做事的又差不多接近白痴。」

兩名男人大笑，輪椅上的老人只抿了口酒。他看似隱藏於白眉後的眼神令老伍如坐針氈。

「各位找我來不是談我的政治信仰吧？」

「我們沒忘記年輕時的夢想，現在經濟上有支撐，可以做更多事情。基金會關心一些人、尋找一些人，集中有限的力量設法從民間協助政府維持平衡。」

「聽起來各位做的是戒菸、戒毒的公益事業？」

「比公益事業大多了。這樣吧，」Jeffrey 往老伍對面的椅子坐下，兩肘拄著膝蓋，「從簡單的做起，我們找一個人，警方、徵信社，用盡關係仍找不到，聽說伍警官黑白兩道都熟，不知能不能幫我們這個忙？」

「能力有限，不過既然來了，你說說，也許我幫得上忙。」

Jeffrey 兩眼透過眼鏡框的上緣盯向老伍：

「你熟，幫得上忙，我們找艾禮。」

哎，找退休前刑警的絕沒好事，三名老先生為什麼對小艾感興趣？老伍明白不必多問，蛋頭曾經說過，不用猜有錢人想什麼，反正他們想的正好和我們相反。

輪椅老人炯炯有神的眼睛眨也不眨，不是看他，是想看透他。

老伍起身向面前兩人各鞠一躬：

「恕我眼拙，這位可是前任財政部曾副部長，而這位是當年經濟部的麥主任祕書？」

Jeffrey 與 Joe 笑著點頭。

「伍警官好眼力。」

老伍轉身向輪椅內的老人比個手勢，彎拇指、收食指、其他三指朝前伸直：

「這位老人家，三把半香，紀念崇禎皇帝三月十九日煤山上吊自殺，三，么，九？青幫通字輩的房老爺子。」

老人臉上終於有了表情，有限的表情，應該說他眨了眨眼。

「很少人知道我，伍警官，我們哪裡見過？」

「很多年前了，在戴老爺子的生日宴會上，不過我和青幫僅僅認識，不是幫裡的人，比這個手勢，失禮了。」

老伍將信封放在茶几：

「承蒙三位看得起，謝謝，顧問費用不敢收，幫不上忙，至於這杯高粱，」他一口乾盡，「果然好酒，滑順又帶點嗆辣感，倒是挺像三位大哥柔裡帶剛的個性。今晚的事我遵守規定，對誰都不說，告辭了。」

「不急，」Jeffrey 攔住他，「要是伍警官不想攪進這灘渾水，我們有其他的工作可以安排。」

「已經有工作了，冒昧的稱呼您 Jeffrey，我沒答應您的要求，您心裡一定有個疙瘩。我大半夜跑老遠，一聽，是要我做背叛朋友的事，不能答應，心裡也有個疙瘩。凡有疙瘩的事情，年輕，花時間解得開，我們這把年紀，沒時間、沒耐性，何況艾禮的事，實在辦不到，務必見諒。」

「伍警官說的深刻，放心，我們沒疙瘩，只有遺憾。」

「不遺憾，我們根本沒見過面，都保密了不是麼。」

老伍鞠躬後走了，Jeffrey 要說什麼，輪椅老人拉了拉他。他們看著老伍大步走進長廊。

「Johnny，就這樣？」

「就這樣，老習慣，我喜歡親眼看看對手。這個人不錯，可惜了。」

「激起你的鬥志？」

「有那麼點。在警界混幾十年出不了頭，當官，他少了油滑；當英雄，他少了膽量，要是進我公司，當個和趙佐相當的保全頭子吧。不過意志堅定，混過江湖，值得信賴，算個對手。話說回來，老警察死腦筋，好逞強，不甘落在我們下風，自作聰明的掂我們分量，認出我們未必能救艾禮，說不定連他自己也救不了。」

「嘿嘿，」Joe 得意的說，「Johnny 呀，好久沒人朝我們下戰書了。」

「談不上戰書，頂多賣弄江湖常識。」

「盧彥博欠我們的，我去對他說說，要茱爸和他一起退出這樁事，萬一老伍弄出什麼枝節，壞了大事。」Jeffrey 把話題拉回來。

「不能，塵埃沒落定，還不到收尾時候，再看看。你們了解我個性，喜歡姓伍的一身硬骨頭，要是不聽話，我更喜歡砸了他那身硬骨頭。」老人馬上放低聲量，「艾禮怎麼樣？」

「到大阪了，帶著洛紛英那女孩。」

「亡命鴛鴦。」

「天涯海角。」

「我們找的槍手呢？這回別再找個光射擊準的狙擊手，得六親不認，不會用大腦的狠角色，職業殺手。」

「菲律賓的，民答那峨島上和政府軍打過游擊戰。Johnny，不再考慮，下毒手？」

「叫他把三具屍體的照片傳回來，每個人額頭要有彈孔，再放火燒了，燒完了埋。事成加十萬美金。」

「不留艾禮？」Joe 猶豫的詢問。

「不留了，選舉幾天內分勝負，只要老許找不到艾禮，以為在我們手裡就成了。等等，這樣吧，放話去，問老許要活的艾禮還是死的。」

丼：由「井」與「、」組成

〔中文〕音 DAN 或 JING，投物入井之聲，亦為井，西周行井田制，八家合用一口井，即為丼。

〔日文〕音 DON，食器，如丼缽；由丼缽提供的料理為丼物（donburimono）。

一早他們搭上南海電鐵，經過天下茶屋站往東，這是直達高野山的南海高野線，一個小時又十九分鐘到達極樂橋，原該轉搭纜車，這天維修，由公車轉運去高野山。極樂，佛教的用語，由極樂橋進入佛教的世界，便是高野山。

山上提早入冬，昨晚一陣雨，冰雹打得四處是落葉。小艾查公車站牌的回程時刻，看見一個奇特的漢字「辷」，忍不住的笑出聲。

「佐佐木在這裡。等我一下。」

滑手機查，中文裡「辷」就唸成一，日文則唸 suberu。見字生義，「走」字邊，代表走，「一」代表平面，日文的意思是滑行，或者平滑。公車站前一條馬路，柏油路鋪得平坦，往前走吧。

「接下來我們得找二了。」

和娃娃在一起幾天，小艾養成自言自語的習慣，明明娃娃不會有回應，他仍不停的說，不說怕悶死。

路面平整，一夜的雨使空氣涼爽又帶著凍意，然後小艾了解佐佐木躲在這裡的原因，路旁竟然有座石頭砌成的墓園，碑上寫著「真田信之、真田信政」，記得好像是日本戰國時代的武將。

「娃娃，有趣，我朋友竟然躲在這種地方，故意和古人湊熱鬧。」

墓門插了面手帕大小的白布旗，中間寫個潦草的毛筆字：辻。

「他又玩漢字，就愛搞得別人想捶他為止。不是二，怎麼是十？中文裡沒看過這個字，我Google一下。」

手機提供答案，「辻」在中文裡就唸「十」，但沒說明它的意思。日文裡它則唸tsuji，指的是十字路口。

「有道理，走字邊，和一個十，我猜是叫我們走路走到十字路口。」

小艾自嗨，比手畫腳的解釋。

果然走了不久即到十字路口，左邊比較冷清，前面通往農田，右邊兩側都是寺院。

他對娃娃說：

「選擇右邊，佐佐木愛熱鬧。」

小艾興致勃勃的接著說：

「我和佐佐木槓上是因為『勉強』這兩個字，那陣子部隊在普羅旺斯的尼姆整編，他苦讀法文，休假也不出門，額頭纏條毛巾的拚命，門口貼字條寫了一行字，我認識其中的漢字：勉強、中。敲門問他出不出去吃飯，他對我吼半天，罵我看不懂門上的漢字。見他用功讀法文，我笑半天，我說他一把年紀學法文，太勉強了。日文裡的『勉強』是用功讀書的意思，妳看，和中文的差別多大。從此，閒下來他就找我比賽漢字，在巴西，他爺爺、他爸怕他忘記日文，從小背漢字長大，認識一堆怪字。」

娃娃跟在他身後一步遠，依然沒說話。

柏油兩側隨時可見小徑通往一處寺院，沒有「二」。再走兩步過了橋，巷口的布招角落有個黑色馬克筆寫的「に」，小艾高興得踮腳跳了兩下。

「二在這裡，日語的二唸成 ni，寫成『に』。我看看，就是這條巷子。」

巷子兩旁是民宅的牆壁，種的樹、花伸到牆外，替夏天帶來點消暑的感覺。沒多遠，斜斜一條小徑通往前面栽了竹子的寺院，山門橫匾寫著兩個大漢字：凪院。

小艾又跳又叫的喊：

「這裡，就是這裡。」

他亢奮的拉著娃娃的手指向橫匾：

「凪，風裡面是停止的止，線上康熙字典查不到這字，Google 得到，日文唸 nagi，風平浪靜的意思。沒錯，他在這裡，他的心情，凪。佐佐木老說他的最後願望是回日本敲木魚做和尚，當這麼多年傭兵，唯一能讓他安定下來的應該是佛教寺院。聽說日本和尚葷酒不忌，還能結婚，處在俗世物慾之中，仍能一心禮佛，佐佐木能當個快樂和尚。」

進入山門後，院子內掉色的銀杏葉子鋪滿沙子地面，風吹得葉片顫抖，山區，說不定晚上溫度再降低，落下今年的初雪。

兜了寺院一圈，正中為金堂，兩側各有經堂與塔，後面僧侶的生活區域，再後面則是一口井，佐佐木在哪裡呢？

娃娃撿起落在地面的一顆白果，朝井內一扔，「咚～～」。廟內鐘聲大響，僧坊內走出一名和尚朝來客兩掌合十的行禮。丼的聲音打擾出家人的清修。

住進日式的房間，榻榻米、拉動的木門，和几上的茶罐。和尚說得一口好英語，來到高野山參拜或旅行的外國遊客很多，心靈旅遊者多嚮往禪宗文化，來到山裡住寺院，吃素食，以毛筆抄佛經。環境的造就，高野山年輕一輩的和尚幾乎皆能說英語。

小艾提了幾次佐佐木的名字，年輕和尚當沒聽見的微笑以對。

各自泡完湯後，晚飯已送到屋內，菜單上以工整毛筆字寫著：精進料理。

「精進料理就是素菜，」小艾依然對著自己講話，「一汁，味噌湯；平是芝麻豆腐，上面鋪紫蘇葉，看樣子蒸的；天麩羅，炸的蔬菜；秋水，我看看，栗子、筍、牛蒡、蘿蔔。再來是壺，裡面有菇、菜、椎茸，最後是飯。」

還沒說完，娃娃已盛好飯送到小艾面前。不再說話，悶頭吃飯，小艾似乎明白他的話沒有白說，娃娃有回應了。

天黑以後高野山靜得有如無人的山林深處，住客不多，參加寫經的、誦經的、散步去的，偌大禪院剩下細雨踩在池塘的腳步聲。娃娃看著窗外的庭園發愣，小艾沒打擾她，離開紛擾的都市看樣子對她是好的。

他們得自己鋪床，小艾不必再鑽進睡袋，日本的棉被厚而輕，他聽著娃娃輕微的鼾聲不知不覺的入眠，直到冰涼的槍口抵著他的太陽穴。男人的聲音：

「你這隻井裡的青蛙，跳不出來了。」

老伍與蛋頭坐在密閉的房間內，面前十二個螢幕，他們只看其中一個，華陰街、鞭炮的煙霧、許火生搭乘的吉普車、三明治的招牌。

「目前我們找到最好的畫面，一名快樂賓館大樓旁邊二樓住戶提供的，你怎麼看？」

放成慢動作，老伍看了一遍再一遍。

「看不到槍手，三明治招牌下面被煙霧遮住。」

「有人影。」蛋頭指向螢幕。

「看不清楚等於沒用。」

「老伍，我看著錄影想了很久，鞭炮造成的煙霧那麼大，槍手看得清吉普車上、躲在防彈玻璃後面的許火生位置嗎？」

「咦，蛋頭，你們追查幾天就得出這樣的結論？我看呀，別說槍手站在招牌下，讓他站在吉普車旁邊也打不到許火生的肚皮。」

「我們的看法逐漸一致。」

「一致什麼？」

「就是我們接下來可能不再抬槓了。」

「你說說看。」

「蔡民雄出現在槍擊案當天的華陰街附近，回家不明不白死在魚池裡，從魚池撈出一把槍。槍，不是他媽的撈出五十元硬幣，他一定和槍有關係。」

「未必，殺他的人順手扔把槍進魚池，嫌槍太多、太重，嫌黑星太爛。」

「蔡民雄莫名其妙被當成替罪羔羊，不通。令我起雞皮疙瘩的，假如我想找個替死鬼，得比警察先看到華陰街周邊的監視器畫面，還得認得出跑進客運轉運站的蔡民雄，更得知道蔡民雄和總統他媽的當過兩年小學同學，經過打探了解蔡民雄對補貼農民的金額不滿意想上總統府陳情。這麼多事情，一天內搞定，找個殺手溺死蔡民雄才有意義。」

「說不定反過來，因為蔡民雄對政府不滿，因為他是總統小學同學，才誘他去華陰街。」

「你的假設可以接受，可老伍呀，殺蔡民雄的人什麼都比我們警方早一步，你看，我們得到情報追去通霄，蔡民雄先死在他魚池。」

「說明不管國安局還是你們刑事局專案小組裡面一定有人被收買了。」

「對，雞皮疙瘩吧。」

「盧彥博請的美國刑事專家明天到台北？」

「明天，對方是退休刑警，不涉及司法主權，上級指示，來者是客，歡迎提供意見，提供而已。」

「萬一他查出凶手，台北市警局會不會很難看？」

「我已經很難看，接下來死得更難看，沒差。」

「聽來，蛋頭，你傾向於灰心，接近聽天由命。」

蛋頭摸著下巴的鬍碴子，若有所思的樣子：

「隨你說。煙霧太大遮住槍手，看不出是不是蔡民雄，不過你看，監視器拍到這個人如果是槍手，槍手戴帽子，蔡民雄沒戴帽子，他家人說蔡民雄只有斗笠沒有帽子。還有另一個可能——」

「根本沒槍手。」

兩人不再說話，摸下巴的摸油兮兮的下巴，喝咖啡的喝涼咖啡。

「萬一沒槍手。」蛋頭說話。

「槍手在煙霧中，雖然離吉普車很近，可是中間隔了隨行護衛的制服警員，他舉起槍可能被警員看見，這是一。」老伍耐住性子的分析。

「就算警員沒看見，他舉槍射許火生的位置剛好被防彈玻璃遮住，會打到玻璃，鑑識組卻沒在玻璃上找到彈痕，連他媽的蚊子腳印也沒採到。順你說話方式，這算二。」

蛋頭跟上老伍的節奏。

「好吧，他開槍射去，說不定裝了滅音器，加上鞭炮聲，警員聽不到，射擊的角度怎麼也不可能射中許火生，射中突出在玻璃邊緣外的特勤人員屁股倒是有可能。」

「許火生肚皮不該擦傷，應該是特勤人員的屁股開花。」

「這是三。」

「然後槍傷許火生的彈頭從他西裝外套的內襯掉出來，上面有他的血跡，經過多次比對，是總統他老人家的沒錯。」

「子彈拐了彎，繞過特勤人員屁股，響尾蛇飛彈那樣的擦過許火生肚皮。」

「靠，老伍，這種子彈哪裡買得到，幫我買一打、一盒、一箱，他媽的買一貨櫃。萬一我被逼退休，天天站在陽臺教子彈認警政署長的臉孔，晴天打他一顆，雨天打兩顆，追得署長到處逃命，當老人休閒活動。」

「你休閒，他活動。」

兩人又停下話，蛋頭不摸下巴，摸他的禿頭，老伍不再喝咖啡，他吃蛋頭擺在螢幕前的軟糖。

「不管我們怎麼思考，總統肚皮上的子彈擦痕是真的，醫院作證，能開驗傷證明向保險公司申請意外傷害的理賠。老伍，你付錢唄。」

「目前公開的包括許火生傷口照片、醫院的驗傷證明、致傷的彈頭，我公司該賠，幸好這種小傷賠不了多少錢。」

「你們沒賠什麼，許火生沒賺到什麼，警察跑斷腿，保險公司理賠調查員到處惹人嫌，你說，我們究竟忙什麼？」

「找不到步槍子彈的彈頭，找不到手槍子彈的彈殼，真令人納悶。要命的是找到一具屍體，躺在通霄的魚池裡。」

「溺斃，不會游泳的也淹不死，那麼淺的水。解剖結果，死者的體內無酒精含量，死者沒有心臟病、腦內沒瘀血，還有，輕微白內障、嚴重牙周病。」

蛋頭的兩根指頭嘴裡搖他的門牙。

「可能牙周病情況沒我嚴重。」

「死者和許火生的人生交集就是小學兩年同學，蔡民雄家人說許火生上次當選，他高興了幾天，到處對人說總統是他同學，如此而已。假設——」

「假設他討厭許火生，去檳榔攤買把便宜的土造手槍到華陰街，見吉普車來到面前，一時之間惡從膽邊生，舉起槍便摳扳機，好死不死，他拿到的是神槍，子彈聞到許火生的古龍水味道會拐彎。」

「魚池內起出的槍是老共的黑星，用七點六二乘二五子彈，殺傷許火生的土造九毫米子彈勉強能塞進老共的黑星手槍？」

「老伍，你不科學，我們只找到彈頭，沒彈殼，你假設槍傷許火生的九毫米彈頭裝在七點六二的彈殼上，大腳塞小鞋，不舒服可是能走路？沒道理。」

「黑星槍內無子彈，泡在水裡不知多久，泡掉發射與否的火藥痕跡、泡掉槍上的指紋，我假設你們台北市警局為了交差，趕在老美來之前宣布破案，說黑星打得出九毫米的子彈，這下子有了凶槍、有了凶手——據我對你蛋頭長官的了解，乾脆弄把九毫米手槍往魚池泥漿裡埋，就破案了。」

「少廢話。假設，你先用假設，我跟著假設，有凶器、有凶手、有間接證據的錄影畫面，動機呢？沒動機我們怎麼向檢察官交帳？」

「不是說蔡民雄是農民，連續兩年乾旱，停止農作，政府補貼的金額太少，蔡民雄見電子工廠吃電吃水，見台北人天天浪費水的泡澡，階級仇恨、貧富不均什麼的把氣全出在總統頭上，帶槍進城報仇。這樣的動機，行嗎？」

「沒這種動機，不通。」

「怎麼會不通，你先向警政署長報告，署長向內政部長報告，部長向行政院長報告，行政院長想再當幾年的閣揆過過官癮，當場對內政部長咬耳朵，警政署長暗示市警局的蛋頭副局長隨便找個動機結案，你乖乖的跑到通霄對死者家人說，凶手平常是不是邊看電視新聞邊罵？他家人當然點頭，兩千三百萬台灣人看電視有不罵的嗎？然後你有了動機。」

「就愛吃我豆腐，廢話連篇。」

蛋頭去上廁所，老伍站起來打八段錦的伸伸懶腰。

「有了，凶手對時局不滿，農產品以前不是銷大陸，價錢很高，這幾年兩岸關係緊張，農產品賣不進大陸，損失很大。蔡民雄在路上撿到一把土造手槍，興沖沖的去台北，本來想找農委會主委、經濟部長陳情，見到沿街拜票的許火生，平平小學同學，五十年後一個在天堂，一個進地獄。嫉妒的怒火燒得體溫超過五十度，終於忍不住的開槍便打，沒想到居然射中許火生肚皮，嚇得馬上跑進京站搭長途客運巴士回老家，而且當天晚上進魚池撈魚，才想到魚池早乾得沒魚了，一氣之下不小心滑了一跤，淹死了。」

「老伍，你還是吃我豆腐，如果我真這樣宣布破案，你會不會捅我？」

「我捅你幹麼？」

「你不捅我，其他人也看不下去，證據和推理兜不上。」

「沒錯，如果你這樣宣布破案，我馬上去盧彥博競選總部開記者會，說你魯大副局長為了前途不能不烏龍破案，懇請大家體諒。」

「這樣的動機還是沒法子和開槍扯上關係。」

「明天美國人到說不定是個破案的轉機，畢竟旁觀者清。你準備怎麼辦？」

「全力協助嘍。」

「蛋頭，你找我是因為沒人可以講話，官當太大，寂寞。心裡頭，你當然想自己破案，老美是個屁。我們掉進兩顆子彈的牛角尖，出不來，建議你不如真心誠意和老美合作，他沒有司法調查權，破案的功勞仍然是你的。」

「你叫我把籌碼壓在老美身上？太沒志氣。我們雖然英文沒老美好，辦案的手法就那幾套，沒聽說美國警察比別國強的。」

「蛋頭，破案優先，不能掉以輕心，一世英名，犯不著。」

他們忘記螢幕臺子上的軟糖，蛋頭不知從哪裡摸出兩根菸，點了火在明明禁菸的市警局某處辦公室內便呼啦起來。

「你趕快依法偵訊總統，他是被害人、是目擊者，說不定也是凶嫌。」

「還有小艾追步槍的槍手到日本。」

「別兜圈子想套小艾的下落，我好幾個小時沒他的消息。偵訊總統，如果不肯吐實，把興安醫院的副院長和救許火生的醫師、護理師全傳喚到台北市警局，我幫你灌辣椒水。」

「已經動員全台灣刑警尋找用步槍的殺手、黑槍、土造子彈來源。」

「不敢碰總統的醫院？壯起膽子。我研判，你現有幾個必須突破的關鍵，子彈與彈殼可能是障眼法，受害人是總統，他傷口的證人是興安醫院副院長，要是總統和副院長勾結，八百輩子也查不出真相。這樣，醫學院不修六法全書，你把刑事法的偽證罪說給他們聽，偽證七年以下有期徒刑，吊銷他們醫療和醫護執照，說不定嚇得其中有人哭著講實話。」

「講了實話又怎樣？」

老伍瞪大眼看蛋頭。

「你還是不敢碰政治？怕熱不要進廚房。」

「我努力繞過政治想法子破案而已。」

「別讓我有罵你沒卵趴的衝動。」

「罵我？老伍，東漢的開國皇帝劉秀說，仕宦當作執金吾，娶妻當得陰麗華，陰麗華是一代佳人，劉秀娶到了，執金吾是個皇帝面前的警衛，他跳過執金吾當了皇帝。人哪，總有夢想，我進警校最大志願是日後能當台北市警察局的局長，我爸小巡官退休，一輩子仰望神氣的局長，小時候我就想當局長，讓我爸高興一下，沒想到七搞八搞，我當了副局長，離局長就差一步。」

「怕這個案子搞砸了，毀了夢想？」

「當然怕，不過我要說的是，老伍，像你這樣想得開的人不多，請尊重我們凡人的夢想。」

「想盡辦法也得當上局長？」

「努力唄，都這麼接近了。」

「蛋頭，我尊重你的夢想，絕不再恥笑你。」

「聽聽，語氣裡充滿憐憫，你了不起，我們這種成天想升官發財的人俗不可耐，你壓根看不起？」

「你到底想怎樣？」

蛋頭打個呵欠：

「啊差點忘記，老伍，你大半夜坐勞斯萊斯大轎車去哪裡？」

「又來了，就是沒膽量面對現實？傳訊總統，傳訊興安醫院副院長，勇敢點，想像破案的快感。」

蛋頭一手摸菸一手摸軟糖，好久才開口：

「老伍，你不在其位，根本死道友不死貧道的講風涼話，可是我承認，老伍，你算個朋友。」

雫：由「雨」與「下」組成

〔中文〕音NA，有音卻查無意義。

〔日文〕音SHIZUKU，意為滴，液體落下之粒狀物，標準的和製漢字。

小艾小心的起床跟著黑影出去，佐佐木變了模樣，剃光頭穿僧服，若非被子彈削去的半個耳朵，庭院裡的光線很難認出眼前的人。

「睡你旁邊的就是娃娃？」

「嗯。」

「天太冷，你們沒想過兩個人鑽一床被更溫暖？」

「說來話長，看到那兩顆彈殼就猜是你。佐佐木，你都當和尚了，」小艾忍不住摸摸剃得寸草不生的光頭，「還是和以前一樣的愛挑我毛病……guess what。」

「是你小艾，別人我懶得理。」

「硬把我拖進你沒清理完的戰場。」

「Guess what，人的老習慣很難改。」

佐佐木得意的壓低嗓子笑。

「我新學了好幾個漢字的一路趕來，有什麼要對我說？」

「山下上來一名陌生人，開租來的車，路上不停扭頭看手機的導引，差點撞翻路旁的車輛。你到日本找我，他看樣子找你的，由你帶路找到我。」

「怎麼可能——」

「搜過娃娃隨身物品？脫光她衣服的搜？」

「沒，我去看看。」

「不急。」佐佐木從懷裡掏出一瓶酒，「你以前問過寫葡萄酒故事的漫畫《神之雫》那個雫是什麼意思，滴，水滴，酒滴。來，法國帶回來的酒，放好幾年找不到理由開瓶，敵人追殺到上山，你又是稀客，乾脆喝了免得萬一喝不成的死不瞑目。」

「對了，你弟的酒吧為什麼掛了你的名字？」

「我和次郎從小一起長大，一起回日本，我好動，他喜歡安定，我去了法國，他沒拿掉招牌上的太郎是因為，小艾，真那麼笨？他期待我回來。」

「好弟弟。」

「有時候我嫌他煩。」

他再從角落的雨棚內摸出三把槍：

「自衛，和尚也得自衛。娃娃會用槍吧，我記得她是你狙擊隊的同學。」

「會。來的是什麼人？」

「高手，兩眼有神，大頭肌、二頭肌、胸肌發達，隨身帶撞球桿的箱子。敢一個人到日本找你我兩位大名鼎鼎的傭兵部隊狙擊手，當然是高手。」

「我們怎麼辦？」

「現在我是和尚，你是廚師，」佐佐木一拍腦門，「這裡是聖地，不能打，先跑再說。」

「往哪裡跑？」

「往山裡跑，高野山有條山徑通往紀伊半島南端，我們好久沒走走，這條路能淨化靈魂，適合你。」

「我去叫醒她。」

佐佐木就嘴喝了一大口，遞來酒瓶，

「好酒。」

小艾看看手機，凌晨一點零七分，又過去一天了。他接下酒瓶也灌一大口。

「這麼好的酒，這樣喝——」

「喝進肚子的，不叫浪費。」

2

——距離投票日，還有三天——

他們從凪院側門出去，不知何時雨已轉大，雫打在單薄的夾克，滲入肌膚的沁涼。娃娃什麼也沒問，小艾回房時她好像醒著，她一定聽到什麼。

佐佐木領路，繞過好幾處寺院回到柏油路面，公車站牌無聲的站著，面前是岔路口，往北與往東，而公車站名是一之橋口。佐佐木指著北邊的橋，壓低身子先穿過馬路，小艾朝娃娃使個眼色，兩人弓身跑過馬路。就高野山的說法，過了一之橋即是空海的地方，俗世規則、人間法律在此無效的聖地。

高中念的歷史書裡出現過空海，他是日本遣唐的留學僧，學得禪宗精髓回去創建真言宗，參照梵文發明了日文用的平假名，好像烏龍麵也是他帶到日本。

隨佐佐木躲進一個小墓園，石柱的鳥居暫且當他們的屏障，小艾本能的觀察環境，見到墓碑上刻著武田信玄。

這裡的墓園幾乎全是供養塔，即生前在此建墓以示追隨空海，並祈求心情的平靜。武人殺伐太重，對來生充滿畏懼。

佐佐木自顧自唸起日文，未經正式介紹，始終不發一語的娃娃忽然問：

「你說什麼？」

佐佐木看向她，兩手合十以英語回答：

「夏月涼風，冬日寒風，同一氣卻嗔喜不同。空海的詩。」

他指指天空。

幾十名記者追在台北市警局魯副局長身後，他們想辦法從武裝刑警形成的人牆間隙伸去麥克風與錄音機，魯副局長未理會，逕自邁開沉重的步伐往內走。為避免影響候選人競選行程，早上七點總統即親臨市警局，半小時後隨車隊離去，留下魯副局長面對記者。

如預期的，總統所說的毫無新意，他不知道誰想殺他，當天站在宣傳車上，肚子上感到一陣炙熱，伸手去摸，是血，他便倒了。

不知道彈頭為什麼留在西裝內襯、不知道車內怎麼有另一枚彈頭、不知道誰放鞭炮、不記得蔡民雄，他站起身用發表元旦文告的口氣回答：絕不容忍暴力，請警方務必於最短期間內破案。

魯副局長沒提示總統若作偽證，涉及七年以下有期徒刑。沒必要說，因為總統是律師，並主動配合調查的先提出：

「要我做測謊也可以。」

如果請總統坐在測謊機前，這個國家和政府的信用豈不破產。再說總統不是這天偵訊的重點，當記者追總統、追魯副局長時，三輛不起眼的轎車從後門進入市警局，上面坐了更重要的證人。

興安綜合醫院值班護理師呂○○：

——對，我那天值班，副院長叫我準備手術室，總統中槍被送來。

——副院長馬上動手術，不過我不是手術護理師，我在旁邊幫忙而已。

——什麼都沒看到，我離手術臺比較遠。

——我撿起掉到地上的總統西裝，對，掛衣服的時候子彈掉出來，我好奇的看西裝內襯，只看了一下，我撿起子彈交給副院長，他接去，叫我出去。

——我就出去了。

興安綜合醫院外科主治醫師沈□□：

——我值班，副院長叫我準備動手術，等病人送到才知道是總統。

——副院長查看總統傷勢，叫我留下，另兩位醫師手術前離開了。

——小傷，利物劃過總統肚子，流了一點血，副院長叫我消毒再縫合，一共縫了七針。以防萬一的打了破傷風針，用紗布包紮，大概還會再出一點血，不會多。

——沒看到彈頭，啊，你問是不是那顆彈頭殺傷的？我是醫師，很難判定，副院長收到通知是總統被槍傷，我們當然認為是槍傷。

——以前沒看過槍傷。

——很鋒利的東西才行，像美工刀、獵刀的刀鋒，皮膚沒有你們想的那麼脆弱。子彈沒接觸身體，很近很近的飛過？我想不會形成這麼長的傷口，而且總統的襯衫和內衣都被射裂出一條縫。外套有沒有就不知道，外套也都被你們帶走了不是嗎？

——沒聞到硫磺火藥味，警方後來把清潔傷口的紗布都帶走，如果有火藥，上面一定沾了。

——確定是新的傷口，皮膚碎片還在。

——我是外科醫師，你們說的那些我無法判斷。

興安綜合醫院副院長吳ＸＸ：

——以前見過總統，我在榮總的時候，他是榮總的慢性病病人，在興安醫院沒有病歷，華陰街離我們很近，他們才送總統來我們這裡吧。

——每個人多少有點疾病，總統的慢性病我不方便說，涉及病人隱私。

——見過一兩次，總統以前當市長的時候和榮總院長很好，其中一次是一起吃飯，忘記誰請客，另一次在醫院，他來拜票。喔，好幾年以前了。

——我那天在醫院巡房，全寶集團總裁癌症由我主刀，我去探視他術後恢復狀況時手機響，特勤中心打來，說總統中槍，叫我們立刻準備手術。

——傷口的事我無法判斷，一道傷痕，我對媒體說性命無虞，做為醫師我只能這樣說，沒辦法提供你們更多的細節，真的，特勤中心打電話來說總統被槍擊中，我們當槍傷處理。總統西裝掉出沾血的子彈，傷口你們看過照片，不是子彈劃過，還有其他可能嗎？如果有，不是我的專業。

——對，我們醫院屬於政要人員的緊急救護醫院之一，台大醫院當然也是，他們教學醫院，設備比我們好。總統為什麼不送台大，你得問特勤中心了，我們負責收病人，不好問為什麼病人送我們這裡。

——院長認不認識總統，你們問院長，我無權替他回答。開刀前院長和我通了電話，他趕到時我們已經動手術，他沒進來，因為我主治，後來一切就由我對外發言。

——傷口的事更不便多談，沒資格談，還是問法醫，他們專門。台北市相驗與解剖中心的局法醫是老朋友，他專家，解剖過上百具屍體，問他比較好。如果他需要協助，你們發公文到醫院，院長若批准，我全力配合。

台北市相驗與解剖中心法醫局◇◇：

——喂喂，卡好心欸，我是法醫，負責解剖和推測死亡原因，總統被打一槍，沒死對吧，如果他死了，你們把屍體推來，我保證追個水落石出，現在他沒死，好端端的上電視說他沒事，叫我怎麼告訴你們打他那槍到底怎麼回事。

——好吧，看你們的咖啡還不錯，我多說兩句，小法醫不怕政治壓力。總統的傷口有幾種工具可能造成，子彈劃過是一種，刀子劃過也是一種，如果把吉他弦繃緊了彈出去，也是一種。至於他襯衫和內衣上的破裂處，魯副座，可以事先以刀剪製造，你們往衣服上查比較容易找到答案，對，查他西裝外套、襯衫、內衣有無火藥反應。

——你不會拿我苦命的法醫開玩笑吧。魯副座，當被害人中彈，傷口的血、皮膚、肌肉碎末往外飛濺一定沾到衣服——拜託欸，血型不一樣的話，事情不更大條啦。你們要查驗的是子彈碰到肌膚的內衣，內衣上要有火藥殘餘物，皮膚也有，襯衫有，總統西裝外套有，要做假不難，花時間，可是，副座，證據最不會說謊，要把襯衫、內衣都沾上火藥、血漬、皮肉碎末，不容易喔。

——天下沒有完美的證物，你是刑警，你們的教條不是證據總在細微處。我們法醫沒有教條，只有經驗，我的經驗告訴我，好好研究總統肚皮上的傷勢寫不出醫學博士論文，寫得出革命性的的彈道學。

台北市警局鑑識中心組長任ＹＹ：

——報告局長、副局長，刑事局已經接手所有證物，他們有公文，警政署長簽的。

蛋頭氣沖沖的進辦公室，他邊吼手機：

「操，老伍，被你說中，刑事局把案子接走。就知道你這麼說，不過，老伍呀，這回你錯了，大錯特錯，我蛋頭想得透徹，所有第一手證物我經手的，我會查下去。嘿，台北市警局職責所在，絕對配合刑事局，我他媽不但配合，還主動、積極的追查，不抓到槍手，誓不罷休——又損我，老伍，我生涯目標是警政署長，既然完成不了，台北市警察局副局長毫無意義，丟了官無妨。」

老伍對手機說：

「蛋頭，案子由刑事局接手就接手，你樂得輕鬆，犯不著冒險砸飯碗。好，我請你吃鼎泰豐，吃都一處，吃秀蘭小館，吃到你滿意為止。」

老伍收了手機說：

「刑事局接手。」

茉爸摸著他的老貓：

「什麼意思？」

老伍：

「老美剛到，由刑事局接待。意思是魯副局長出局，我使不上力了。」

茉爸沒說話的撫摸陪伴他晚年的貓，他女兒走出店門喊：

「老伍，要不要在我這裡吃飯，要就講，我為你下廚房炒個蒼蠅頭。」

老伍看看茉爸：

「好，陪茉爸喝一杯，反正沒事可做，喝醉好睡覺。」

茉爸鬆手讓老貓跳下去，看著地面陽傘的影子：

「有件事鯁在我喉嚨不能不問，房老先生找過你？」

「哪位房老先生？」

「房德敏的老爸兼老闆，他的朋友叫他Johnny，坐輪椅請你喝酒，給你支票你不收，嫌錢少？別一臉無辜。」

「所以我的一舉一動衛星轉播？蛋頭清楚，調查局清楚，等於國安局清楚，現在你也清楚，等於盧彥博清楚？不過，茱爸，見面前簽了保密協定，我一向對自己負責，不能講的不會講。」

「房老先生本來支持盧彥博，提供的選舉捐款你難以想像，昨天抽回承諾的尾款，說要再考慮考慮，我想考慮的就是兩顆子彈對選情的影響。」

「你說我聽。」

「房老先生人好，我見過一次，你見他那晚，人家錄了影，勞斯萊斯大轎車對吧。」

「你派人跟我？」

「出來混了幾十年，掃黑三次都有我，合計坐了七年牢，伍警官，我找你是信任，和利益無關。調查局拍的，老Johnny在調查局有人，我們在調查局也有人，台灣就這麼點大，誰沒朋友的朋友。」

「大家都賭，兩邊下注，誰當選，人情顧到，照樣等著升官？」

「各人政治信仰不同，別說氣話。」

「房老先生支持盧彥博的代價是什麼？他兒子不是許火生的大學同學，從頭到尾挺許火生，他爸怎麼可能反而挺盧彥博？」

「政治，父子分頭壓寶。」

「房德敏不是說從不進總統府，他的集團絕不拿政府的標案？既然沒好處，父子分頭壓寶幹麼？」

茱爸從椅子內起身，老伍扶著他。

「伍警官，你有你的職業道德，我有我的，這是我們能年紀一大把坐在一起談見不得人事情的原因。走，吃飯去。想喝什麼酒，我不能喝啤酒，痛風，你隨意。」

躾：由「身」與「美」組成

〔中文〕音 MEI，有音無義。

〔日文〕音 SHITSUKE，規範、教養，和製漢字。

靜悄悄的穿過兩邊排滿墓碑的墓地，日本戰國時期的英豪幾乎都在此立下他們對來世的嚮往備忘錄，世仇的織田信長與明智光秀在此，豐臣秀吉父子與德川家康在此，空海是永恆的信仰，跳脫宗教，跳脫歷史糾葛。

路的盡頭處是空海坐化法身的供養御廟，真言宗的信徒相信大師未死，高野山的和尚仍每天清晨送水與齋飯進寺為大師洗臉與服侍進餐。

人不可能自己創造神話，後世與他一點關係也沒的人可以。

輕聲穿過泥濘的山路，雪沒落下來，倒是雨漸大，打得枝葉劈啪作響，每走一步即帶起一圈的泥。

「我們逃到熊野，然後呢？」小艾忍不住的問。

「不，」佐佐木回答，「在山路的某處，我們選擇的戰場，等他來。我不喜歡讓人追，喜歡就地解決。」

說著，佐佐木停在路旁一尊石雕的小佛像前。

「就這裡，我們休息，選擇好的角度，三把槍對一把，就算來的是高手，我們也不怕。」他看看娃娃，「同意嗎？」

從懷裡掏出酒瓶，小艾喝了，佐佐木喝了，娃娃伸出手，她也喝了。

「追來的高手是哪裡來的？」

「東南亞，看起來沒受過正式軍事訓練，土法煉鋼的，山下我朋友說他長相凶惡，拳頭的關節處是厚厚的繭。我們三個人恰恰好，小艾，你狙擊手，我觀測，這位娃娃桑負責警戒。已知對方僅一人，但不知道後續有沒有支援。任務結束請你們到新宮喝酒。」

「新宮？」意外的是娃娃開口問。

「娃娃，我們還沒正式介紹過，我是佐佐木，初次見面，請多指教。」佐佐木用中文得意的說，「我的中文可以吧，說不定隔陣子去台北學中文，以後當學問僧。」

「徐福的新宮？」娃娃不在乎佐佐木的破中文，仍用英文夾雜中文的問。

「相傳秦國的徐福帶童男童女出海找仙山，探訪長生不老的藥，耶穌還沒誕生的年代，沒想到船到了紀伊半島著陸，他們就在新宮住下。多巧，你們是童男童女，也遠道渡海而來，怎麼能不去看徐福。」

說著，佐佐木在山坡的樹林內找到一處遮蔽的地方，他向娃娃招手：

「妳躲在這裡，如果我和小艾都死了，妳最好屏住呼吸，殺手不會待太久，到時記住，順這條路往南，沿途的民宿認識我，妳說是 SASAKI 的朋友，跟著我唸，SASAKI，很好。走快點一天會到熊野本宮大社，搭那裡的巴士去新宮，為我們在徐福老先生面前說說好話，請他收留兩條找不到家的鬼魂，免得留在山裡當餓鬼。」

他指另一邊山坡樹林下的土堆：

「小艾，你躲那裡。我就睡這裡，當你的備份。」

他往路中央隆起的石塊後躺下，兩腿夾住槍的仰首喝酒。

小艾用槍柄稍稍整理腳下的泥土，挖出淺淺的散兵坑，折斷幾根帶葉片的樹枝插進背心與褲帶，既溼且黏，不過總比沒有掩蔽物要好。

「佐佐木，還沒說你為什麼去台北。」

「錢，除了錢沒其他理由讓我違背意願的離開日本。」

中間人找上佐佐木，介紹一筆生意，代價很高，佐佐木又缺錢。

工作是監視許火生的競選行程，每天以手機向一位會說日語的男人報告。他當然知道賺錢不會這麼容易，果然一個星期後對方要他帶著槍聽指示。佐佐木的ＳＶＤ與彈藥以貨機同一天從日本空運到台灣，委託人領貨後送件到他下榻的旅館，保麗龍盒子上的商標是鹽漬鮭魚。

他見到委託人，以前當過兵的樣子，兩人交換了幾句話，互看了幾十秒而已。

三天後他攜槍至華陰街的快樂賓館，收到務必置目標物於死地指示，事成後再領十萬美元。他於當天上午七點即進入快樂賓館看了一遍，空房間很多，五〇二號房的視野最好，距離街道上行進的目標物大約十公尺，閉眼射擊也能打中。再出去找撤退路線，於九點左右回到五〇二號房。

「為什麼非用你的SVD？」

「雇主也這樣問我，我說狙擊手的射擊準確度和用習慣的槍有絕對關係。」

「什麼槍你都能用。」

「小艾了解我。雇主也這樣問，我說用這種槍，恐怕台灣沒人查得出，除了你，小艾。」

「那天早上你看到什麼？」

「我裝了五發的彈匣，九點左右突然鞭炮聲大響，瞄準鏡被煙霧遮住，根本看不清車上的人。難不了我，透過煙能看到人影，車上站著兩個人，我由上往下兩槍打掉他們輕而易舉。」

「你開槍了？」

「沒，車上一個人的身體向前倒，隨後警察舉起槍，吉普車加快速度脫離華陰街，我馬上驚覺事情不對勁，為什麼總統像中彈的樣子？我被設計了，另有殺手殺你們總統，我是被騙上祭臺的羊。居然台灣有人敢害我，他們膽子太大。馬上我瞄對街尋找槍手——」

「找到了？」

「我看到你，煙霧露出一個間隙，你戴棒球帽，要死不活自命帥哥的模樣我怎麼忘得了。」

「為什麼不下樓找我請你吃早餐，你跑回日本？」

「突然要我殺總統、突然有人比我早開槍、突然見到你，還不夠明白？當然收起槍就跑，兩個小時後登上回日本的飛機。小艾，不瞞你說，我破產了，任何能賺大錢的機會不會放過，之前也接過兩筆，台北這次太離譜，有我，有你。雇用我的人知道你，知道我。」

「我也上了當。」

「說說看，你在那裡做什麼？」

「有人約我見面吃早飯。」

「沒殺總統？」

小艾摸出背包內的彈弓：

「只帶這個。」

「你還打麻雀？」

「人總有肚子餓又沒錢買麵包的時候。」

「備份。」

「以防萬一。」

小艾再喝口紅酒，將瓶子拋回給佐佐木。

「我們都被設計？難道塔利班想報仇？」

「也是備份，佐佐木，備份。陷害我們的人希望你或我其中之一被逮捕，就達到他們的目的。」

「你是槍手，我是掩護你的備份？」

「更複雜，槍手不是我，那天見老朋友而已。傳簡訊約我的人假借我朋友的名字，計畫由不知情的我頂替刺殺總統的槍手。你我那天出現在華陰街，都是狙擊手出身，你有槍，我有這個笨腦袋，槍手跑了，警察抓到你和我，多好，當年法國傭兵團的同袍合謀幹掉總統，政治陰謀，說不定背後指使者是美國、中國、莫三比克。日本人用SVD狙擊槍，專業，台灣笨蛋沒槍，警察塞把槍進我口袋，現成的兩個凶手。佐佐木，以前有個法國作家說，我的靈魂與我之間的距離如此遙遠，而我的存在卻如此真實，我們是不是該為真實喝一口。幸好我趁鞭炮煙霧離開得早，幸好你得到的指示是殺總統，不是殺無名小卒的前法國傭兵團士官狙擊手小艾，不然今天我們不會一起喝酒，是你在我的墳墓前拿整桶清酒淋我。」

「誰想要我們倆的命？」

「很好回答，我是孤兒，你是流浪於日本和巴西間的流浪漢，沒了我們，不會有人權律師出面要政府說明。你是日本人，我是很多年不在台灣的台灣人，案子到此為止，查不下去，再隔幾十年，台灣出了福爾摩斯還是名偵探柯南，終於洗清我們的罪名，到時你我若沒被幹掉，也老死了。兩條冤屈的靈魂。」

「我不會殺你。」

「我也不會被你殺了之後恨你。」

「現在你知道追殺我們的槍手是誰派來的？」

「你的雇主，他是誰？」

「網路聯絡，不知道是誰。」

「怎麼給你錢？」

「訂金快遞送到難波的 BAR TARO N JIRO，次郎替我簽收。」

「日幣？」

「日幣太大一包，美金，一百元的舊鈔。」

「一定很大一包，裝冰箱的紙箱。」

「小艾，好容易有收入，別嫉妒我。不過最後一封郵件，指示我對吉普車上的人開槍的，他說：你用的槍和子彈很特別。」
「他懂槍。」
「是送槍那人說的。」
「長什麼樣子？」
「四方形，練過柔道和摔角，年輕時應該來日本學相撲。講的英文很破，比你還破。」
佐佐木笑得開心。
「說不定是退伍軍人。」
「受過正式訓練，看身材、走路步伐就知道。」
酒喝完，佐佐木將酒瓶倒插在石頭後面的泥地。
「我被利用，可是不知道你被利用，以為你是殺你們總統的槍手。回日本怎麼想也不對，你以前說的，我們在興都庫什山腳煮晚餐，你拒絕吃罐頭，去獵了兩隻兔子回來，怎麼說的？」
「子彈不花本錢？」
「另一句，和生活有關。」
「儘管窮苦，生活品質不能降低。」
「對。我就想，小艾再怎樣落魄，不至於拿手槍到吉普車旁邊開槍，太沒狙擊手的格調，太沒生活品質。」

娃娃出了聲：噓。

腳步踩水窪的聲響，很輕微，但山林裡更安靜。

一顆子彈穿越雨幕奔來，小艾熟悉這種聲音，嘶嘶的，快速撕破布的聲音。他翻身躺進剛挖好的散兵坑，拉低頭上偽裝用的枝葉，也見佐佐木翻身出槍。來襲的子彈打得泥土四濺。對方不熟悉戰場，過於急著發動攻擊。

佐佐木的掩蔽物太小，橫躺的板凳大小石頭，小艾來不及提醒，又一發子彈奔來——不，小艾聽到兩顆子彈的飛行聲音，對手同時開兩槍，亦或來的是兩名槍手同時開槍，佐佐木不是說追上山來的是一個人？石頭被打出無數碎片的同時，酒瓶也破裂得像一大叢綻開的花朵，血滴、泥沙與玻璃片飛在漸亮的光線中，佐佐木往旁一歪，中彈了。

為什麼兩顆子彈幾乎同時擊中佐佐木藏身處，即使連發也不可能同時抵達。不是兩名槍手，一名，他的指頭比常人快，連扣兩下。

「嘿嘿，」佐佐木歪嘴壓低嗓子，「小艾，你說我喜歡用奇怪的槍，我們的客人更喜歡，他用的是 Gilboa Snake。」

Gilboa Snake 是以色列銀影公司根據美國 M16，於二〇一一年改造上市的突擊步槍，特徵為兩枝槍管、兩套槍機、兩個彈匣，都發射五點五六乘四五的北約標準子彈。兩枝槍管平行，相隔約三公分，小艾以前試射過，傭兵部隊的官士兵覺得這種槍簡直為發明而發明，哪種步槍不連發，需要兩枝槍管做什麼？

「你想的和我一樣？」佐佐木小聲的說。

「我們以前玩過的玩具槍。」

「以前我們不懂為什麼一把槍要兩枝槍管，現在懂了。」

「懂什麼？」

「兩個彈匣裝不同的子彈，剛才第一發射出的是標準子彈，第一個彈匣裝的，突擊也是煙霧，讓我以為是一般子彈，接著他裝上第二個穿甲彈的彈匣，同時發射普通子彈與穿甲彈，我疏忽了。你以前怎麼說的？」

「說太多草莓，吃櫻桃以為也沒核，被噎死。」

「以前小看這種槍，原來用處在此。」佐佐木乾笑幾聲，「兩個彈匣裝不同子彈，要不是他幽默，就是喜歡雞尾酒，和次郎一樣。」

小艾從雨絲間的晨曦看到佐佐木的手指從肩頭拔出玻璃碎片，就算酒不會要人命，酒瓶會。

「沒事？」小艾以他有限的日語發問，探詢佐佐木的傷勢。

「玻璃刺進我肩頭，不是子彈。」佐佐木說完英文再說日文：「大丈夫。」

小艾集中精神思考為什麼對手不用狙擊槍，而用雙槍管的 Gilboa Snake？一個可能，他到了日本之後只弄到這把槍，另一可能，他不是狙擊手，是習慣用火力強大步槍的黑社會殺手。當然，說不定兩者皆是。

Gilboa Snake 不論怎麼改造還是 M16，雙槍管的優勢在近戰，穿甲彈的功能在攻堅。糟了，佐佐木的石頭掩體擋不住穿甲彈的輪番攻擊，他必須靠備份分散敵人的注意力。

伸出自衛隊用的老式豐和64式狙擊槍，決定違反狙擊手的原則，透過瞄準鏡鎖定路口的樹叢。雨勢仍大，所有枝葉搖擺不停，可是小艾見到火光，又來兩發子彈打得佐佐木面前的石頭破裂成兩半，但64式開火了，三發點放，七點六二的子彈性急的跳出槍口，三顆尖銳的彈頭切斷雨絲竄進樹叢，朝瞪羚撲去的獵豹。

打偏了，用新槍，又沒有歸零調整瞄準鏡的機會，幸好看來偏得不太多，連射三槍有壓抑對方火力的效果。Gilboa Snake 沒有回擊，對手也許忙著包裹傷口。

不能讓佐佐木挨打，小艾收回槍，兩腿夾住，打算往破成兩半的石頭滾去。

「不要動，我們都不能動，他也不敢動，誰先動誰輸。」

的確，山徑狹窄，樹林不密，而天愈來愈亮。小艾恢復原來的姿勢，緩慢的伸出槍口，他得往左邊多瞄一公分。

等，佐佐木的另一個提醒，Gilboa Snake 雖然火力大，畢竟不是狙擊槍，準頭較差。等，狙擊手工作時間的百分之九十五花在等待上，比耐心、比體力、比視力，更比對自己手中槍枝的信心。

突擊步槍，小艾重新回憶試射 Gilboa Snake 的感覺，它是步槍，一次連射兩發子彈卻後座力不大，兩枝槍管瞄準同一目標，雙彈匣合計六十發子彈，還有呢？不管怎樣它不是狙擊槍，是連發的大火力自動步槍，也就是說——

「翻滾，你右邊的石頭。」

話才脫口，佐佐木前的石頭被炸成碎片，趁石灰漫天，小艾一記翻滾推佐佐木至右邊的小土堆後面。

對手用的不是狙擊槍，是步槍。他想起來，步槍還可以發射四十毫米的槍榴彈，準度雖有限，殺傷力更大。

「說不定他帶了槍榴彈。」

佐佐木擔心槍榴彈，小艾則擔心擋在他們前面的小土堆，布滿長滿青苔的石頭，比起打碎的那塊，不要說槍榴彈，連穿甲彈也擋不住。

「佐佐木，我們是曝露於湖面的鴨子。」

「樂觀點，至少我們是拿狙擊槍的鴨子，嘿，如果鴨子有狙擊槍，你猜打獵的人會怎麼辦？」

「再也吃不到北京烤鴨。」

老伍坐在調查局的偵訊室內，他沒找律師，單槍匹馬而來。距離投票日僅剩三天，雖說茱爸建議他退出，但調查局還是找上門。

選舉前警察大學停止休假，所有學生隨時上第一線支援不足的警力，研究生例外，兒子放假回家途中來接喝得半醉的老爸。

「本來找你一起去看爺爺，爸，你回家等媽的罵吧。」

「不怕你媽罵，幾十年，我重聽了，倒是沒想到退休還沾上這件事，我不幹啦。」

兒子將他重重摔在地上。

「什麼意思？」

「我是理賠調查員，總統槍擊案，總統保了我們公司的險，付他賠償金工作結束，其他的不關我的事。」

「小艾呢？」

老伍清醒大半，他記得小艾。

「他相信你，幫你的忙，現在你喝飽酒說不關你的事？」

兒子的超強正義感哪裡來的？

「交換條件，我替他找到娃娃呀。」

「他冒生命危險去日本，你在台北事情做不下去就不幹了，他怎麼辦？萬一回來被逮捕，萬一在日本被做掉。」

他站不起身，兒子不肯扶他，人老了，體會烏龜翻身的辛苦。

「伍先生，你涉及槍擊總統案，不過鑑於你曾是刑事警官，懂得法律，我們先找你喝咖啡，有的沒的聊聊天。」

熱騰騰的咖啡送上來，老伍喝一口想醒酒，咳，差點噎到，既焦又苦。

「你說？我們問，你答？」

「槍擊總統案？我有不在場證明。」

「伍先生，你裝不懂，前陸軍上尉狙擊手艾禮涉及槍擊總統，你隱藏艾禮，資助他逃亡日本，至少是共犯。」

桌上排列出幾張照片，兒子打扮成他模樣在美麗華拿小艾送來的彈殼。老伍忍住笑：

「有個和我差不多體型的男人在美麗華，看起來吃石鍋拌飯，沒有你們說的艾禮啊。」

「艾禮藏了一樣東西給你，」他指兒子伸到椅子下的手，「你們交換訊息的方法，我們注意很久了。」

「交換？我看照片裡的手像撿起一張垃圾。」

對面的電視螢幕出現小艾騎車外送餐點的照片。

「他在通宵的攻堅現場對不對？」

「對，這個人替我送宵夜，我訂的外賣，油飯。」

「我問的是，伍先生，他是艾禮對不對？」

「對，他打工送餐。怎麼，我叫外賣當然盡量找認識的人，不會往我的飯菜裡吐口水，有錯？」

調查局人員露出不爽的笑容，

「伍先生，這樣就很難聊天了，請說實話。」

老伍想到許火生在電視上說的話。

「我不說謊話，拿測謊機來，自願接受測謊。」

桌上出現小型錄音機，一隻手按下播放鍵：

「你和艾禮的通話。」

老伍聽了聽，調查局果然關心他有些日子了。錄音機傳出老伍、蛋頭和小艾的聲音。

「是你和艾禮的通話？」

「是，還有當時負責偵辦槍擊案的台北市警局魯副局長。」

「魯副局長透過你和艾禮聯絡。」

「對，我退休前艾禮是我線民，魯副局長需要協助，希望艾禮提供槍擊總統的子彈情報，我介紹艾禮與魯副局長通話。你們從頭聽到結束，我沒問艾禮私事吧，都他們兩個溝通，而且內容全和槍擊案的調查有關。」

「你認識艾禮多久了？」

「一年左右，純粹工作需要。」

「講講交往經過。」

「與案情無關，涉及隱私，恕難回答。」

「不是告訴你艾禮是槍傷總統的嫌犯，與案情自然有關。」

「你得先證明艾禮是嫌犯，才能問我和艾禮的交情。好吧，咖啡難喝，能不能換啤酒？台啤就好。」

罐裝台啤送到老伍手裡，還冰涼的。

「艾禮是不是去日本？去日本做什麼？」

老伍忽然想到茱爸說的，誰在調查局都有人，那麼眼前的調查員是誰的人？

「原諒我說幾句傷感情的話，你們證據不足，沒辦法證明艾禮是槍傷總統的槍手。」

「我們不必把證據讓你看。」

老伍舉起手中啤酒擋住調查員激動的口水。

「槍擊案剛由台北市警局轉移刑事局偵辦，不由貴局偵辦，所以你們無權以此案偵訊我或者請我喝咖啡，」他看看台啤，「或者請我喝啤酒。」

「重案，各單位一起偵辦。」

「好吧，確是重案，連我這種退休老芋仔私下也努力幫忙調查，不信你們可以問台北市警局魯副局長。」

「看樣子伍先生不願意合作。」

「這樣好了，我找找看艾禮，如果聯絡上，我們也三方通話。」

律師進來打斷偵訊，老伍沒找律師，兒子找的。兒子拉老伍出去：

「律師處理，我們回去。」

「對，再不回去，你媽要發飆了。」

「讚。」

「讚什麼？」

「你剛才講的話我和律師聽了後半段，隔壁房間。」

「覺得我表現還可以。」

「八十分。」

「從小我打你的分數，你大了，輪到你打我分數。」

「沒辦法，我對你不放心。」

老伍停下腳步，好奇的看兒子。

「兒子呀，天下任何一個人對我說『我對你不放心』，我都會捶人，什麼東西敢對老子講這種話。奇怪，從你嘴巴說出來，我怎麼覺得暖暖的，甜甜的。」

「爸，拜託，暖暖的你去超商買暖暖包，甜甜的你找老媽，她說今天晚上煮綠豆薏仁湯。」

老伍高興得要摟兒子肩膀步出調查局，有這樣的兒子，可以，不料腳下一滑，想起來和兒子約好去醫院看爸，喝了酒，進醫院不討護理師喜歡。

老伍回到家才端起綠豆湯碗，手機響，他被保險公司停職了，台灣區總經理支支吾吾的說某位客戶對老伍的理賠有意見，公司決定在調查出結果前暫停老伍的職務。老伍客氣的回覆：

「總經理，是許火生有意見、盧彥博有意見、四海集團有意見，還是調查局有意見？誰有意見我都沒意見，我和貴公司的合約由我的律師找你商量吧。」

保險公司規模大有好處，客戶多；有壞處，若是政治壓力光臨，不打一處來，從各處來。

工作上的事不宜讓老婆知道，四十歲以前她大驚小怪，四十歲以後她毫無反應。五十歲以後她關心的目標是老伍的身體，「又抽菸，不是戒菸了？」、「喝那麼多酒幹麼？」、「健康檢查做了沒？」、「少吃油膩的多吃素」，最後回到男女戀愛的終點：

「講你是為你好，你要是走了我怎麼辦？」

「爸，看爺爺去，和林醫師約好了。」

看老爸，他孤獨的躺在床上，只有呼吸器陪伴，少了老伴的嘮叨也會使人喪失活下去的動力。

峠：由「山」與「上」「下」組成
〔中文〕音 KA 或 QIA，有音無義。
〔日文〕音 TŌGE，山路的高點，引伸為高峰或高潮。

「記得你躺在阿富汗的太陽底下當鴨子的事？」佐佐木虛弱的說。

二〇一五年的興都庫什山某個角落，七月的太陽烈得眼睛無法睜開，皮膚則在七天的戰術搜索任務中乾烈得到處是裂口。有限的彈藥、有限的通信範圍、有限的食物與望穿秋水卻喝不到的水。

「我躺在那裡，陽光刺得我眼睛出現很多黑點，很多次以為那是上帝派來接我的天使影子。」

「天使？」他乾咳了兩聲，「我記得你喊的名字是娃娃。」

小艾猶豫一下，看看不遠處的樹叢，她聽得到。

「意思一樣。」

「懂，小艾，我懂你為什麼帶大件行李來日本。」佐佐木也看了眼樹叢，「心有所屬，做和尚的男人也能體會你的心情。」

他們奉命搜索那片光禿禿的地區，地圖上一個比針頭還小的地方，放眼望去盡是堅硬的黃土，連羊也沒見到，可是他們得執行命令，情報顯示塔利班的一支部隊藏於這裡。興都庫什山的大部分地區不像山，像乾涸的高原，比月球乾，比火星更無水的跡象，連狼也瘦得錯認為狐狸。他們去的嚴格說不算地方，算是一組經緯線拼出的虛幻座標。

「我們躺了多久？」

「兩天。我躺，你在岩石後面睡、坐、趴，你沒躺。」

「我趴了很久，握槍的手幾乎麻木，漫長的兩天，不知道什麼時候結束。」

「以為等待世界末日就那樣。」

「不會結束的那樣。」

小艾躺在高原的一角不能動，右腿中彈，槍落到二十公尺遠的岩石後面，而且他不敢動，即使挪動麻痺的手臂也引來一發把灰沙打進他嘴裡的子彈。對方不打算馬上殺他，拿他當活餌。

一組五人，掛在吉普車後面的備用油箱被擊中，當時車子行駛中，並非行駛於都市平坦的柏油路，顛簸的岩地，對方只一槍便把汽油桶打得爆炸，兩名同袍當場陣亡。他們叫什麼名字？

「你記得他們的名字？」

「誰？」佐佐木小心的喝了口水。

「那天被炸死的。」

「他們死了，死人不需要名字。」

「相反，我相信只要有人記得他們名字，他們死了也仍活著。」

「小艾，你的浪漫不願意長大？對死人，你的浪漫不如一束花。」

小艾從土堆左邊伸出鏡子，對手非常爽快，馬上破裂成碎片，兩顆貌似雙胞胎的實心彈頭與鋼制穿甲彈頭提醒人們敬畏它們的威力。

他們仍被釘死在石塊後面，哪裡也去不了。為什麼用雙管突擊步槍還在槍口裝消音器？從來不喜歡消音器，沒有清脆的槍聲，射擊少了真實感。

「你不喜歡消音器。」

「就酒鬼而言，你的記性未免太好。」

「還記得你說的原子彈故事。」

美國搖滾歌手圖力．庫普弗柏格寫的短篇小說，原子彈問子彈：我好羨慕你。子彈不解的反問：你是偉大的原子彈，為什麼羨慕我這顆小小的子彈？原子彈感慨的說：我懷念人身的接觸。

「人身的接觸。」

「哈哈，小艾，沒有槍聲，少了接觸槍、接觸戰爭的真實感？聽說以後的戰爭在網路進行，用鍵盤和滑鼠互殺。」

「那就——」

「那就無聊到打瞌睡了。」

對手仍守在山路轉角處，猜得出在哪裡，卻無法捕捉。雨太大，他們又居於低處，而綁在佐佐木肩頭的溫泉旅館毛巾並未壓抑住傷勢的惡化，血仍不停止的往外滲。

「三比一，吉普車被炸了，我們還有三人，以為遇到對方的狙擊隊，沒想到只有一人，我們被打得抬不起頭。距離不到六百公尺——」

「五百六十公尺。」

「你是我的備份，算得比我精密。塔利班的槍手守在高處，你怎麼說的？」

「一夫當關。」

「對，一夫當關，我們很不大丈夫。」

他們三人被炸出車後，立刻分散接敵，阿富汗山區的遮蔽物不多，沒有大片的樹林和坑洞，正揣測哪個方向射來的子彈擊中吉普車，另一發子彈幹得直接了當，三減一等於二。

對手的打法不在意自己生死，可能掩護其他戰友撤退，他阻擋追兵。

「他的臉孔常出現在我夢裡。」

「佐佐木，很多年前的事了。」

「小艾，我後來體會出時間的流動，不是一起的。」

「聽不懂。」

「時間像河流，本來所有的水以同樣速度往下流，可是遇到石頭，有些水延後速度，有些水停在水坑。大腦的記憶一樣，有些隨日月進行，有些很慢，被什麼東西卡住，隔了一段時間追上，我們突然想起，啊，原來那天忘記帶鑰匙。」

佐佐木說的對，記憶中的某些部分莫名的停留，始終不肯離去。

「我就老看見他的臉孔，纏在頭上的布被血滲得溼透，鬍子沾了沙土。」

「你不是說永遠記不住阿富汗人的臉孔，被相同的鬍子蓋滿了。」

「那個人例外，他張嘴躺在那裡，兩顆金牙，太陽照得金閃閃。」

「你拔了他的金牙？」

「本來想，實在沒氣力，連再多看他幾眼的力氣也不剩。」

「沒氣力？你沒忘記把他的狙擊槍帶回來，假裝聖人，其實是戰場上的小偷。」

佐佐木忍著笑，這種天氣，他額頭冒出一顆顆米粒大小的汗水。

高野山的霧從地底往上升，慢慢升到他們面前，再過半小時，也許把整條山路罩滿。他們不期待霧的出現，變得不太在意對面的敵人，說不定法國酒的酒精效果慢，兩名手中持槍等死的狙擊手被打了幾槍才漸漸嗨起來。

二〇一五年小艾躺在興都庫什山區的高原，周圍什麼也沒有，赤裸裸等待下一顆子彈。高原的空氣稀薄，他告訴自己放慢呼吸，等夜晚。當夜晚來臨，他恍然明白空氣稀薄使得星光特別耀眼，他依然是高原上最顯眼的目標。

「喂，小艾，想不想尿尿，我那時候一直這樣喊你對不對，怕你喪失知覺被凍死。」佐佐木的槍托戳戳小艾的腰，「很有用吧。」

「沒用，我從來不憋尿。」

「哇，你就那樣的灑，灑兩天？怎麼看不出來？」

「高原，褲子馬上乾了。」

「呃，後來我還扛你走了好久。醫師割開你褲管有沒有割出一公斤的尿。」

小艾抹抹瞄準鏡的鏡面：

「如果我往旁邊滾，吸引他的注意力，你打得到嗎？」

「愛開玩笑，你滾出去活不成，來的是重裝高手，用雙管步槍，配自製消音器，背一大袋的子彈和槍榴彈。」

「用以色列步槍、美國製的子彈、配俄國製的瞄準鏡，打兩名不是法國人的法國傭兵。」

「華爾街的專家說這是全球化。」

「對，全球吃壽司、拉麵，偏偏有個日本人愛用俄國步槍和日本製的子彈找台灣的多年不見朋友，竄進這個通往西元前秦國人移民地區的小山路。」

「節拍相同，這就對了。」

「萬一他真的有槍榴彈，我們等著被炸飛。」

「會飛的鴨子，好消息。」

那時小艾躺著，很用力的躺，動也不動的躺，塔利班的槍手守在五百六十公尺外、對面那座突起岩石的後頭，在十倍率的瞄準鏡底下，小艾依然比大象更大。

忽然覺得很荒謬，彷彿老天安排他必須如此，對方不打死他，等待佐佐木忍不住的從掩蔽物後面竄出的救人，他想多殺一個。佐佐木不敢變換位置、不敢脫離戰場，因為小艾躺在那裡，不能放棄隊友是部隊的不成文法則，他們沒有家人、親人，唯有彼此。

雙方因為將死未死、該死而暫時不能死的小艾而僵在原地，那時刻，杳無人跡的興都庫什山區裡，小艾的受傷變成宇宙唯一存在的法則，他是中心，若沒有他，佐佐木得和對手決鬥，有了他，期待決鬥。

等待對戰場的男人是好的，不用焦躁的做決定，將戰爭的結果交給不明確的未來，大家只要倚著槍、撐住快閉上的眼皮無所謂的等待。誰曉得幾分鐘後的世界發生什麼樣的變化，說不定哪個國家扔了原子彈、說不定突然和談、說不定火星人的飛碟降落在興都庫什山。

「聞到酒的味道嗎？」

「哪裡？你酒癮犯了？」

「喝了十多年的酒，我流出的血裡不是應該起碼三分之一是酒精？我對自己說，別怕流血，流的是儲存多年的酒精。」

佐佐木得意的狂笑，他絲毫不擔心洩露所在位置，他們哪裡也去不了。對方呢，他怎麼沒動靜，受傷了？肚子餓了？另一可能，他決定等著小艾與佐佐木忍耐不住的跳出來衝鋒？

小艾在槍口下躺了兩天，偶爾對佐佐木說話，偶爾說夢話，好幾次想乾脆閉上眼好好的睡去，不甘心，他不甘心死在無名的高原。

第三天清晨，他已經看過一個清晨，太陽從佐佐木的背後升起，這天太陽還是會從同樣的地方升起，太陽不說謊。當光線從山頭射來的剎那，他喊：佐佐木，現在。

凝聚剩餘的力氣向左滾，對方沒睡著，一槍打中他的右小腿，不過佐佐木一彈射中對方額頭中央。

佐佐木說那是他打得最準的一槍，尋找塔利班槍手兩天，他不敢離開位置，對方也守在原處的相信佐佐木會先失去耐心。瞄準了幾百次，最後他在三個地點選擇了一個，岩石左邊的缺口，當太陽升起，他丟出一塊石頭，對方伸出槍管，陽光射在槍管，佐佐木看到槍管，當槍管對準躺在兩人中間的小艾時，佐佐木一槍射去。

他提著塔利班槍手的狙擊槍回到小艾身邊，他扶起小艾，得意的說他攀上人生的高峰，以後不可能超越，該是退伍回日本的時候。

扛著小艾走了很長一段路，終於有了信號，傳出訊息。他說個不停，說他開槍時根本沒看見對方的臉孔，憑直覺射出子彈。正中頭部，腦漿與血水染紅岩石。他對小艾說，做夢也沒想到這麼準，我相信神了，小艾，兩天沒睡覺，我眼睛看出去三重疊影，但我有把握那傢伙正在我要射擊的位置。要是你看見他仰天死亡的臉孔，會跪下向我膜拜。

他帶回對方的槍，俄羅斯破舊的ＳＶＤ，當成他的護身符。

「小艾，到達你的巔峰沒？」
「沒感覺，到達巔峰會像拳擊賽敲的鐘，噹一聲的巨響喔？」
「哎，巔峰來了每個人一定知道。」
「不清楚欸。」
「笨，你每次和對方交手，回來會不會懊惱當時要是怎樣才更準。」
「每次都會啊。」
「太好了，你是笨蛋，沒到巔峰。」
「不到又怎樣？」
「當狙擊手當到老死，當到兩眼昏花、肌肉流失。」
「想你的酒比較實際。」

熊野的朝聖之路分成七條，主要的三條，其中的中邊路由紀伊半島尾端靠西的小火車站田邊進入山區，一路往東到熊野本宮大社；大邊路由田邊沿海岸線往東到串本再折而往北進入熊野山地；小邊路則由高野山往南穿越山區抵達本宮大社。與西班牙聖地牙哥的朝聖之路比美，可是小艾等不到旅人，一個也沒見到，天冷又大雨的關係或是現在的朝聖者寧可到田邊搭公車，省力？

雨小了，斷斷續續，即使早已習慣，小艾還是不喜歡衣服黏貼於皮膚，從脖子到小腿沾滿水蛭的感覺。

從地面浮出淡淡水氣的霧，此時幾乎升高到覆蓋住他們全身，但不夠濃到掩護他們脫離戰場。

「你女朋友呢？她的話很少，不性感。以前第二班的沙皇不是說女人話多，舌頭發達，有助於做愛。」

「你的話也不少。」

「沒女人欣賞我這點。」

「去年見到沙皇，他和老婆搬到匈牙利安於平淡的過日子，寶力真的回義大利當修士。對，他當修士是因為宗教信仰，你當和尚呢？」

「我是撞到石頭的河水，撞昏了，暫時停下。」

「很禪宗的說法。」

「告訴你一個禪宗的故事。老和尚與小和尚大雨後走到岸邊，發現木橋被大水沖走，河水雖然不深，卻盡是泥濘，岸邊站著穿華麗衣服的女孩，正愁無法過河。老和尚自告奮勇背女孩過河。事後小和尚責怪老和尚：『師父，我們出家人不是不能親近女色嗎，你剛才為什麼背女孩過河？』老和尚笑嘻嘻的回答：『你還在想那件事啊，我早已經把女孩放下，難道你心中還背著她？我只是助人，沒有別的念頭，倒是你，快放女孩下來。』聽懂了嗎？我當和尚是想袪除心中的雜念，你卻以為我想逃避。小艾呀，快放下你心裡的女孩。」

「遵命，佐佐木大師。」

「你的女孩在後面樹叢，放心，我絕不背她過河。」

「囉嗦。」

「說真的，小艾，我不是刻意害你到日本找我，記得你是我的備份吧？在台灣被人打了暗槍，備份要幫我討回來。」

「講一聲不就好了，到日本要機票錢。」

「嘿嘿，看到你真好。」

小艾稍稍挪動身體。

「等霧再濃一點，我往後滾，對方一定開槍，你用阿富汗打塔利班的精準度對付他。」

「好主意，我剛才講很多你全沒聽進去，我的巔峰過了，這幾年喝的威士忌用桶計算，能打中對面的樹林就不錯。」

「你可以，佐佐木，你救過我一次，上帝叫你負責我的人生，再救一次。」

「談戀愛的人大多腦子不好。」

小艾想到躺在阿富汗山區兩天後的那一滾，提起力氣的拉動全身，以為可以滾至少一公尺，哪想到只能把背抬起來而已。

佐佐木的血停止外流，壓了十多分鐘終於有效。

「拿得動槍嗎？」

「沒問題，你欠我一命耶，今天得還我，不是我再救你一次，不公平。」

「還。他一定以為我們往左右滾，我卻向後滾，暴露的面積雖然大，他反應的時間相對短，你給他一槍，賞他一顆五點五六。」

「小艾，你就是浪漫。我另有個主意，如果你我是對面樹林內的狙擊手，怎麼對付躲在土丘後面的敵人？」

「我覺得你和小艾會從左邊和右邊滾出去發動攻擊，我只瞄左邊，打掉一個再對付剩下的一個容易多了。」

「同意，你往左邊滾還是右邊？讓你選。」

「你當然滾你那邊，我滾我這邊，否則你想爬過我再滾啊？喝太多酒，影響大腦。」

小艾朝樹林內吹聲口哨，沒有回應，他輕聲喊：

「娃娃，往後退。」

佐佐木檢查彈匣，上膛。

「你喜歡那個女孩，原來戀愛真的是一種信仰，看她照片、唸她名字，人就能得到神明庇佑的心神安定。」

「醒醒，要行動了。」

「你躺在塔利班的槍口下，兩天兩夜很長，到底想什麼？」

「一開始想怎麼滾到旁邊突起的石堆後面，可是根本動不了，又想美軍直升機會不會突然出現，往塔利班頭上扔地獄火。第二天晚上想興都庫什山會不會下雪，三、四千公尺高，說不定隨時下雪，要是下雪，我要做的第一件事是張開嘴吞雪花。等了很久沒下雪，改想一件事，最簡單的一件事。」

「娃娃？」

「佐佐木，你已經剃去三千煩惱絲當和尚了，不要再老想女孩，尤其不該想朋友的女朋友。」

「我背女孩過河，不像你，背了不肯放。」

「哇，想不到你能看得如此透徹，你會成佛，放下屠刀，立地成佛。」

「我手上有槍，和尚拿槍會成佛嗎？」

「我數一二三。」

「三。」

佐佐木持槍往外滾，小艾來不及拉他，趕緊往左邊滾，舉槍，對方先動手，槍聲響在白紗般的霧裡，小艾看到遠處的星火，毫不考慮的扣下扳機，子彈沉靜的飛出槍口，撕開面前的霧水，弧狀的飛向迷茫的前方。

再一次輕微的噗呲聲，子彈飛近小艾，冷冽的空氣滑過他額頭，躲過一顆，另一顆卻鑽進他持槍於耳際的右大臂。

輸了？佐佐木呢？

又一聲槍響，不同於Snake雙發齊射的沉重感，陌生的憋住氣的噗一聲。

槍聲停了一陣子，小艾連續翻滾，他抱住佐佐木，對方的第一槍擊中佐佐木肩膀，鮮血像忘記關水龍頭的自來水。小跑步聲傳來，小艾抓起槍瞄準，站在他面前喘氣的是娃娃，手裡握著俄羅斯製造的ＳＶ99，地球上最秀氣的狙擊槍，僅重三點三五公斤，栓式槍機，用在冬季運動的滑雪兼射擊的兩項競賽。佐佐木果然愛奇特的槍。

「娃娃，幹掉對方了？」

「幹掉了。」

「哪裡人？台灣來的嗎？」

「不是台灣人，菲律賓來的。佐佐木怎樣？」

小艾低頭看，佐佐木的血流進他Ｔ恤，他的胸膛淌著佐佐木的血，溫溫黏黏，水蛭那樣。他不再討厭水蛭。

房間洋溢威士忌的酒香味，Jeffrey搖晃杯中金黃的液體，兩眼盯著螢幕。美國刑事專家步出刑事局，拒絕記者的採訪，陪同的刑事局人員說明老美認為他來幫忙勘查證物提供意見，該由刑事局出面說明。

愛穿高爾夫裝的Joe進來，後面跟著服務生放下沉重的球袋後即退出。

「球打得如何？」

「打不過年輕人，他們隨意開球兩百八十碼，我用盡力氣兩百碼。」

「認老服輸。」

「未必，推桿他們就不如我，最後兩洞放水，他們年紀輕輕在總統府做事，不習慣輸。好，我老人家輸。」

「球場裡問了他們？」

「老許不肯退讓，提出交換條件，由他提出單位，我們在單位裡頭圈，交通部政務次長位子他收回，先前答應別人了。」

「當了四年總統，開竅，懂得討價還價。」

「我們再等等。」

「你們懂政治最大的魅力嗎？」

另兩人看著老人。

「政治的基礎是權力，權力帶來分配的力量，你們知道政府裡面有多少人人嚮往的職位，大家期待分配。掌握權力的人會有種自己是神的錯覺，他決定很多人的命運，比酒精、毒品迷人一萬倍。」

「Johnny 的意思是？」

「我們要從神的手裡挖出一部分的分配權力，他當然抗拒。神最討厭旁邊躺另一位神。」

「老許不會同意我們的條件？」

「未必，老許當了快四年的神，習慣做為神，此刻他未必能當選，冷靜之後他會選擇先當了神再說。」

Johnny 操縱輪椅轉到酒櫃前停下，Jeffrey 上前問：

「來杯威士忌？」

「不用，我要了咖啡。老許冷靜了嗎？」

「鬆動了。」Joe 脫下鞋襪，十隻腳趾頭在地毯上一收一放，「選情對他固然有利，但沒到穩操勝券的地步。小郭說他老闆需要擺平一個派系，如果按照我們提出的條件，有限的官位不好安排，需要時間攤開升官圖看能不能再清理出幾個職位。」

領班戴白手套捧咖啡進來，Johnny 揮手：

「我自己來。三年多前老許當選總統，弄不清政府機構裡有多少名堂，我們要的都不是檯面上的職位，他不屑的垃圾官位，當然答應。如今他摸清眉角，生意難談嘍。」他咳一聲清嗓子，「難談還是得談，政治無非交換利益，他比誰都懂。」

他倒了杯香濃的咖啡，聞了再入口，滿意的閉上眼，但很快又睜開。

「他的單子給你了嗎？」

「還沒，」Joe 看看表，「稍後送來。」

「逼了他嗎？」

「他怕美國，怕我們停止華盛頓DC公關公司的預算，也感謝我們處理蔡民雄，不論媒體或盧彥博怎麼說，有人刺殺他是真的，對吸收選票，很受用。」

輪椅轉個方向。

「Jeffrey 你說。」

「外交、國防本來就是總統直接領導，我們一向沒意見，行政院各部會當然是他的人，隨意插人，融不進內閣團隊，沒意思。老許第二任，他得留退路，幾個重要的國營公司董事長他當然不肯放，我們堅持交通、財政、陸委會三個副部長，外加三家銀行、國科會、航發會，而且全部內升，不空降，他要是再不讓步，翻臉一途。」

「不急。」Johnny 放下咖啡杯，Jeffrey 取手帕幫他抹了嘴。「他還有三天見生死，明天拿不到名單，放蔡民雄遺書的消息出去，再不行，送艾禮的遺物去，說艾禮對我們說了槍擊案當天的情形。」

「老許不是個東西，要不是我們，他怎麼當選市長、當選總統。」Joe 不高興的說。

「你又不是不清楚，得到權力前與得到權力後，人的想法兩樣。」

「換板凳，換腦子。」

「權力沒有頂，欲望沒有底。人到底不是神。」輪椅老人下了結論。「倒是日本那名刺客處理得怎麼樣？」

「我們的人跟著艾禮追上高野山，傳回的最新消息，確定佐佐木與艾禮、洛紛英一起。Johnny，十多年前我們去過高野山，挺清淨的地方。」

「那時候行政院三分之二是我們的人。」Joe 接話。

「和刺客保持聯絡，記住，三具屍體處理得沒有痕跡，至少投票前不能被日本警方找到。」

「中間人說，艾禮的遺物他自己送來台北，不然怕趕不上我們要求的時間。」

Johnny 沒理會。

「老伍呢？」

「在醫院，他爸躺了半年，維持生命而已。」

爸毫無動靜的躺著，老伍退休後馬上進保險公司的原因之一在爸，能在醫院占張床位得靠關係，花的錢也不在少數。

林醫師說了十幾分鐘，老伍父子在第一分鐘就聽懂意思，禮貌的不好打斷熱心醫師的建議。

拔管或維持現狀，是非題，畫圈，不然畫叉。老伍免不了刑警式的思考，若他同意拔管，是否意味他決定結束父親的生命？他是兒子，有權力嗎？另一角度，現代醫學以不合乎宇宙循環的科學方法，延長理應結束的生命以非生命形式的存在時間，再將最後生死決定權交給家人，這樣的延壽有意義嗎？

「爸，別想了，我們對爺爺說話，他聽得到。」

兒子坐在病床邊，從他的學業講到總統大選的新聞。爸對老伍的管教嚴肅多於慈祥，對孫子卻只有慈祥，無止盡的愛。

老伍到外面接手機，劈頭挨了頓臭罵，領不到保險理賠金的遺孀將氣一股腦全往老伍倒。

茱爸的電話，急著想知道小艾的狀況，老伍沒回答，他警告茱爸，他們倆都在調查局的監視之中，有事見面說。如今茱爸要的不是小艾找出槍擊案的槍手，怕小艾壞了盧彥博和四海集團的合作。

回家途中他問兒子：

「你對爺爺最深刻的記憶是什麼？」

「我五歲跑出去玩，找不到回家的路，爺爺在河濱公園從大直走到內湖。哇靠，他關節不好，走那麼遠。」

「我幫你說下一段，爺爺帶你回來，我伸手要揍你，爺爺擋著不讓我打。」

「爸，你的記憶力有問題，你不是伸手，是抓起餐廳的椅子打算把我砸成蔥油餅。」

「五歲，你記得五歲的事情？」

「有些事很難忘記。」

他們經過蔥油餅攤子，老伍買了兩張，父子邊走邊吃。

「看樣子為了解決椅子之仇，你最好早點結婚生孩子。」

「為什麼？」

「我可以把你我沒解決的椅子仇恨，還給你的孩子。」

兒子愣了愣：

「爸，那你跟爺爺的仇恨因為我而化解了？」

「我和你爺爺沒仇，他不善於表達感情而已，對我媽、對我，他用行動替代感情。我念警校四年，要是週末沒回家，他提你奶奶做的飯菜送到學校，從不間斷。害我和你媽談戀愛都得搶在晚餐前回到學校。」

「不錯，爸，現在起我們忘記爺爺這一年來的樣子，只記他最好的樣子。」

「選擇性記憶。」

「不是啦，是選擇性失憶。」

他們沒搭公車，一路走到士林才上捷運。路上老伍開始思考，既然這個世界由搞政治的操作，他何不躲開政治的去賣蔥油餅？不，記得媽做的餛飩，乾脆租個小店面賣餛飩麵。店名叫——伍拾圓餛飩麵，他姓伍，當然賣一碗五十元。

老伍快樂的笑了，不論開不開伍拾圓餛飩麵館，先得把小艾拉出漩渦，還有，兩顆子彈的事，沒有真相，難開懷。

侘寂：由誇耀與無聲，兩個極端構成

侘的中文，音 CHA，誇耀。

寂的中文，音 JI，無人聲，靜悄悄。

侘寂的日文，音 WABI SABI，從不完整與缺陷中，欣賞其中的美。

由娃娃包紮妥當，小艾背起佐佐木往熊野方向前進。不能回高野山，遊客與僧侶多，況且說不定死掉的槍手有後援。山路泥滑，小艾使出所有氣力的跑，他一句接一句的說，怕佐佐木失去意識。喘不過氣時娃娃接著說，一開始她講英語，講多了，她改成講中文，也講不停。

「小艾的第一槍打中對方肩膀，擦傷。第二槍打中對方左腳掌。」

「聽到沒，佐佐木，你以前說作戰時要縮小正面，他的兩腿張太開。」

「攻擊我們的菲律賓槍手，他的護照在我口袋。我從山坡繞過去，他注意力集中在你們，完全沒發覺，我一槍打中他太陽穴。」

「我沒到巔峰，娃娃到了，佐佐木，娃娃可以退休了。」

雨又轉大，三人躲進一間無人的小神社，娃娃急著檢視佐佐木傷口，

「送他進醫院。」

「我沒手機，他有沒有？」

娃娃翻遍佐佐木口袋，也沒有。

「先清傷口、設法止血，重新包紮。」小艾猛拍佐佐木臉頰，「不能睡著，不要妥協。」

「不妥協。」佐佐木呢喃的說，「扶我坐起來。」

兩人的扶持，佐佐木背部倚著牆壁坐定，小艾替他點了菸。

「Short Hope。」

「你有台灣帶來的 Long Life 嗎？」

小艾沒有，娃娃有，她從後口袋拿出壓得扁扁的軟殼菸，剩下兩根長壽。

「你 Short Hope，我想要 Long Life，香菸嘲笑我們的人生。」

「你和尚，你慈悲，Long Life。」

「想起來，我的ＳＶＤ是護身符，他也有護身符，是軍人，在台北替我領出槍交我手上的男人，腰間繫了彈頭，九毫米手槍用的。」

「你問他為什麼掛彈頭沒？」

「問了，他說是紀念品。」

「沒其他的？」

「沒。」

「很好，雇你的人腰間掛顆彈頭。」

「五、六十歲。」

「好。」

「你是我的備份，該做的就做。」

「不能放棄你，找出派槍手射傷你的人，你養好傷，下次我到高野山喝酒還是到難波找次郎，聽你的。」

「對，和以前一樣，狙擊手一組兩人，少了一人就失去平衡。我的事你對次郎說，他曉得我在台北出了事。叫他把我的東西打包寄去巴西給我爸爸。」

「不能這樣。」娃娃架起佐佐木，「不准說遺言，佐佐木，我送你去醫院，媽的小艾，你是幹麼，兩個男人娘娘腔懷念過去？幫不幫忙？」

小艾跳起身接住佐佐木另一肩膀。

「報告娃娃，懂，我們不到最後，絕不輕言放棄。佐佐木，敢放棄試試看，我扔你進垃圾堆，我在你頭上灑尿。」

「不要，小艾，我聞過你的尿，太——」

雨更大，他們沒有停，三人四腳，扛著佐佐木奔在泥濘的小邊路，據說朝聖者抵達熊野本宮大社即能得解脫，無論哪種解脫，都得到熊野再說。

「我操你的佐佐木，用力，」除了雨聲便是娃娃的罵聲，「用你力氣撐住，像個軍人，一二一二，跟上我的節奏，你腳不必出力，聽我口令的伸出腿就好。很好，很好，一二一二。艾禮，再快點。」

「是，我快。」

「前面左轉，佐佐木，重量移到右腿。」

他們是往熊野朝聖之旅小邊路上罕見的三人行，他們未必在意朝聖，他們只為趕路。

「小艾，你左手抓住他腰帶，我也抓。」

一左一右，小艾與娃娃溼淋淋的手在佐佐木背心交叉，牢牢抓住佐佐木腰間的僧服布製帶子。

「佐佐木，任務。」娃娃以英語大喊。

「十一點方向，敵人機動車輛機槍手。」

「小艾，距離。」

「三千兩百公尺。」

「南無阿彌陀佛，小艾你別亂編，三千兩百公尺，我們打火星人。」佐佐木仍活著。

「對，打火星人，佐佐木，有膽量嗎？」

「小艾，這個台灣女人汙辱日本男人。」

「她也汙辱台灣男人。」

「部隊行進間不准聊天。」

「她管太多，小艾，算了，來日本陪我當和尚。」

「日本和尚真的可以結婚？」

「可以。」

「報告佐佐木上士，我小艾願意來日本當和尚。」

「左前方，目測距離三百公尺，獨立家屋。」娃娃呼著大氣喊。

「是，獨立家屋，煙囪冒煙，有居民。」

「我朋友家。」

「是棟木造房子。」

「佐佐木，提起你腳跟，」娃娃罵，「日本男人沒有用。」

「她現在汙辱全日本男人了，小艾，恐怕只有你會娶她。」

「再一個右彎。」

「我們沒有這樣講過話，跑得快累死。」

「我們喜歡有酒有菸，躺在星光底下講話。」

「你的朋友家裡有電話嗎？」

「什麼都有，他是退休的醫師。」

佐佐木的頭往下垂，昏過去，小艾與娃娃用抬的將壯碩的、渾身是血的佐佐木扔進架高的地板，幾乎震倒原本看上去就搖搖欲墜令人頭昏的木屋。娃娃用日文喊：

「Sasaki san kega.」

「妳什麼時候會日文的？」

「只會幾句。」

「那妳說的日文 kega 是什麼意思？」

「受傷。」

「怎麼會說受傷的日文？」

「我進國防部前，到情報局外語學校念了一年日文。」

「好像我錯失妳好長一段日子。」

「你錯失的多了。」

「追得回來嗎？」

「少婆婆媽媽，佐佐木快斷氣了。」

他們坐在屋簷下喘氣，並喝了很多水，多到可以將自己溺斃。屋內傳來重重的腳步聲，奔進奔出，其間一雙手推來一壺茶，過一會兒同樣一雙手推來平板電腦。

「原來妳受傷的額葉復元了。」

「不是復元，我受不了你們兩個男人的噁心的情話，艾禮，以前沒看出你挺長舌的。等他傷好，你們一起出櫃。」

「好朋友不見得是情人。」

「情人未必是好朋友，你去追仇人。」

「啊。」

他們依然坐在玄關的地板，四隻赤腳踩土間。身邊各多一個木盤，盤內一碗飯，三碟小菜，一碗湯，魚湯，夾得出鮭魚肉。多少年沒吃醬菜配白飯了，麵包炒蛋比不過溫暖的米飯。

不久再多一支高到膝蓋的大瓶清酒和兩個杯子。戴眼鏡的佐佐木醫師朋友探看小艾的傷勢，嗯了嗯，未做任何表示的又走開。

「我們以前的事，妳覺得忘記好，還是談一談，解開的好？」

「佐佐木說河水有些會被石頭攔住。」

「忘記過去。」

「被石頭攔住的水只是往下流的速度慢了點，繞過石頭繼續往下流。」

「以後有空再談。」

「繞過石頭、比較慢的水，不是之前和其他水一起流的水了。」
「不要吧，我頭痛了。」
「希望我繼續額葉受損？」

平板上的新聞，許火生沒死的站在吉普車上繼續遊街拜票，美國刑事專家逃開記者的追問，刑事局發布對艾禮通緝，又一名立法委員以五百份雞排賭盧彥博當選。他們兩人對新聞裡艾禮戴帽子的照片研究了較長的時間，未發表評論。

「我被通緝回不去，佐佐木得有人照顧，妳先回去。」
「帶我來日本，叫我一個人回去？什麼態度。」
「等等，娃娃，我們很久沒見了對吧，而且今天以前妳的腦部傷勢看起來仍未痊癒，不要一下子太快康復，我需要適應期。」
「小艾，你是佐佐木的備份，要解決很多事情，男子漢，硬起來。」
「……現在？」

他們躺在玄關的地板，屋內仍是重重的腳步聲，夾雜佐佐木嘶喊聲。沉沉睡去的小艾被推醒，天竟然黑了，該吃晚飯了嗎？不過不急，他受過訓練，可以連續幾天不吃飯。

「你打算回去？」
「對，回去。」
「被通緝，台北亂成一團的抓槍手，你回去送死？」
「我死心眼，江山易改，本性難移。」
「我呢？」
「妳決定。」

摩托車停下，中年男子收起橫躺於土間的四把槍綁在背上，一句話不說的騎車下山。醫師的妻子用花布包住她的蒼蒼白髮蹲在院子洗從佐佐木體內取出的彈頭、玻璃片，說不定留下當紀念品。她也看了看小艾的傷勢，仍不表示意見的走了。小艾聳聳肩，被醫師忽視原來是好事，他死不了。

「接下來的計畫。」
「履行備份的責任。」
「明明夥伴關係，為什麼說成備份？」
「傭兵團的作戰單位小，出去搜索一般三至五人，配備機槍兵、狙擊兵、通訊兵、駕駛、醫護兵，萬一機槍兵倒了，其他人要馬上接手機槍，它是最大的火力。如果駕駛倒了，一樣，副駕駛座的要接手，不能讓車子翻了。每個人學會基本的止痛和包紮，萬一醫護兵倒了，其他人接手。佐佐木說我們是彼此的備份。」

「什麼備份，我以為你們講口糧，亂翻譯，日文是YOBI。」

「沒差，意思到了。」

「回台灣找伍警官。」

「也許。」

「想出方法怎麼回去了？」

「回台灣簡單，為備份擦屁股的工作難。找到聯絡佐佐木的人不難，可是說不定那人背後另有人指示，指示的那人說不定屬於某個黨某個派，黨有主席，派有——」

「這種事你慢慢想，我去看佐佐木。」

「我也去。」

「佐佐木沒找你。」

「為什麼，我是他的備份，妳是我的備份，他該找我不是找妳，我才該找妳。」

「聽你碎碎唸兩天，煩。」

「好吧，妳去，當心，他們日本和尚可以結婚。」

娃娃沒理會，也重重踩著地板進入紙門。

小艾滑開平板，進入他在法國時期的電子信箱，僅一封未讀的來函，署名 Little WU：

我爸被公司停職，蔡民雄的死引起爭議，國安局到處找你。我爸說官方認定你是凶手，你背後是他，他背後是什麼黑道老大，老大背後是盧彥博，國安局興奮的等著抓你宣布破案。勿回。

小艾想了想，掏出口袋內所有的錢，大部分留在地板，他站起身兩手向上的伸直腰。腳底的鞋子雖洗掉泥仍是溼的，T恤洗了也是溼的。他穿上溼鞋溼T恤溼外套，拉拉筋，對著房子正前方的山路便跑，他得下山找柏油路、追上巴士，才能到達本宮大社，轉電車去大阪，應該還有回台北的飛機。

想再喝一杯殘響。

他跑，他吼，原本封閉的世界一下子打開，體力充沛到他覺得如果沒有海，可以一路跑回台灣。

第四部

屠龍者

「明天結業，大家歸建，今天教官請客，五打啤酒隨便你們喝，喝醉了留下這裡的恩怨情仇，別背著走，太重，各自回部隊好好混。」

小段帶頭搶啤酒，教室內嬉鬧一片。

「十七名學員，各分東西，教官替你們打個總評分，九十五分。結業測驗，三百公尺無依托射擊，全員滿分，了不起。六百公尺臥姿射擊，十二人滿分，五個人偏了一發，天氣不好，可以原諒。今後你們也許靠射擊吃飯，也許靠拍馬屁升官，記得有事沒事進靶場練功，少打電玩，少看手機，狙擊手比視力不比誰的手指頭快。射擊是你們的專長，人哪，有專長則有自信，則有氣勢。

「再送大家一個故事，薛仁貴的兒子名為薛丁山，那是章回小說的說法，歷史上薛仁貴的兒子本名薛訥，也是勇將。薛仁貴的孫子薛嵩仍算個人物，唐史上用『以滹力騎射自將』評論他，意思是騎術與臂力都強，射箭尤其準，因而成為將領。既是將門之後，本身又有奇才，當然受各方重視。他參與安祿山之亂，先幫安祿山，後來再轉投唐朝大將僕固懷恩，日後外放節度使，成為一方大員。

「關於薛嵩，另有個小故事，他是官三代，好日子過久了，迷上踢球，和現在足球差不多，那時叫蹴踘。一位隱士勸他，玩樂的機會以後多的是，何必挑國家有難的當下。薛嵩聽進去，請人將隱士的模樣畫下，掛在座位旁隨時警惕自己。是兒必成大器。戰後薛嵩深刻感受老百姓受的苦難，放下弓矢專心治理地方，成為好官。」

鐵頭大口喝下啤酒，發出「啊」的滿足聲。

「儘管你們有專長，終歸是名狙擊手，教官我苦口婆心，再叮嚀一次，平常多讀書，文武得雙全，將來升遷的條件比別人強，退伍的履歷漂亮，說不定台積電、聯電缺你們這種手穩、瞭實戰空氣力學的人才。」

鐵頭精準的投空罐進教室門口的垃圾桶。

「小段，射擊要有耐心，你能滿分倒是出乎教官的預料。有話要說就說，有屁快放。」

「報告教官你呢，你退伍要做什麼？」

他停止動作，眼神空洞的看向窗外的教練場，好久才轉回來：

「人各有志，人又各有機運，當機運來的時候要有抓得住的本事。既然你問教官，再說個故事。

「曉得莊子吧，生於西元前三六九年的春秋時代，和老子齊名的道家哲學大師，學問好，司馬遷評論他讀書寫作以自娛為樂，以至於國王、大官都不用他。莊子寫的大多是寓言，教官就說其中一則給你們長長見識。大胖，再來一罐。」

接住酒，他倒進喉嚨一大口，袖子抹去脣邊的泡沫：

「有個富家子叫朱泙漫，覺得錢多還不夠，想出名，到處請教名師怎麼才能揚名天下。朋友給他出了主意，去屠龍，當屠龍英雄自然天下皆知。他覺得這主意好，就走遍深山大澤尋找懂屠龍之術的師父，終於拜在支離益名下，花光所有家產，費時三年學成屠龍刀法，背著屠龍刀下山。猜猜他後來怎樣？」

「變成白馬王子，殺掉惡龍救了公主。」

「和會說英語的龍成為好朋友，演了好萊塢電影。」

「到東海龍王宮娶龍女，長生不老。」

笑聲中，鐵頭豎起他代表安靜的食指：

「你們喝醉也好，心情嗨也好，聽好教官接下來講的話，包你們一輩子受用無窮。朱泙漫學成下山，走遍大江南北找不到一條龍可以殺。」

底下安靜了一陣子，當小段又舉起手，鐵頭嘆口氣的揮手：

「小段，手不痠啊。教官就是朱泙漫，陸軍第一神射手，教出的狙擊手用連為計算單位。按照成績和年資，說不定有天升官當將軍。不過教官偶爾挺空虛的，明明一身本事卻生不逢時，離開軍隊沒半點用處。我找不到龍，因為龍根本不存在！小子們，把我的話刻進你們的豬腦袋。」

——前陸軍特戰中心狙擊手上校教官　鐵頭

1

老伍開著他十七年的舊車上高速公路、下高速公路，速度維持在八十公里好讓後面跟蹤的車子別跟丟了。他公務員退休，不想為難其他公務員。

轉省道轉縣道，最後停在通霄鎮外，他倚車門吃了一顆軟糖，以便跟蹤的車輛不會開過頭。調查局的，他們愛穿西裝，和國安局特勤中心的西裝不同，調查局想穿得和一般人一樣，但老是不一樣；國安局想穿得不像一般人，卻像豪宅停車場門口的保全。

不哈啦，老伍低頭敲門步入蔡民雄家，面對一老一婦二小，蔡家失去經濟來源的蔡民雄，農田與魚塭又因缺水而停作，未來籠罩在深不見底的陰暗中。

殺總統的刺客家人被排擠至社會邊緣，得不到世人的同情，縣政府更不會撥放慰問金，面對空蕩蕩的晒穀場，蔡太太眼睛哭得比五個月不下雨更乾更早。

蔡民雄保了險，政府強制性的農民保險，被保險人死亡，可以領到喪葬補助津貼十五萬三千元，若職業傷害而死亡，津貼加倍至三十萬六千元。他死在自家魚池，溺斃，理應算職業傷害，可是涉嫌刺殺總統再被人滅口，就與身為農民的職業無關了。蔡太太和縣政府為此爭執，得不到她想要的答案。

至於個人保險，蔡民雄沒保人壽險、醫療險，只有起碼的意外險。顧名思義，意外險指的是突發的、非疾病的傷害，蔡民雄不慎失足溺死，符合理賠條件，公司高層對此不甚同意，要求老伍找出非理賠範圍的理由。

因涉入槍擊案而被停職，老伍再因了解槍擊案而復職。公司的看法，蔡民雄涉嫌刺殺總統，若因此而受到傷害，是他自找的，與意外無關。他的溺死若是不小心在魚池內滑了一跤，可以算意外，可是他若被滅口，明知受人指使刺殺總統自然有其風險，再被殺害，能算意外嗎？

好課題，老伍花一上午與律師仔細研究條文，蔡民雄之死的意外性含糊，律師建議等全案進入司法程序，乃至於判決確定後再說。蔡家急著用錢，而官司恐怕兩三年也不會有結果。

另外有個更簡單的方法，由蔡家提出蔡民雄意外死亡的證據，保險公司依此證據衡量再做決定。多好，把責任往被害人家屬身上推。

既是公司決策，老伍不能不跑一趟，調查局不清楚他是為了工作重回通霄，小人之心的認定老伍別有圖謀，全程跟蹤。反正他們汽油錢不需向老伍請款，愛跟就來吧。

為什麼被害人、加害人的意外險都向老伍的公司承保，理賠總統，不賠嫌犯蔡民雄？

老伍帶了禮物，他心虛，從綠豆椪改成鳳梨酥，要是家屬拿禮物出氣，綠豆椪一摔粉碎，鳳梨酥較耐摔，說不定撿回來轉送蛋頭，贏得幾分感激。

沒摔，小朋友拆了包裝紙便吃。

七十多歲的蔡家阿嬤對老伍的問題一臉茫然，蔡太太則扳著臉孔提出宣言：

「你們不付錢沒關係，我找電視臺喊冤，坐保險公司門口絕食。」

看樣子不少記者已經找上蔡太太採訪，從她手中像數撲克牌一樣的數名片，兩千三百萬人的小島，媒體數目不輸歐美。就算名片是撲克牌的同花大順，也得坐上賭桌才換得回現金。蔡太太想賭？

調查局沒問老伍進屋聊什麼，判斷他們在屋內裝了竊聽器，要不然磚造的房屋、木框的窗戶，別說貼著偷聽，站在晒穀場就能聽到老伍他們的談話。

再去許火生競選總部，距離投票僅三天，兵荒馬亂的，總幹事沒空、副總幹事沒空、媒體發言人沒空，出來一名大學尚未畢業的志工見老伍：

「總幹事說了，理賠金選後再談。」

「我們公司講求效率。」

「總幹事說，理賠金沒多少錢，你們可以捐給競選總部。」

「理賠金要被保險人或家屬簽收，和政治捐款兩回事。」

想要錢的要不到，想送錢去的，懶得收。

兩名調查員守在外面，見到被趕出門的老伍，憋不住的炸出一臉冷笑。

開封街的清真牛肉麵維持老味道，蛋頭從中山堂散步過去，老伍車子停中山堂地下廣場再走樓梯出來，兩人一路沒說話，像沒見到彼此，直到坐進麵館。

「美國來的刑事專家怎麼說？」老伍點了小碗，今天開車，路走得少。

「對刑事局說得詳細，人家老美實在，七個不知道，他無法提供具體建言。射擊總統的彈頭為什麼掉在西裝內襯，一不知道。候選人依規定要穿防彈衣，總統那天為什麼忘記穿，二不知道。射傷總統的子彈彈殼掉在哪裡，三不知道。快樂賓館窗臺為什麼出現兩顆步槍彈殼，四不知道。沒找到凶槍卻找到彈道不符的黑星手槍，五不知道。刑事局提供疑似槍手的小艾照片，從錄影檔截下來的，那錄影檔呢，六不知道。」

他點了大碗牛肉麵，看樣子處於飢餓邊緣，或者想藉吃牛肉降火氣。

「他說完就回美國了。」

「第七個不知道呢？」

「基於以上六個不知道，他不知道該說什麼，七不知道。他對找不到手槍彈殼和步槍彈頭很不能理解，我當然被K，可他媽的，當天我馬上封鎖現場還查出步槍彈殼來自日本，步槍是俄造的SVD，沒人在乎。」

「手槍子彈沒找到彈殼，驗不出裡面的火藥量，解不開彈頭掉進許火生外套的謎，而且彈頭劃開許火生肚皮，怎麼會掉進他西裝，不是該掉進襯衫裡？」

「八不知道。」

老伍吃麵加酸菜，鋪滿碗面，蛋頭加辣椒，不吃出一身汗不算吃過麵。

「你的小艾呢？」

「九不知道。」

「吃完麵猜誰付帳？十不知道。」

「打聽個人——」

「房老先生？」

「你又知道。」

「他老人家退出江湖多年，聽說一身的病，離不開輪椅，我們學長趙佐跟他們父子十幾年，憑資歷與人脈，趙佐在情治單位圈子裡的消息應該靈通，但是口風緊，問不出名堂。房老先生是否插手進總統大選，一樣，不知道。老伍，犯不著惹他，房家扔新台幣能把你砸得屍骨無存。」

「哪個趙佐？」

「腰間繫顆差點要他命的彈頭當國光勳章，見人便說。」

「啊，想起來，那個趙佐啊，每年三節往各單位送禮，原來替房家送的。」

「奇怪，牛肉麵店不賣酒，什麼道理。」

「案子追不下去？」

「刑事局把我當成——老伍，以前警校當學生，我們不是被強迫練過一千五百公尺還是三千公尺，想在大專運動會弄塊獎牌光宗耀祖，兩人一組，一個平時成績最好的當主將，照訓練的速度跑，成績第二好的是兔子，拚命朝前竄，勾引其他選手也跟他的速度，這樣——」

「這樣第二名放棄奪牌機會，犧牲自己的把其他各校高手拖得不到終點就用盡氣力，第一名好整以暇的在最後一圈後發先至。你是兔子，前面苦差事你做，刑事局最後出來開記者會宣布破案。」

「操，被上面各級長官當兔子，悶。」

「不悶，你是台北市警局副局長，槍擊案發生在你管區，你當時在現場，你照著原來速度繼續朝前跑的追線索，誰也不敢囉嗦。」

「好像應該這樣，案子如今在刑事局手裡，要是嫌我多管閒事的看我不順眼，向警政署打小報告的打掉我呢？」

「十一不知道。」兩人齊口說。

娃娃於中午抵達桃園機場，一個人，沒有行李，連隨身化妝包也沒。她兩手插口袋的步出空橋，像進通化街夜市準備找個攤位吃米粉。

沒米粉，航空警察局的人客氣的領她進貴賓室，刑事局兩名警官等著她，嘘寒問暖一番，接著問：艾禮呢。她兩眼無神、表情呆滯，喝了咖啡、吃了三明治，終於回答：

不知道。

警方沒留置娃娃的理由，她未涉及槍擊案、她以合法護照出入境，而且她不開口說話理所當然，榮總開立的診斷證明：腦部受傷需靜養，定期檢查。

宜蘭的老神父人真好，開早該報廢的汽車擠出擁塞的北宜高速公路、殺進一號國道的到機場接回娃娃。他要領回娃娃，如果警方攔阻，他找律師。

老神父和財大勢大的四海集團不同，後者能花錢找上千名律師排隊罵刑事局，前者往媒體鏡頭前一站，自動跑來五百名義務律師照樣排隊罵刑事局。神父沒錢沒勢，有上帝。

刑事局兩輛車前後護衛老神父以時速六十公里的龜速開高速公路回宜蘭，進了教堂，老神父頗夠意思的請一路護送卻賴著不肯回去的刑警吃煮得入口即化的地瓜粥，小菜包括原住民送去的烤山豬肉、教堂後面種的高麗菜。

可能熱呼呼的地瓜粥喝得刑警通體舒暢，一時忘情的把整鍋上帝賜予的食物吃得精光，消化不良的排隊搶廁所。地瓜利排氣，不宜食用過量，警察大學的毒品課程沒教。

將近黃昏，老神父不慌不忙的對喝茶的刑警說娃娃不見了。

像話嗎？娃娃進了教堂旁的宿舍就沒出來過，她怎麼能不見？

搜遍教堂內外，娃娃果然不見，教堂未設監視器，刑警不能抓神父當詐欺犯，只好打電話回台北挨罵，隨即宜蘭縣警局動員尋找失蹤的半失智女性。

娃娃從教堂後面的菜園出去，到公路攔了下山的便車，坐到宜蘭車站換長途巴士，她有心或無意，巴士的終點站是大直美麗華商場旁的停車場。

她沒進美麗華，過馬路到金春發牛肉麵店，媒體曾一再報導這是郭台銘郭董最愛的小館子，清晨才宰的牛，解體後快速送台北。不講究和牛的油花美感，講究新鮮與咬在口腔裡的韌性。

花了點時間吃麵，店員走來問小姐姓伍嗎？娃娃便接了店家的電話。講不到一分鐘，她付帳走進內湖科技園區釋出的人潮與車潮。台北市長曾說過，大台北區房價最難漲的就是內湖，交通太塞了，以娃娃這天為例，她在劍南路站排隊上捷運，排了三趟車也沒擠上。

沒擠上車的不只她一人，伍警官也擠不上。他倆看著前面的年輕人設法伸一隻腳進車廂，再挪動另一隻腳的跟進。一個有點年紀，另一個是小姐，不能學內科的上班族背個大背包硬擠，好歹老人需要空氣，小姐需要儀態。

第四班車來了，娃娃終於上車，老伍則嘆口氣的步出捷運站，看起來他對尖峰時段的文湖線深感絕望。

娃娃沒回宜蘭，令刑事局幹員沮喪。她在大安站下車，步入信義路巷子內的另一家教堂，年輕的神父等在後門引她進去。娃娃客氣的說她吃過飯了，不餓，她想洗個熱水澡睡一覺。

年輕神父了解，他聞得到娃娃身上散發出的青草、泥土、汗水與另一種來源不明的甜甜味道，這位姊妹可能一天跑了不少地方。他善心的問需要衣服嗎？娃娃點頭。當然，教堂不是優衣庫，衣服來自教友捐獻，原要在即將來臨的冬天分送需要的人，此時最需要的是眼前的姊妹。

不挑剔，娃娃有什麼穿什麼，她穿了過寬大的牛仔褲、過肥胖的帽T、戴上原來為老人遮風保暖的毛線帽，躺進單人床睡得不醒人事。長年軍人生活養成的紀律，她準時醒來，沒打擾年輕神父的推門出去。那晚的夜，固然不能和高野山比，就亞熱帶的台灣而言，夠涼的。起風，變天了。

老伍沒擠上捷運，他步下劍南路站的樓梯，嚼顆軟糖等調查員下來。他們很慘，擠得領帶歪了，西裝縐了，終於沒跟丟人，見到等在車旁的老伍，臉色不很好看。

進市區的路塞成這樣，他問調查員能不能送他一段路？他再問能不能拉警笛的走公車專用道，他和兒子約了，不能遲到。調查員表情有如兩分鐘前左腳踩進水窪，一分鐘前右腳再踩到狗大便。

老爸如常的躺在病床以呼吸器對老伍傳達他痛苦的存在，兒子和他爺爺之前聊了十多分鐘，心電圖機器的綠色螢幕顯示爺爺對愛孫的來臨，毫無知覺。

醫師再提了一次，老伍點頭稱是，他必須選擇。捏捏父親冰涼、枯乾的手，他和兒子，也和陪著的調查員一起下樓，他問兒子：

「困難的抉擇，如果以後我像爺爺一樣的躺在床上幾個月、幾年，你會同意醫院拔除我的維生系統嗎？」

「爸，看爺爺，勉強活下去實在殘酷，可是他是我爺爺呀。」

「沒回答我問題。」

「你怎麼對爺爺，我怎麼對你。」

「你的話更殘酷。」

「不是啦，你愛爺爺，沒人懷疑，你不忍心看爺爺這樣子活，我能了解將來你也不願我見到你這樣的活。這樣的意思。」

「你這樣的意思還真讓我搞不懂你到底什麼意思。」

「爸，我們又玩小時候學別人說的話的遊戲了。」

「吃過飯沒，地下室的漢堡？」老伍扭頭對調查員說：「一起吃漢堡？各自付錢。你們陪我一天，滿累人。」

四個人吃了六個漢堡、六份薯條、四杯大可樂、一杯咖啡、一碗玉米湯。老伍舉起裝玉米湯的紙杯對兩名調查員致意：

「公務員不好當，調查局有加班費和誤餐費吧？」

因此當調查局台北站傳訊息至兩名調查員的手機時，兩人馬上吐出洋蔥氣息的回覆，老伍全天有兩名公務員作證的不在場證明，娃娃失蹤案與他無關。他亦未曾與小艾聯絡過。

趙佐收到調查局傳來監視老伍的狀況時，車子剛進地下室停車場，停好車到一樓拿信件，都是老婆的帳單，也有他的一封信，沒郵戳。

住家是他一生積蓄買的，他住三樓，低了點，不能抱怨，中正區的房價也快追上東京。老婆去醫院，他翻翻冰箱，捧盒切好的蓮霧進書房，吃完也該去醫院，延了兩天，今晚說不定有結果。開窗透氣——窗子開著，老婆急著出門又忘了關——然後他拆開信。

三張彩色印表機列印的照片，第一張，躺在病床的女兒，笑得可愛。第二張，醫院外觀。第三張，別人可能看不懂，趙佐看過，是他外孫在女兒子宮內的超音波相片。

手機震動，他略遲疑，仍然接起。

「趙警官，請將相片貼在你對面的牆上。」

「你是誰？」

「請貼上去，我會解釋相片的作用。」

趙佐猶豫了會兒，截了膠帶貼上相片。

「貼好了，你是誰？這是幹麼，勒索？」

「請看第一張相片最右邊的字。」

「醫院的院？」

噗，空氣聲，一把匕首鑽進「院」的中央，刀柄顫抖得如今晚起的風。

「你想幹麼？」

「請問佐佐木是誰雇的？誰要他開槍打許火生？」

「不知道你說什麼。」

「請看第二張相片，額頭。」

趙佐來不及說話，又一聲噗，另一把匕首正中相片裡女兒額頭中央。

「你是艾禮？」

小艾從窗外跳進屋內，手中握著另一把匕首。

「趙警官，請勿衝動，你到醫院快還是我快？你老婆、女兒在醫院，佐佐木也在醫院。請看第三張相片，這次請務必目不轉睛的看。」

噗，小艾手中的匕首射進他未來孫子在胎中五個月時的模糊影像。

「趙警官，我等答案。」

「你說佐佐木在哪裡？」

「醫院，大概婦產科附近。」

未必人的一生精華，至少最近幾年重要的記憶在趙佐腦子裡轉了一圈，他這個月期待孫子誕生，下個月期待從四海集團退休，再下個月期待與老婆去北海道旅行。他有很多期待，而他距離逞強鬥狠的刑警生涯已經很遙遠，不復記憶了。

人有時在期待之中能想通許多事，像房家的事到下個月一號就不再是趙佐的事，女兒和外孫，到未來可以把握的每一天，沒有一天不是他的事。

「Jeffrey。」

噗，第四把不是匕首，趙佐放桌上的萬寶龍鋼筆，上面刻了前台中市警局局長的字：趙佐主任祕書退休紀念。

鋼筆頭嵌進沒貼相片的門後，那裡掛的是以前趙佐玩飛鏢的圓靶，大賣場買的，上面六支不知多久沒人碰過的鏢一起隨靶晃動，而靶中央的紅心已成不規則形狀的保麗龍顆粒飄舞在空中。

當趙佐趕到醫院，女兒五分鐘前被推進產房，妻子與女婿興奮又焦慮的守在外面。趙佐沒問女兒情形，緊張、焦急的查看窗戶，這裡不是負壓病房，中央空調的醫院沒有可以打開的窗戶。他從外科查到皮膚科，沒見到可疑的人。拿起手機，找出Jeffrey的號碼，食指凍結在螢幕前，還有一個月退休，未來總是比現在重要。

已經說出Jeffrey的名字，他為了家人而說，Jeffrey不是他的家人，退休以後說不定想去拜年也進不了俱樂部電梯。他收起手機站到妻子旁邊，看著門上燈箱的「產房」兩個大字，輕輕一拳捶女婿手臂，平靜的說：

「終於等到當爸爸了，爸爸不好當喔。」

女婿回以靦腆的笑容。

Jeffrey 走出酒店登上他的大賓利轎車。這天的應酬特別多，中午與財政部老同事聚餐，他提拔的人如今幾乎都在司長、署長、處長位子上。Johnny 二十七歲於美國對他們講的一一實現，院長、部長會變，公務體系不會變，國家機器掌握在事務官手裡，每次內閣改組大家搶當部長，Johnny 眼光長遠，他培養事務官，然後他掌握所有的細節。

權力與金錢相輔相成，金錢能得到權力，而權力的目的就是金錢。事務官位卑職輕，他們未必有權力，可是他們執行權力。

下午與私下來訪的美國眾議員助理喝茶，同樣理論，國會議員成天忙得團團轉，若要成事得靠助理。所以他奉上 Johnny 準備的一對一九七六年法國波爾多紅酒，另外一盒包裝漂亮不知誰之前送的烏龍茶則請助理帶給議員。Johnny 另一理論：國會議員不會拆禮物，他們往旁邊一擺，下次想起已若干個月後，他們收到的禮物太多，多得懶得比較；他們的助理當天晚上即拆禮物，且記得什麼禮物、誰送的。

晚上另一場飯局，與行政院郭祕書定期聊天，飯後趕去獅子會老朋友的聚會，再進酒店唱歌，人老心不老，他很愛唱歌，自認能唱出李宗盛的滄桑，也能唱出陳昇的嬉笑怒罵。

車子停在濟南路，錯了。

「Tony，我今天回家，不住 Vivian 家，你忘啦。」賓利內部空間大，離司機位子遠，他得大聲喊。

Tony 沒多說，大轉彎，三分鐘後停在金山南路。

「你怎麼搞的，不是說回家嗎，回仁愛路的家。」

車子停在金山南路郵局旁，司機熄了引擎，關了車燈，他轉過身客氣的說：

「報告副部長，蘇珊住在對面的永康街。」

「你是誰？艾禮？」

小艾看一下表：

「十二點五分，您不是喝了酒超過十二點習慣到蘇珊家坐坐？」

2

——距離投票日，還有二天——

「你怎麼知道蘇珊的事？」

「暴力之下，您司機不能不說，請別怪他，他堅持了三分鐘，算長的，很多人撐不到三十秒。」

「你想怎樣？」

「我狙擊手出身，頭腦簡單，做事直接，您司機的肌肉健身房練的，好看，沒法承受我們學過的技術。」

「沒國法了嗎？」

「佐佐木的事，你雇他，你要他刺殺總統，不過有人比佐佐木先下手，總統沒被打死，佐佐木跑了，可能目睹事件經過，因此你要殺人滅口？」

「我什麼都不知道。」

有些男人喜歡女人，卻未必在意女人。這種男人有個共同的罩門，他們自戀成性，全身上下都禁不起考驗。

小艾將刀伸至Jeffrey臉前：

「美造M9刺刀，刀鋒長十七點八公分，又細又薄，當年副部長還是祕書，在美國與國防部駐美參事一起和美方談定這筆買賣。副部長請看，刺刀前面有個孔，大小能穿過你的虎牙，再一扭，比牙醫快多了。刀柄這個凹槽，可以當開瓶器，也能往你指頭一夾向上一扳。最經典的是血槽，各國刺刀不一定有血槽，M9有，當刀子刺進大動脈，血能從這個槽比噴泉壯觀的噴出來。嗯，能從您坐的那兒噴到前車窗。」

Jeffrey兩手按住真皮椅面用力將身體往後推，脊椎骨九十度豎直貼椅背，脖子又比身體再後退十幾公分。

「你已經被通緝，艾禮，不要再犯錯。」

小艾沒回答，刺刀刀尖慢動作朝下的舉起，快動作的往下戳進大腿。Jeffrey難以置信的看已經刺進大腿的刺刀，瞪大兩眼看噴出來的血，他奮力尖叫。

「還好，不是大動脈，神經也不很多，刺刀直直往下會刺中大腿骨，稍微轉動刀身，說不定能聽見磨骨頭的聲音。」

尖叫變成重重的喘息。

「聲音傳不出去，賓利的隔音一流，價錢決定品質，副部長以前在財政部任內說的。」

刀子又往下五公分，Jeffrey不再尖叫，轉變為痛苦的呻吟。

「接下來聽聽磨擦腿骨的聲音。」

「等一下，佐佐木是朋友介紹的，我請趙佐和他聯絡，你找趙佐。」
「我被通緝，不方便找太多人，而且刺刀在副部長您腿上了。」
「我們需要一名殺手，嚇嚇許火生，沒別的意思。」
「為什麼要佐佐木殺總統？」
「他，他不聽話。」
「喔，總統不聽話。為什麼派人殺佐佐木？殺我？」
「怕你們說出去，沒說要殺你，我們需要你，高薪。」
「殺掉我和佐佐木，我笨，請問副部長，有什麼好處？殺掉佐佐木滅口，我懂，殺我呢？啊，不會把我當快樂賓館的槍手讓警方破案吧？」
「從沒打算殺你——」
刀尖再往下，接觸到腿骨時，小艾扭了扭刀柄。
「聽到大腿骨頭聲音了？接下來耳骨，屬於軟骨，另一種磨擦的聲音。」
Jeffrey 眼睜睜看著刺刀抽出他的大腿，血噴到他臉上。
「我都說了。」
「請問副部長的背後還有誰？」
「沒有人。」
話沒落定，刺刀已經戳進他左耳，熱熱的刀鋒便在他臉頰旁，鮮血滴至他衣領。

Jeffrey 兩手幾乎將椅面的真皮抓出洞。

「再一轉，副部長，您可以帶個紀念品回家。外科說不定能縫合，不過得立刻放冰箱，細胞容易壞死。」

他拉開 Jeffrey 對面椅背下方的迷你冰箱，抓了一把冰塊放在 Jeffrey 褲襠間。

「夠冰，但時間還是很重要，否則冰塊化了。」

Jeffrey 直覺反應的兩手護耳朵，卻碰到黏黏的刺刀，嚇得縮手。

「Johnny 的主意，他得逼許火生聽話。許火生第二個任期，誰的話也不聽，他很會選，民調支持度緊追盧彥博，Johnny 說要是他不聽，乾脆找槍手打掉他，選舉必然停止。」

「聽懂，你們下注盧彥博？不對，您晚上和行政院長的祕書喝酒吃牛排。啊，上了一課，你們下注現在行政院長，總統死了，他會是下個候選人，他急著選上，會很聽話，是不是這樣？」

「我和院長只是朋友。」

刺刀脫離耳朵，Jeffrey 一手摀住左耳，一手壓住左腿，耳朵的血少多了。

「差點忘記，報告副部長，您的司機選後會發財，他隨您一起押了許火生，他押得少，十萬元，一賠五，賺四十萬。他說您押得多，一千萬？賺四千萬。報告副部長，您會賺錢。」

「那個混蛋。」

「佐佐木來台北十幾天，每一天他能打死許火生一百次，您都沒要他開槍，為什麼華陰街那天要他開槍？打死了他，不是贏不到錢嗎？」

「沒辦法，許火生不肯妥協。」

「這樣我就聽不懂了，沒念過政治學。該輪到肋骨了。」

「你到底要知道什麼？」

「Johnny 是誰？」

「他姓房。」

「喔，在媒體上看過——兒子還是爸爸？」

「爸爸。」

「聽來複雜，我慢慢 Google。現在請牢記我說的話，等下我把後車廂的司機拉回駕駛座，車子加速往前開，看到前面中華郵政大樓的牆沒？我看過，不偷工減料的水泥牆，車頭直接撞上去。」

「為什麼撞車？」

「司機說汽車保了全險，他沒在怕。車子撞到牆，你們往前飛，安全氣囊打開，幫助你們不致於當場撞死，不幫助你們不受傷。他的頭撞到側面玻璃窗，你的腿撞上冰箱裡的冰鏟。」

他拿出冰鏟往大腿被血淹得看不清的傷口插進去，Jeffrey 再慘叫。

「這樣，報告副部長，汽車有全險，您有公務人員保險，司機有勞工保險，你們另外都保了意外險，住院的話保險公司付醫藥費，補貼升等到單人病房的差價。我最近學到的。司機一時失神，大賓利暴衝而釀成車禍，副部長躺進醫院，Johnny 絕不知道您見過我，而您可能傷勢較重的失去意識，昏迷幾小時，醒來沒辦法出院，眼睜睜看選舉結束。雖不是很完美，我盡力了。」

「艾禮，你不曉得政治裡面有多大的資源，說，你要什麼？」

「差點忘記，佐佐木也在醫院，他會在醫院待一陣子。」

小艾沒再多說，他很忙。

不久賓利直奔中華郵政大樓堅固到據說不偷工減料的水泥牆，轟隆，還是偷工減料，崩裂的磚塊壓破車窗、壓扁車頭。車內的 Jeffrey 尖叫聲終於從破裂的車窗傳到外面。

老伍邁著疲憊的步子回家，兒子還有事，都快半夜了，他帶女朋友能去哪裡談戀愛？從兒子身上，老伍明瞭歲月怎麼流逝，人生由工作與雜務一點一點堆積而成，工作與雜務使人忽略歲月的存在，猛然醒轉，他連戀愛的感覺都想不起來。

老婆不在家，飯桌留了紙條，不是她的筆跡：

相信你不會找魯副局長，不會找茱爸，相信你會找小艾。他記得地方，第四洞，清晨三點。他認識我。他來，你老婆馬上回家陪你吃宵夜。小段。

紙條上還壓著舊款手機，螢幕左上角破出蜘蛛網的扭曲線條。

躲過國安局和調查局，躲不過房老先生，他看了眼外面巷子，抓起外套走樓梯到隔壁棟騎陳太太小機車閃進昏暗的巷弄。

站在大樓前，頂樓亮著射在彩色玻璃上的柔和光線。小艾還沒進樓，他的手機傳來訊息，小段？熟悉又幾乎遺忘的名字。他再騎上車，兜去大直劍潭古寺的門柱下摸到手機和紙條，轉而騎向北投，從車站旁的小店寄物箱內取出長形匣子。

深夜車子少，小艾一路加油門，山路經過復活山莊，基督教的墓園，不見鬼火，倒是寂靜得令人不舒服。他停車於路邊組合ＳＶＤ，提槍翻過青苔矮牆，兩腳踩在鬆軟的草地。

國華高爾夫球場是台北足以與淡水球場比美的老球場，鐵頭教官以前是高爾夫瘋子，一放假便提球袋四處打，他自稱曾經一天打五十四洞，從清晨打到日落，合計三百桿，不多不少，最後九洞手軟到只用七號鐵桿，想法子把球弄上果嶺就是了。

轉換訓練基地，至政戰學校接受三天的政治教育，其中一天晚上鐵頭教官領他們爬牆進球場，躺在果嶺喝酒啃雞翅膀。十七名學員第一次進球場，草皮的柔軟舒適，起伏的球道，原來球場和高雄鳳山的步兵學校類似，都有漫長的進攻路徑。

小艾記得在步校受訓的日子，早餐後全副甲種服裝踏上走不完的先鋒路，尚未喘氣，眼前看不到盡頭的攻擊路線已硝煙四起，他們得在嘔吐之前翻過壕溝與鹿砦、攀過鐵絲網、攻占機槍堡，衝上遠方突起的拐么四高地。

教官說過，每天同樣的目標，因氣候與障礙物的改變而不同，人生就是因細節而每天不同。

第四洞，六百零五碼，標準桿五桿，同樣的球道與果嶺，卻因每天洞口插旗的位置不同而不同。

網路上介紹，開球必須朝左半邊打，飛過長方形水池，第二桿若直攻果嶺，當心果嶺前方的樹林，這一洞是右狗腿，從發球臺看不到果嶺的旗子。

匍伏前進，接近發球臺，他抽出步槍，佐佐木留在台灣的俄製ＳＶＤ，保養良好，問題是佐佐木只留下三顆子彈。

手機響，確是小段永遠開玩笑的口氣。

「我們的艾小朋友，月色好，請你來敘敘舊。」

「放了伍媽媽，我請你喝酒。」

「她在橋頭，看到沒？」

開球臺的位置高，往下能見到約一百多碼處將球道截成兩半的長方形水池，水池中間是條算橋的小徑。從瞄準鏡裡望去，伍太太確被綁了手腳癱在橋的那一頭。

「綁女人，沒意思。」

「不然怎麼請得到名聞天下的艾神槍手。喂，懷念鐵頭教官嗎？他怎麼捨得放你退伍去法國當傭兵？」

「磨練。」

「鐵頭對你多好，我操你小艾，恩將仇報，鐵頭教官一條命，大胖一條命，外加娃娃半條命，今天晚上算總帳。」

「他們要殺我，怎麼辦？」

「你美，人人要殺你。」

「到底要什麼？」

「佐佐木呢？」

「在醫院。」

「不講？」

「說不定在我旁邊。」

「小艾艾，你也變得愛唬人耶，我的熱源掃瞄器沒看到他。」

「在你身後，不信回頭看。」

「嚇人啊，今天晚上講鬼故事也沒用。照鐵頭的規矩，我們距離六百碼，不准超出球道，你勝，你帶走伍警官老婆，我勝，你說出佐佐木下落，要是先被打死，你我都認命，到閻王面前不抱怨。」

「接受。」

球場位於山腰，前面是淡水河口，後面是高聳的大屯山，影響射擊的因素很多，山風大、球道開闊無遮蔽物、搶攻得過橋則必然曝露身影、果嶺前三個沙坑形成伏進的障礙。

鐵頭教過，接敵前，相信孫子兵法，多算勝，少算不勝。算。他手裡的SVD生產於一九六四年，槍柄換過，卻也有好些年，尚稱堅固，槍管長六十二公分，膛線四條，右旋，有效射程八百公尺，年代久遠得打個折，六百公尺內穩當。瞄準鏡由佐佐木換裝導軌，四倍的光學瞄準鏡，無夜視功能。在不知道小段用什麼槍之前，他最好採取守勢，引誘小段進四百公尺內，否則他會在視野上吃虧。

「親愛的小艾艾，怎麼樣，夜涼如水，要不要先熱身？」

「不用。」

傳來一陣吃吃吃的笑聲。

「沒多帶子彈，熱了身就少一發？求我，說不定我借你。」

「段菩薩，救苦救難。」

「你手上的SVD是第一代的，老骨董，瞄準鏡換過，不先進，打打靶場還可以，夜晚接敵，小艾艾，你半個瞎子。五發裝彈匣，拔了兩發子彈，彈殼留在快樂賓館五樓，你剩下三發，七點六二乘五四，日本子彈，台灣找不到現貨，你無從補充。三發，小艾艾，只有三發子彈耶。勇敢點，你是我們那梯次的第二名神槍手，教官的愛徒，法國傭兵的訓練聽說嚴格，又打過實戰，三發夠多了，你的對手是以前射擊成績老掛車尾沒用的小段段。」

佐佐木的槍寄到台灣，由Jeffrey的人進海關取出，他們當然知道是哪種槍、有幾發子彈。小段是Jeffrey的人。

「哇，這種月色，SVD木頭的槍管護木真漂亮，還以為你扛管大菸斗。」

小段有夜視鏡。

小艾小心滾下發球臺的斜坡，以左邊的樹林為遮蔽。

空氣不對，風不對，小艾迅速低下頭，子彈飛過他耳垂，擦過SVD槍身上的瞄準鏡，劈啪一聲，他扯掉裂成兩半的長圓管瞄準鏡，只能靠槍管前的準星瞄準。

「差了點，哎，我太急。以前鐵頭老罵我性急，教官過去說的話，如今我體會，是真理。小艾艾，不管鐵頭怎麼對你，你打了他就不對，師徒之情和父子差不多。」

為什麼才滾下發球臺，小段就一槍準得像站在他面前開槍？

「聽出來了。」

「聽出什麼？」

「法國狙擊槍的聲音。」

「別吹牛，小艾艾，你我的槍戴了套子，你聽得出我射擊的聲音？」

「我聽得出子彈飛行的聲音。教官以前說過，每種槍的聲音不同，人咳嗽，咳出的聲音不同。」

「少臭屁，這下你又懷念起教官啦。」

「FRF2，你有金主，這把槍不便宜。怎麼不用奧地利的TPG1，線條美多了。」

小艾朝樹根位置移動了約一公尺，出槍，上膛，瞄準。明天得去拜天公廟，感謝祂老人家賞賜靜得能聽出子彈飛行聲音的夜晚，賺一命。

「小段，你金主是不是叫什麼Jeffrey的？多少錢，二十萬？別開價太低壞了行情，至少一百萬起跳才像話。」

「喔，想套我的話，小命不保還想盤我的底。浪漫，鐵頭說的，我們小艾艾呀，就是浪漫，以前非用骨董M14，喜歡M14槍管上的準星像頂皇冠。今天用SVD，因為這把老槍看起來秀氣？佐佐木是日本人，犯不著為他傷了我們師兄弟的感情，他到底在哪裡？」

遠處的高坡閃了一下，瞄準鏡的反光，也可能是小段的鏡片，他是狙擊隊唯一的近視眼。

眼前塵土飛揚，又來了一發子彈，小段知道他的位置。小艾看了眼手機，是小段送來的手機，他當然能定位。將手機往草地上一插，翻滾的閃進樹林，往前伏進五公尺，弓身頭先腳後的倒垂進水塘，不深，但水波映出人移動而產生的漣漪。他貼著橋壁小步小步往前，不行，再小步也形成波紋的變化，小段又在高處，夜視功能的十倍率瞄準鏡如拖鞋看蟑螂。這時不能不花一顆子彈轉移小段的注意力了，他槍口朝後對發球臺的風向旗開了一槍，打斷旗桿。槍一響他跳出池子鑽進另一樹叢。

前面依稀見人影晃動，小段看發球臺旗桿的瞬間錯失了目標，開始焦急。

橋前的三百多碼路面幾層起伏，球道是弧度不大的S形，S尾端的右邊是樹叢，位置高，隱蔽好。受訓時要求以兩肘與兩腿用力的伏進連續一百公尺算及格，小艾沒忘記要領，用兩肘雖然費力，移動面最小。他兩手捧槍伏進了八十公尺，一旁的球道中央恰好一個小坡，他滾至坡後，子彈飛掠過他頭頂，出槍，射擊，彈頭竄進兩百公尺外的樹叢，不為打中小段，嚇他出來。小艾再朝右滾，S的中間偏右，小段在S的上面偏右，中間隔著樹林，小段看不見他，他也看不到小段。公平。

小艾連續滾進，賭小段不能不變更位置。小段會冒險，他算得出小艾只剩最後一顆子彈。

忽然傳來吼聲：

「小艾，老婆在我手裡了，你放手幹。」

橋頭果然不見伍太太，可是伍警官怎麼來了？沒空思考，橋頭飛起一小撮草皮，飛得高，弧度大，青蛙跳出水那般。

「我沒事，小艾，集中精神。」老伍的吼聲傳來。

「小艾艾，集中精神，你只剩一顆子彈嘍。」

距離兩百一十公尺，他從S形球道的第二個小丘左邊的缺口瞄準過去，中間雜了十幾棵樹，他停止呼吸，對準看見的延伸直線，扣下扳機。這回的彈頭在有限的月色下鱒魚般扭動身軀穿過突出的樹枝、避過抖動的樹葉，準確的擊在小段用做依托的一小截樹根。

第三發子彈是為了縮短距離，他跑進S形球道外側，飛快的跑，兔子般的跳躍。算，剛才一槍要不打到樹根，碎片迷了小段的眼睛，要不樹根碎片彈到小段的眼鏡框，調整視力與重新尋找小艾得花時間，再出槍瞄準也是時間，兩百公尺內，時間遠比子彈重要。當小段的子彈飛來，小艾撲倒於球道。愈接近小段，地勢愈高，起伏的小丘更多，已無子彈的小艾生存空間更大。

鐵頭教官曾說他們那梯次的十七名狙擊手學員，最準的是大胖，最會計算的是小艾，最聰明的是小段，但大胖太在意成績，小艾算得太深，小段的性子太急。

小段果然急，他弓身快跑，槍口朝前的出現於球道。

「小艾出來吧，你沒子彈，兄弟我借你。」

相距一百公尺，小段又一槍打在小艾藏身的土坡。

「出來，台灣買不到日本子彈，別逞英雄，我向他們求情，交出佐佐木饒你小命。嘿嘿，小艾艾，不肯出來對不對，當英雄沒什麼好處，教官早說過。記不記得當初鐵頭講的屠龍白痴，我升了少校，除了狙擊沒別的長處，多喝幾杯酒被記過，只好退伍靠月退俸過日子。我操，世界上本來就沒龍，誰天才掰出個龍讓我們發神經病做屠龍的夢。」

相距八十公尺，又一槍示威性的打掉小丘另一塊草皮，小艾聽得到小段踩著草皮的足音。

「拜你之賜，一下子退伍狙擊手有人賞識了，行情你清楚，你的人頭確實一百萬，武器裝備對方提供，埋了你再一百萬。總之啊，小艾艾，你每塊皮肉都值錢，哈，東港撈起的第一尾鮪魚不如你。」

再連續兩槍，打得小艾幾乎沒有掩蔽物。

相距五十公尺，夜風吹來小段口中的檳榔味。

「我懂教官的話了，他叫我們別死心眼，當神槍手在軍中的名頭大，出了社會是個屁。他叫我們趁早為退伍打算，國家保衛過了，意思到了，該替自己打算，否則老死就是個討人厭的老芋仔。」

四十公尺。噗噗噗連三槍，子彈多的，就是任性。

「教官後來搞軍火，我聽說，想找他幫我牽個線，跑跑腿賺點酒錢，他推說沒這回事，對老徒弟太無情了吧。他在寶藏巖槍戰被打掛，電視新聞說是老警官用手槍幹的，哈，拿手槍打教官，唬弄老百姓。當然是你。我沒去祭拜鐵頭，兩不相欠，今天不是我要殺你，是他媽的誰叫你跳進總統槍擊案，誰叫你捧個日本槍手當寶。你白目，自以為真是天下第一槍手，怕人家忘記你。當狙擊手寂寞，操他娘的非護著日本人。」

三十公尺，聞到小段衣服沒晒乾的潮溼味，聞到酒味。又一彈打在坡頂，碎草末與沙子噴得小艾一頭一臉。

二十公尺。

「沒子彈，你拿把空槍當鋤頭，種田啊，把槍扔出來。」

「小段，你贏，我扔槍了。」

小艾扔出SVD，同時朝左邊一個翻滾對著小段一彈射去，正中目標。

小段兩腿一軟的跪下，他沒舉槍反擊，不相信的看胸口冒出的血。

「你沒有子彈了。」

「小段，我打光三發子彈，你忘記我還有兩顆沒有彈殼的彈頭。」

「不可能。」

小段想舉起槍。

「不要，小段，這樣不夠意思，比賽結束，放下槍。」

小段沒停止，他舉起槍提高一邊嘴角獰笑的說：

「小艾艾，你再殺一個同門，我們那期的狙擊隊快被你殺光，你夠狠。」

「放下，別逼我，你們為什麼一再逼我。」

當小段的槍柄接近肩窩，槍口上抬，小艾舉起彈弓，將另一顆消失的彈頭再射進小段胸口。

乾淨俐落，不沾任何一點血滴。

佐佐木對他說了台北的藏槍地點，他找到槍、彈匣，找到警方四處尋找的兩顆沒有彈殼的彈頭。

「我做的彈弓，很好用。」他對老伍說，「以前求生訓練，空投進中央山脈，五天之內必須回營報到。只配一把刺刀，為了打山雞填肚子，克難做了彈弓。報告伍警官，彈弓沒學問，和射擊的原理一樣，力臂乘以力矩，X乘以Y等於Z那套。」

「隨身帶，成了習慣，本來想找石子，高爾夫球場沒有小石子，忽然想到還有兩顆彈頭，彈弓就有用了。」他幫忙扶腿麻的伍太太步向停車場。「等下刑事局會想到大腦爆裂，他們到處尋找的步槍彈頭為什麼在國華高爾夫球場。」

「想到了，這個球場屬於台北市北投區，是魯副局長的轄區，伍警官可以報給他，免得小段被太陽晒乾。」他將伍太太的兩腳提起放進車內。「魯長官一定高興，他找到失蹤的步槍彈頭了。」

「我騎車下山，快天亮，沒交通警察，伍媽媽放心。」小艾騎上車向車內的老伍揮手，「叫娃娃回教堂，伍警官，你說什麼也要勸她回教堂，不然，伍媽媽，妳讓娃娃在你們家住一陣子好嗎？」

「我應該想到是她，伍警官找到她，還是她找到伍警官？」小艾看著老伍汽車尾燈自言自語，「只有她看得懂小段說的第四洞是哪裡，可是她為什麼沒來，卻叫伍警官來？她人呢？」

小艾得趕快離開，打高爾夫的人貪早，有的天沒亮就開球。

3

「邪門，老伍，莫名其妙找到拿狙擊槍的退伍陸軍少校死在高爾夫球場，第一個發現屍體的高爾夫活寶戴頂帽尖有顆球的圓帽子，媽的，乾脆倒扣碗公還可以當環保餐具。他拿一號木桿開球，難得的開在球道上，走近一看，球旁是具屍體。」

蛋頭坐在伍家吃伍太太煎的蛋和兩枚雪菜包子。

「昺法醫到現場左看右看，沒經過我同意就拿鑷子朝屍體胸口掏，你認得老昺，做起事比牙醫更鐵石心腸，掏出一顆彈頭——嫂子，對不起，公事，每個字都血淋淋，我都對自己犯噁心。他還想繼續掏第二顆，我罵老昺，這樣破壞大體，對死者不敬，半夜陰靈找他討債，而且周圍擠了打球的人，挨個的吐，拖回解剖中心再掏吧。

「嫂子，雪菜包子裡全雪菜沒肉絲，妳把老伍當羊養喔？」

蛋頭再咬第二枚包子。

「我靈感來了，叫鑑識中心拿彈頭比對小艾說的七點六二乘五四彈殼，玩笑開大了，吻合，連掰拔造成的痕跡都一樣。鑑識組說，拔彈頭像開紅酒，不是得把瓶塞左搖右搖才拔得出來，子彈金屬造的，留下痕跡。」

蛋頭吃得下巴也是雪菜屑，伍太太送去餐巾紙。

「不不不，怎麼可能懷疑你，調查局的說整晚有我們伍理賠調查員充分的不在場證明，我裝可愛的問誰證明你不在場？」

蛋頭抹了下巴，伸手拿起老伍盤子裡的包子。

「他們支吾其詞，我猜，保險公司理賠員和他們在一起，你拉到調查局的保險沒？猜你拉到了，興奮得半夜跑去高球場打幾個滾。不然你老婆去了，大嫂，不知怎麼搞的，妳的汽車出現在今天凌晨的道路監視器裡。」

蛋頭一口啃掉半個包子，以前伍太太對老伍說過，蛋頭根本餓死鬼，家裡不開伙嗎？

「還好你們沒被列為凶嫌，你們可以說老夫老妻半夜睡不著開車出去兜風，抓回年輕時的感情。反正監視器沒拍到大嫂的車開進高球場的球道。嗯，這個說法好，回憶初戀，我呷意。」

蛋頭笑得快把雪菜噴到老伍沒睡醒的臉上。

「再說，老伍，當初我們不是判斷有兩名槍手嗎，多好，拿手槍的是蔡民雄，拿步槍的死在球場，而且這回的槍沒錯，射七點六二乘五四子彈的俄國狙擊槍。刑事局聽到消息，朝我手機喊破案，差點震破我耳膜。

「一下子我成破案英雄，嘿，人生，總在你以為是筆直開去會進地獄時，前面閃出個左轉的號誌。」

蛋頭將豆漿當漱口水，發出喉嚨響出呼嚕呼嚕。

「兩名槍手不會沒事刺殺總統，蔡民雄的動機勉強找到，社會不滿分子。另一個得再調查。兩人是不是一夥的呢？你問我，我問誰？老伍，不管你把小艾藏哪裡，叫他這時候千萬別出面，刑事局傳來消息，」

蛋頭不忘將最後半個包子塞進嘴。

「死的姓段的小子曾經受過狙擊訓練，他的教官綽號鐵頭，被你在寶藏巖一槍打掛的軍火商聯絡人，他的同期同學叫艾禮。」

蛋頭打個飽呃看對面的老伍：

「你毫不驚訝對吧，我們老伍多沉穩，大將之風。北投分局出動十幾名員警在高爾夫球場找證物，找到和快樂賓館一樣的兩顆彈殼，一支手機插在草裡，沒關機，裡面紀錄僅一個來電號碼，發話號碼的手機在死者小段口袋，僅一個撥出號碼。」

蛋頭再看手機：

「有個問題，射進小段胸部的彈頭沒有發射過的痕跡，鑑識組覺得奇怪，我們設備不足，專家建議送國防部軍備局鑑定，他們生產子彈，專業。老伍，你不懂武器，彈頭由彈殼內火藥推出去，彈殼會留下撞針痕、退殼痕、彈匣痕，彈頭經過槍管的膛線留下刮痕，每把槍的構造有差，留在彈頭的紋路等於人的指紋，都不一樣，可是昺法醫掏出的子彈沒有指紋。」

蛋頭起身，拍拍制服上的雪菜屑：

「不過屍體不對，拿俄國槍，打日本子彈，應該是留彈殼在快樂賓館的槍手，怎麼平空冒出個小艾的同袍小段，不通，不通，不通。聽說刺殺總統的槍手是日本人，叫什麼佐佐木的，老伍，別翻白眼，你怎麼會不知道。死了小段，佐佐木呢？」

蛋頭一個勁的搖他的右手食指：

「很多事你沒對我講，看樣子我拔你指甲你也不會說。老伍，想通了給我電話，不然肚子藏太多祕密，說不定得胃潰瘍。大嫂，謝謝豐盛的早餐，我得去上班，哎，說不定我也該申請退休，學你們家老伍，早上九點半還穿睡衣待客，真是的。振作，老伍，振作。」

「碗盤放著等下我洗，對不起牽連妳，不去醫院檢查一下？」老伍抱住妻子，「沒想到鬧成這樣。」

「開始是為了幫蛋頭，」老伍抱得更緊，「三轉兩轉，事情落到我頭上。」

「我什麼時候退休？不是都退了一年了。」老伍不怕扭到腰的抱起妻子，「妳說我管的閒事不少啊，蛋頭以前護著我，要不是他，我說不定被長官修理到小金門派出所退休。茱爸也幫過我，能回報就回報。是，以後不管了，只管小艾。」

「小艾救妳沒錯，下回請他來家裡吃妳的獅子頭，我不也趕去高爾夫球場，不是我抱你滾了幾百公尺逃開他們的子彈。」老伍深深吸一口氣，邁步向前。「好好，小艾第一，我第二，不，兒子第一，小艾第二，我第九可以吧。」

「不是說了嗎，不找小艾麻煩、不管小艾娶不娶得到娃娃，做為長輩，我鞠躬盡瘁的就是照顧他。」

他把老婆抱進臥室，忽然發現幾十年沒抱老婆，她長了不少肉。

「這樣，收小艾當妳乾兒子。」

當老伍將老婆半放半拋到床上，脫手時那股輕鬆快感使他忽然覺得做愛的高潮不過也就如此。

清晨的八樓俱樂部沒睡醒，廚房內光亮的德國不鏽鋼廚具尚未散發帶著溫度的蒸氣，透過彩色玻璃灑進室內的光線畫出萬花筒的變化，張大千與汪亞塵的畫畏縮的躲在陰暗的走廊。

司機替他開燈，Johnny 操作輪椅進入，手上握著保溫瓶，他叫司機先下樓，自己轉進內室打開螢幕，六個分割畫面都是新聞臺，一臺播盧彥博新聞，其他五臺是許火生。戰爭打到最後拚的總是金錢，主播以籃球為例的形容：雙方比板凳的深度。說法含蓄，不就看哪一邊下的廣告費多，誰的音量自然大。

老人接了一通手機：

「車禍，怎麼不早通知我？叫 Jeffrey 好好休養，遇上這種事，急不來。你陪著，有事打我手機。在俱樂部，錢的事我打點。」

電梯開門聲，高跟鞋急促的踩踏聲。

兩口帆布袋躺在高背沙發旁，穿藍色保全制服的男人進電梯，門關上前鞠了一躬。

「放在這裡。」

「Johnny，我到了。」

隨聲音，胖嘟嘟的中年女人步入內室，她放下香奈兒包，急著開立燈、燒水泡茶。

「早上別喝咖啡，養生茶對身體好。吃過早飯沒？我去煎蛋。」

「吃過了，妳留美的生物碩士，相信起養生茶啊？都安排好，老盧的人先來，妳去忙。」

Judy 叩叩叩的小碎步回到接待室。

老房子的八樓約六十坪，只分三個空間，廚房、接待室兼餐廳和看來像酒吧的內室。

骨董立鐘的時針與分針隨鐘擺節奏停在七點十七分，電梯再打開，西裝裹著過胖身體的中年男子略為猶疑的向等候的 Judy 點頭。

「我是盧彥博的財務杜立人。」

「早到了十三分鐘，這裡。」

「是。」

Judy 塗得鮮紅的指頭打開第一個帆布袋：

「五千萬，銀行紮的，一紮十萬，你點點。名單呢？」

Judy進內室，先檢查水壺，倒熱水進茶壺，一手將名單遞給Johnny。她身後多了名穿高爾夫球裝的男人，焦急的說：

「Johnny，怎麼Jeffrey出車禍？要命，這個時候。」

「老盧送來名單，你看看，依我們提的，一個職位未改。」

「不錯，十七個局處的副首長、三家國營企業總經理、三名監委。」

電梯再響，傳來胖男人的聲音：

「謝謝，數目沒錯，回去了。」

「不送。」Judy沒有抑揚頓挫的語音。

「聽話。」電梯門關上，老人才接著說：「不過當選的機會不大，那一槍，對老盧傷得太重，年輕選民不深究子彈打哪兒來，他們憤怒，一頭熱的同情老許。Joe，名單收好。」

Joe蹲下打開吧檯最下層的抽屜，裡面一疊紙，他將名單放在最上面並問：

「老許的人什麼時候送名單來？」

「八點十五分，他比老盧急，派系多，每個人伸手要錢。老盧那裡昨天晚上做的民調怎麼樣？」

「他的支持率四十八趴，老許四十六趴，僵持。」

「幾乎平手，難怪他急得，我們提的條件他一字不改。」

「老盧一早親自打我手機問國華球場槍殺案的事，死的不是艾禮，向我要艾禮，他說最後兩天，艾禮能出面說明華陰街的真相，他有把握打垮老許。」

「你怎麼回？」

「槍殺案，我聽他說才知道，反問他球場死的是誰，他就掛了電話。到底 Jeffrey 和趙佐找的人不對，還是這個艾禮真行？死的槍手是誰找的？」

「Joan 透過幾層關係找的，追不到我們頭上。」

「聽說佐佐木到台北，Jeffrey 一清醒急著叩 Joan 找人保護病房，佐佐木在醫院。」

「喝茶，Judy 弄來的養生茶，多少提點精神。」

「佐佐木萬一現身，棘手。」

「別擔心，Joe，你是要成大事的人，不必為小事操心。找人在日本摸摸佐佐木的動向，能用錢擺平也行，再找人弄弄他也行。人，沒有膽子大到什麼也不怕的，打一次不行，打兩次不行，打到第三次，他自然低頭。」

八點十一分，比預訂的早四分鐘，許火生的人出現，看不見人，看見一口銀色的旅行箱。

「帆布袋裡，一紮十萬，銀行出納蓋的章，一億二，你慢慢數。」

「好。這是名單。」

Judy 再送名單來，Joe 接去轉給老人。

「怎麼樣？」

老人看著名單沒吭聲。

沒多久銀箱子拉進電梯，老電梯的聲音特別大。

「該換電梯了，三十年有吧？」

「你決定，我們六樓七樓四海基金會一起改裝潢，換地磚，地板東翹西翹，卡輪子。」

「嗯。」

「老許不甘心，讓出央行副總裁。他呀，怕心裡淌血。」

「中槍這招虧他想得出來。」

「輸了十一趴，不賭不行。老許的長處，敢賭，老盧可惜了，顧忌太多。」

「他的人說他是宋襄公，成天滿口仁義。」

Judy 探頭進來：

「錢發了，我下樓去，中午要吃什麼？」

「鼎鼐海鮮的魚翅，加兩份炒飯，蛋炒飯，別加干貝、蝦仁，炒飯要爽口，加一堆海鮮，味道糊成一團。」

「好。」

電梯再響。

「你還是看好老許？」

「不賭老許，賭他的接班人。」

「湯若望建議康熙選繼承人的辦法？」

「湯若望？」

「康熙皇帝當得久，兒子等得都老了，兒子又多，康熙不知該傳位給誰，湯若望臨終前對他說，選兒子不如選孫子，雍正的兒子乾隆聰明，討爺爺康熙的歡心，康熙就傳雍正，其實是傳給乾隆。」

「稗官野史，不能當真。」

老人將名單遞回去，Joe 皺皺眉頭，再收進吧檯底下的抽屜。

「不爽快，這個老許啊。」

「一種米養百種人，當選了只能再幹四年，不情願他龍椅背後還有張輪椅，難免。」

「服你，Johnny，華陰街那一槍，我們雇的槍手沒開槍，還有誰要殺老許？我傻了眼，選前一星期居然出這種事，匪夷所思。你反應夠快，當晚就選中蔡民雄。」

「機緣，國安局把現場錄影傳來，看了十幾遍，蹊蹺，誰叫蔡民雄這天在華陰街，跑進巴士站還被監視器拍，他的命。」

「刑事局圍捕蔡民雄，老許大概給嚇壞了，怎麼可能平空真冒出殺手。聽說他和心腹開六個小時的會，看各方送去的資料，看到你送去的小學同學照片，蔡民雄在裡面，半天不說話。」

「半年來他第一次主動給我電話，感謝完再感謝。」

「只你看穿他的把戲。」

「本來打掉他，選舉重來。哪曉得他早一步朝自己肚皮劃一刀，我這輩子從不認輸，順勢平空送他個凶手。鬥，八十歲的老人鬥輸個政客，進棺材闔不上眼。」

「百密一疏跑了佐佐木，再橫空殺出個艾禮。」

「小事，沒證據，選前他們空口說白話還是能影響選情，選後他們講五百天也沒人信，到頭來誹謗罪，告得他們牢坐不完。」

「你不怕，老許怕。」

「也就怕這兩天，怕我放出佐佐木、艾禮，過了投票日，他什麼也不怕。」

「他就對中央銀行鬆手了？」

「你和 Jeffrey 進央行，台灣的國防、外交假的，經濟真的。」

「Johnny 看得遠。我到樓下和 Judy 對對帳，順便等送魚翅的。」說著，Joe 朝花盆澆了一杯水，「寒流要來了，暖氣開了吧。」

Joe 開了空調才出去，角落的花盆動了動，走出帽子插滿花草的陌生人，他說：

「哈囉，房老先生好。」

Johnny 朝椅背一躺，差點連椅帶人的倒栽跟頭。

「我是艾禮，聽說您找我？」

「你怎麼在這裡？」

「廚房抽風機的螺絲鬆了，我從頂樓攀排水管下來，推兩下，抽風機掉下去。你們大樓太老，固定排水管的螺絲釘有的鬆了。」

「誰說我找你？」

「幾乎我遇到的每一個人。」

「剛才，你都聽到了？」

「錢和吧檯下面的抽屜，還有名單，差不多，不過你們大人的事和我沒關係，我退伍很多年，是個炒飯的。」

「想要什麼？錢？」

「不，向您這麼有錢的人要錢，得到的是屈辱，我不需要屈辱，要真相。佐佐木是我朋友，為什麼陷害他？」

「我不清楚。」

「以前當兵，狙擊手兩人一組，一人觀測氣候、風向、風勢，一人射擊，佐佐木是我搭檔，您陷害他，派人殺他，我有責任顧他背後。我有我的事，不能一直顧，才找上您，能不能商量出您沒事、他沒事的辦法。等等，這樣說話很彆扭。意思是請告訴我真相，以前我習慣聽命令，後來命令出錯，差點被殺，並得罪很多朋友，從此我對任何事的真相都追究到底，不想再犯錯。」

「年輕人，世界上沒有真相，只有相對真相，不搞懂反而好。至於你的擔心，從今以後我和你、佐佐木沒有瓜葛。」

「不，要是早一天說，可能我相信，剛才看到的，我沒辦法相信了。」

「你沒選擇，只能相信。」

「我查了您，查了以前財政部的副部長，有趣，都是美國常春藤聯盟名校的碩士、博士，您很久以前就拿博士，威。進您辦公室看到牆上的照片，好幾個人的臉孔很熟，都是官耶，在美國拍的啊？原來傳說是真的。」

「什麼傳說？」

「以前留美的高材生，像你們，組織了俱樂部，叫萃華會，那時華盛頓DC一家中國館子的名字，後來成員一個個當官。不懂的是你們優秀又有權勢，為什麼不選總統？」

「萃華會早解散了。」

「現在懂了，我們投票，其實你們選總統。英文裡有個專有名詞，KING MAKER？」

「我們的目的是讓台灣更好，老百姓更有錢。」

「啊，和每一個總統候選人說的一樣。」

小艾說著話，取下漁夫帽拔掉上面的花草，再抬頭，他見到槍。

Johnny 從輪椅內站起身，站得很直，很挺，握槍的手一點也不抖。

「您站起來了。」

槍朝前伸。

「白朗寧，您是古典派。」

「丟出你的武器。」

小艾伸手取出後口袋的彈弓。

「那天是您的人駭進伍警官的手機，傳訊息要我去華陰街？」

「彈弓？槍呢？」

「您剛才說不賭老許，賭他的接班人，我聽不太懂。我猜猜看，老許不聽您的話，您想打掉他，選舉重來，到時老許的接班人出來選，您再支持他？好複雜。對了，彈弓是我的武器，沒槍。」

Johnny 一腳踢開輪椅，向前邁一步。

「你說狙擊手兩人一組，另一個是佐佐木，人呢？」

小艾右腳頂住滑向他的輪椅。

「我的教官說狙擊手的突襲靠偽裝，以求愈接近敵人愈容易成功，原來老先生是偽裝高手。」

老人滿是斑點的枯手舉槍貼在小艾的額頭中間。

「聰明要有聰明的本錢，你聰明卻沒本錢，艾禮，你是自作聰明。」

「還有，我想不通一點，總統最大，如果您支持的人當了總統，不肯兌現他對您的承諾，」他看了吧檯底下的抽屜一眼，「您手上握有他們簽字的名單，一旦公開，總統會死得難看，玉石俱焚對不對？您年紀大不在乎，他們好不容易當上總統，絕對不敢和您賭。哇，今天算學到一課了。」

「學到什麼？」

「學到每個人都有弱點，權力愈大的人愈怕弱點被人逮住，他們捨不得到手的權力。我這樣解釋可以嗎？」

老人的食指緩慢的按下扳機。

「你慢慢想，年紀大的人沒有耐心，佐佐木呢？」

連老婆的胸罩也沒脫成就被推出門，伍媽媽當了幾十年刑警的老婆，壓抑了幾十年等老公半夜回家的怨氣，她以冷靜的口吻對老伍說：

「出去，救我的是小艾，不是你，把所有事情搞定再回來，不然你去住蛋頭家。」

老伍喬喬褲襠裡老二位置的走出門，變天起風了，一旦起風，冬天便到了。

刑警的準則，沒人能掩蓋全部證據，刑警得靠一根毛，拉出一頭牛。

他進刑事局對面巷子，茱爸腿上已鋪了毯子，老年人，禁不得氣象一點點風吹草動，茱麗的說法，多穿只會熱，人不會熱出病來，冷，會。她把父親照顧得——滴水不漏。

茱爸瞄了眼老伍身後忙碌上班的來往人群，對他懷裡的老貓講：

「餃子要不韭菜餡，要不韭黃餡，高麗菜的味道不夠，水又多，包出的餃子黏呼呼。」

老貓沒反應，牠不愛餃子。

「我老家喜歡包白菜的，不過最好的還是茴香，剁得碎，咬進嘴的嚼感和香味，那才是餃子。」

老貓對餃子的話題忍無可忍的跳走了。茱爸不在意被老貓冷落，他打開掛在躺椅扶手的收音機，鄧麗君的歌聲甜美不對茱爸的胃口，伍佰的搖滾強烈，茱爸接受，撥高音量。

「趁著伍佰喊破嗓子前，講幾句正事，選情緊繃，差距在三萬票，你那兒找出新的線索嗎？」

「還有一天多。」

茱爸遞來壓歲錢的紅包，老伍愣住。

「你忙了幾天，我看在眼裡。盧彥博送上的車馬費。」

「什麼意思？」

「事情到此為止，警方找到蔡民雄和小段，槍擊案算水落石出。」

「找不出他們的動機。」

「刑事局十分鐘前記者會說明了，蔡民雄對政府不滿，小段退伍以後找不到適當工作，也對政府不滿。」

「他們沒有交集。」

「蔡民雄和小段經常出現在同一網站，酸民網，我不上網，沒聽過，茱麗替我看了看，說他們罵得凶，三字經連篇，喜歡和不同意見的鬥嘴。」

「不通。」

茱爸再次遞來紅包，老伍躲開。

「老伍？」

「努力中，茱爸，我們當時講好追到投票日前一晚。」

「是啊。」茱爸彎身上前拍拍老伍大腿，「伍警官，我們也不相信刑事局敢宣布破案，不過這時候除非一擊中的，否則打不到蛇的七寸，徒然引起反感。不管怎麼說中槍的是許火生。」

「今天凌晨發生的幾件事，和槍擊案有關，和大選有關，這兩件事打從一開始就和我無關，可是茱爸，人老了牛脾氣還在，本性。我不要車馬費，幾十年沒拿過紅包，不能破例。」

「說，你要什麼？」

「真相，我刑警，不是多好的刑警，可是沒有真相，刑警就不存在。」

兩人僵著坐在咖啡館外等待凍人的東北季風。

「我一心扳回老盧的頹勢，老盧這時候叫你退出，雖然我不清楚，一定有他的道理吧。這樣，能確定槍手不是電視新聞說的小段，是艾禮？聽說打老許的槍手是日本人，回到台灣了？」

「不想再牽扯到艾禮，他幫我忙，惹得通緝在身。」

茱爸伸手拍老伍大腿：

「閒話說完，伍警官，講正經的，我在江湖混了幾十年，調查局、國安局都有人，消息靈通，除了老盧叫你打包，我也求你馬上退出調查。」

「這麼嚴重？」

老貓又回來，沒回茱爸懷抱，蹭了蹭老伍褲管。

「牠吃糖？聞到我口袋的甜味？」

「別，貓兒子遺傳我的糖尿病。伍警官，你去盤了房老先生的底？不好，他是幫裡的人，輩分高，雖不管事，按時出錢，主事的沒有不聽他的。幫裡老兄弟要我轉告你，收手。盧彥博也找人對我說，別沾老先生。」

「房家父子唱雙簧，兒子賭老許，老子押老盧？」

「是個說法，搞政治一向兩邊下注，誰贏他們都賺，至少日後客氣的能見面握手，不會叫稅務機關初一十五來查帳。」

「今天想對茱爸說件事。」

茱爸抬起上半身，耳朵往前。

「我老刑警，過去留下點成績，兒子覺得這個老爸還行。槍擊案我被魯副局長拉進去，鞋子溼了，走到哪裡都是鞋印，退不出。要是我真甩下小艾的退出，事情做一半，茱爸，你以後見到我儘管吐口水。我們做父親，肌肉萎了，說話的中氣沒了，記憶力退了，可是沒忘記當兒子還小的時候，帶他打籃球，替他解釋電視的棒球賽，茱爸呀，我們最大的願望無非想在兒女心中當個英雄。」

茱爸看著天空良久才開口：

「為了在兒子面前當英雄，你不肯收手？」

「爸爸非得是英雄，不能打折扣。」

茱爸靠回椅背冷冷的看老伍。

「好吧，要是有人想對你下重手，我設法拖延。伍警官，你的話至理名言，沒錯，老爸非當英雄不可，不能打折扣。」

「不能再欠茱爸人情。」

「小道消息，刑事局剛撤了興安醫院手術室的封條。」

「多謝。」

茱爸拉下毯子，關了收音機，他大聲的說：

「說好，年前吃頓餃子，茴香豬肉餡，不讓你白吃，酒你帶。」

老伍步出巷子、步上忠孝東路，沒發現調查局或任何單位的人車跟他，說不出來的寂寞。

蛋頭雖被刑事局一腳踢開，仍然是台北市警局的副局長，兩名槍手都找到，他覺得太閒不好，下午搭開道警車引領候選人許火生的車隊進入西門町，他通知里長、派出所，徹底清查鞭炮。電影院、餐廳等公共場所從一樓搜到頂樓，若有嫌疑者，抓起來再說，人權的問題他負責。

收到訊息，小段體內取出的兩顆彈頭確定沒有彈道痕跡，但和快樂賓館找到的彈殼吻合。因為死者涉及華陰街槍擊案，為求調查的統一性，刑事局剛剛帶走了所有證物，包括屍體、槍、手機、彈頭、彈殼，差點想把市警局整個鑑識中心一併帶走。北投分局的人尚未撤回，還少一顆彈殼，他們以打五十四洞的精神在球道上尋找。

蛋頭沒陪高球場的同事，他的目光如雷達般轉動，想從人群內找回自尊。

車隊被迫減速，人太多。

沒鞭炮，街道兩旁擠滿揮舞許火生競選旗幟的支持者，許火生站在另一輛敞篷吉普車的後車廂，麥克風的聲音透過五面皆封死的防彈玻璃傳出，他嘶喊：

「火生仔不怕子彈，要打就來。火生仔在未來四年被打成蜂窩，也要給國民安全的生活空間。」

在歡呼聲中，蛋頭聽到許火生另一句，有些模糊、有些被人聲壓得斷斷續續，他聽到許火生吼叫：

「火生仔要真相，還給所有選民一個真相。」

警車內的小螢幕電視播放新聞，另一候選人盧彥博的車隊在台南安平區拜票，他也有輛吉普車，也握著麥克風叫：

「真相，許火生，還我們真相。」

許火生比盧彥博賭的大，他步下吉普車尾的階梯，毫不在意自身安全的握民眾伸出的手：

「挺火生等於挺台灣，就差你這票。」

選舉像賭局，敢下注的贏面大。蛋頭戴妥大盤帽，他沒忘記老爸一輩子當警察局長侍從的人生。

車子雖然龜速，開門下車仍是件危險的事，蛋頭不理會車內其他警官的攔阻，開門跳下車，快步追到許火生身後，走在其他護衛員警的前面，一手護住許火生背部，一手攔在許火生左側臉旁，無論車上或路邊民眾都看得到他大盤帽上代表高階警官金光閃閃的金邊。

「我們要真相。」民眾跟著競選車傳出的聲音一起大喊。

4

「真相不是你這種人有資格知道。」

Johnny終究按下扳機，槍聲清脆，毀了一盞蜻蜓燈罩，彈頭釘進一幅油畫，甚至飛行時刮破小艾的臉頰。另一顆子彈擊在白朗寧槍管，將白朗寧打到兩步外的牆角。小艾驚訝的看眼前蒼老而枯乾的手在空氣裡抖個不停。

還破了一扇由彩色玻璃鑲嵌而成的窗戶，一地在陽光上如寶石閃爍的各色玻璃碎片。他對闔不上嘴的老人說：

「狙擊手一般兩人同行，我的備份在對面大樓，還好她沒忘記怎麼開槍。」

老人仰面往後倒，小艾上前扶住，拉過輪椅讓老人回到他的老位子。

「真險，房老先生，本來我一個人，完全沒想到備份，她倒是沒忘記。」

小艾推輪椅到牆邊，撿起槍管多了個凹洞的白朗寧，

「一年沒練功，備份居然這麼準，她真的到達巔峰該退休了。」

老人沒回應，兩眼發直嘴角滴下口水，左手緊緊抓著胸口，呢喃的說：

「佐佐木。」

「房老先生，振作。」

房老先生沒回應，小艾陷入兩難，他該打電話叫救護車，還是趕緊逃離現場？小艾學過急救，他放平老人，打開老人的嘴，手指伸進去檢查有無異物，連續做了心肺復甦術，再將老人翻成側躺。他聽到電梯聲，拍拍老人臉孔：

「老先生，堅持住，有人來了。」

小艾躲進廚房，他見方才被稱Joe的瘦高男人步出電梯進內室，發出尖叫。

老伍辦案一向將刑事局服務證掛胸口，他不再是刑警，習慣改不了，他掛保險公司的出入證，進醫院一路沒人對他好奇，甚至有位護理師指引方向。

兩間手術室使用中，老伍記得急救許火生的是三號手術室，門敞開，三名穿寫著「寶潔清潔公司」的清潔婦清理中。不太妙，一人手持消毒水噴牆壁，兩人拖地，水桶旁擺著一瓶酒精。

證據會說話，刑事偵查準則第一條。

從許火生送來急救後，刑事局封鎖了手術室，如果撤除封鎖，手術室交還醫院，應該由醫院的清潔人員整理，「寶潔」不是醫院的合約商，寶潔是他媽的刑事局那棟大樓的清潔合約商。

來晚一步，現場已被徹底破壞。

證據會被清除，不會死亡。

老伍與其中一名婦人聊了幾句，她們由刑事局的專車送來，由刑事局人員拆除封鎖條後進來清理。當時手術臺旁仍留著未收走的手術工具和使用過的棉花棒、紗布，她們收拾乾淨的交由醫院的清潔人員拿走了。

即使證據死亡，會留下湮滅證據的證人。

理賠調查員經常跑醫院，熟門熟路的老伍匆匆下樓到醫院後面上鎖的醫療廢棄物處理間，每天傍晚回收公司的車輛收取廢棄物，司機和助理有鑰匙，院方清潔人員有鑰匙，記得地下室有個清潔人員的更衣室。他下去潛入休息室，沒人理會，於是老伍罩上綠色清潔袍，往掛勾取下鑰匙。

原來醫院的廢棄物處理室內每個桶子註明了單位，急診室、皮膚科、外科、手術室一號、手術室二號，他打開手術室三號的桶子，裡面一個塑膠袋，裝了沾血的紗布與棉花、外科手套、口罩，意外的見到一小截薄鐵片。他將袋子裝進另一個袋子，還回鑰匙後離開。

非法取得的證物，於法庭上不能當成證物。

他惹上大麻煩，將證物送上法庭也沒用，無法清楚說明證物來源。何況他的身分是理賠調查員，拿了證物也無處可做檢驗，不過他依然拿了。當太多年的刑警，他忍不住。

繞了點路，再等了一個多小時，蛋頭脫下大盤帽拿毛巾擦他光亮的頭頂，一面盯著店前的小菜櫃點菜：

「豆腐、燙青菜、肝連、貢丸湯、炸牛蒡、大碗控肉飯、可樂。」

他對老伍緊衣縮食型的炒米粉不感興趣。

「喂喂，進醫院偷廢棄物違法，你戴手套沒、洗過手沒？那塊小鐵片的確是美工刀截下的一段刀尖，的確沾了血，要我送去鑑識組檢驗？老伍，我沒這膽子，再說檢驗出來又怎樣，你的證物沒有用。」

「要個真相，求心安。」

「我送你去行天宮，向關老爺叩三個頭，他老人家保你平安。有什麼好不心安的，都多大年紀了！」

「幫不幫忙？」

老伍第一次見蛋頭舉棋不定，直到飯菜送來，嗑了兩大口控肉飯，蛋頭吐口大氣的停下筷子：

「自己兄弟，老伍，活到我這個年紀也許貪戀功名，不能欺騙老朋友的道理還是懂的。人老了就怕沒朋友。對你說實話，你找到這片爛鐵什麼的，給了我，現成拍馬屁機會，往總統府送，總統的祕書來電話，魯副局長，你送來什麼亂七八糟的東西？我立正站好回覆，要是不喜歡就扔了。總統當然會問哪裡來的？一不做二不休，我馬上呈報，前刑事局幹員伍警官送來的。總統見我上道，說不定隔幾個月升我當台北市警局局長。天哪，多大的誘惑。總統見你討人厭，想個辦法弄你一下，你丟了保險公司差事，成天進公園和老人下棋，不然窩在麥當勞發呆。」

他喘口氣，

「真那麼做，我出賣了你，等我也退休了，良心不安，到麥當勞想找你道歉，卻聽說你躺進醫院，感慨萬千哪。老伍，這是證物，我不能收，不敢收，隨你怎麼罵，我當沒這回事，沒見過這東西。若是想檢驗，你自己看著辦。」

他在免洗筷的紙套上寫了電話號碼：

「找阿欽，擺出你老刑警架勢，別提總統的名字，反正老許的血型天下皆知，難搞的ＡＢ型，如果驗出來果真ＡＢ型，再驗ＤＮＡ。你上哪兒弄總統的ＤＮＡ？」

「我想辦法。」

蛋頭不說話的照樣把碗盤清光，抹抹嘴的說：

「我是公務人員，不能涉入你的非法行為，老伍，你能體諒，再熬他媽的一天，你我跳出這場操他祖宗的髒骯選戰，到時算你欠我一頓，找家館子好好喝幾杯。」

「體諒。」

「長官，我惹不起，總統我更惹不起，四海集團的房家惹不起，你是我朋友，脾氣又牛，還是惹不起。四面楚歌哪，老伍，你不體諒也不行，我得撐到六十五歲，接下來的歲月不能進警政署當個什麼狗屁祕書等退休。你我都見過督察室，裡面哪個不是當首都警察局長的人才，運氣不好，錯過機會，這麼多人才，擺在三國演義裡，曹操當成寶耶，結果他們成天喝茶打屁等退休。」

「變成你抱怨？不是說我體諒你了嗎？」

「日本人佐佐木是誰？」

「不是我表弟，不是我小舅子，不認識。」

「不說？操，還有一天，你不說，有種以後都別說。」

蛋頭先走，難得他搶著付帳：

「穿制服不能由老百姓請客，店家傳出去，難聽。我付，你多欠我一頓。」

憑老伍三十多年刑警培養出的嚇人氣質，檢驗的阿欽不到一小時便驗出美工刀片上血跡的血型，AB型。

阿欽窩在圓山捷運站旁的公寓頂樓，個人工作室，不開立發票，不收信用卡，所做的檢驗報告百分之百不能送進法院當證物。他以手指當梳子戳亂髮，同時另一手抓大號運動褲下垂的褲襠。老伍喝了得自己拿菜瓜布用力刷洗乾淨杯子的咖啡，聽了一種新的地下行業發展過程。找阿欽的人不多，報酬卻高，他能活。客人有的是拿老公內褲來驗的老婆、拿衛生紙來驗的小三，最多的是私下驗兒女血型的男女，總之，阿欽設法為現代男女關係做某種程度的定義和澄清，以維持打炮的正義。

「你私家偵探，這種美工刀除非割脖子、割動脈，不能殺人啦。」

「也做DNA比對？」

「轉包。」

「轉包給誰？」

「商業機密。」

老伍摸摸後口袋，這個動作經常令不少人說話。

「不要這樣，轉包給我在醫院檢驗科的朋友，不能說哪家醫院。」

「弄到比對樣本再找你。」

老伍兩張千元票壓桌面便走了。

步出酒泉街，夜已深，寒流到了，老伍將夾克拉鍊拉到脖子，他得選擇，弄到許火生的唾沫比對DNA得花不少功夫，降低標準的話，可以憑血型安慰自己，破案了。為小艾，得有DNA，威脅度強，能嚇得許火生、房家父子放過小艾。

自己，退休老人，再混個四年，之後拿敬老卡到處坐免費巴士看門票半價的展覽。說不定動用部分退休金與老婆搬去萬里，天天釣魚爬山，吃新鮮的魚，呼吸新鮮的空氣。大直的國宅留給兒子，盡到父親的責任。人生的夢想，最後得面對排隊等掛號的眾家閻王……

保險公司來電話：伍先生，我們的合約到期，你被炒了。

茱爸搖手說，老伍，我們當不認識，咖啡館到處都有，你不必再來茱麗的店。

蛋頭半夜敲門哀求：反正你退休了，全部由你擔怎麼樣，我日後還你。

打領巾的 Jeffrey 拿保密協定在法院指著老伍的鼻子：賠，五百萬。

利用權力修理老百姓的事他見多了，更壞的情況，檢察官以涉及總統槍擊案，起訴。網路鋪天蓋地的指老伍包庇槍擊總統的凶手，兒子受到影響的被迫從警大休學，老伍湊錢設法送他出國學電腦，幾年後留在當地娶個女孩拿到身分的從此做外國人。他進看守所，同房的四名兄弟仔磨尖指甲的威脅他：你刑警，了不起，今天起每晚替我們洗腳。

步進捷運站，趕上最後一班捷運，零點三十四分。原來午夜還有車，好心的載醉鬼回家。

車廂幾乎空的，斜對面的女孩穿快露出內褲的短裙，戴口罩也遮不住酒味的男人看著女孩的腿。女孩嫌酒臭的換了座位，換到老伍旁邊，她覺得老伍慈眉善目，會幫她擋住酒鬼的搔擾。當然，她對老伍也多少有點警戒，中間仍隔了一個空位。

老伍沒酒味，有幾天沒換衣服的人體脂肪味。

這麼晚還不回家的女孩，真是的。

5

——距離投票日，還有一天——

「伍警官，我講他不聽，你能不能勸他？」娃娃說。

老伍瞪了對面的酒鬼一眼，長年刑警練出的眼力果然威力仍在，酒鬼換車廂了。

「我連自己也無法說服，怎麼勸他？」

「到處有人找我們，他說我們至少得再躲一天。」

「所有單位到處找你們，當心。」

老伍看著貼在車廂壁上的廣告：

「台北馬拉松又要開始了。」

「伍警官跑馬拉松？」

「哈，我不跑，你們年輕人跑。」

「我們去跑？」

「距離投票還一天，一天之後大概沒人對小艾有興趣。距下任總統下臺還有四年，四年之後的台灣變什麼樣沒人知道。躲吧。」

「我對小艾說。」

「跟他說，他會搔著頭：伍警官又講一加一不見得等於二的話嘍。」

小艾和娃娃的確上網報名台北馬拉松，都用真名。主辦單位敏感，通知台北市警局，魯副局長率領通訊隊幹員進駐主辦單位，想從伺服器裡逮捕總統槍擊案嫌犯艾禮。國安局特勤中心與調查局沒閒著，當然沒人相信小艾真去跑馬拉松，情治單位相信小艾有新行動，拿馬拉松當幌子。往幾個方向偵查：老伍、茱爸、蛋頭、盧彥博，一律列為監聽對象。

每一單位都認為只有自己知道的最高機密沒說：找到小艾就找到佐佐木。據說佐佐木在台北。

老伍成天待在保險公司打報告，蛋頭長官陪同總統競選車隊，已經被警界酸溜溜的叫他馬屁頭了。盧彥博在另一輛媒體跟著拍攝的競選車上，若不在車上，必在競選總部親自打電話問候選民。令刑事局好奇的，茱爸最忙，從早到晚不停的有人去咖啡館門口喝茶，包括竹聯的、四海的、天道盟的、退伍軍人聯誼會的、台北市糕餅同業工會的——糕餅同業工會？茱麗是工會的會員，投票日前選情緊繃，凡沾親帶故的一概動員。統統盯住，明天投票，今天絕不能出事。

總統大選對很多人而言是大事，對年輕人則不那麼大，河濱公園、台北田徑場練馬拉松的依然揮汗如雨。騎自行車的不在乎北方來的寒流，到處挑戰高坡度公路。各地警局為維持最後一天的平靜，全員出勤在主要路口查酒駕，市警局交通大隊嚴密監控各地監視器傳回來的畫面。調查局偵騎四出，一個目標：艾禮。

車隊拉長至一百公尺的幾十名騎士，從淡水北新莊的興華派出所前轉進巴拉卡公路，往陽明山前進。

巴拉卡公路長十六公里，蜿蜒爬升八百公尺，正式名稱是市道一〇一甲線，屬台北騎士的中級挑戰路線，終點在陽明山國家公園內的大屯自然公園。興華派出所為此設置鐵馬休息站，他們的任務是便民，提供騎士水與車胎打氣設備，當這一車隊進入山道，派出所人員沒便民，正忙著處理彎道的車禍，一輛公車將小轎車卡進山路旁，右前輪懸在半空。

「我們來練體力？」一名女騎士問。

「今天什麼事也別做，放空，而且爬這段路是休閒，不是練體力。」一旁的男騎士一面回答一面調整變速器。

「到陽明山呢？」

「走仰德大道滑行進台北，坡度大的下坡，保證過癮。」

「小艾，你停不下來，和小段的事有關？不是你的錯。」
「我的錯。」
「聽你和佐佐木在小邊路聊天，我小小感動。」
「於是妳康復了？」
「你心裡有塊石頭，壓得很重。」
「正想法子搬開。」
車隊沒停，他們停在于右任墓前。從南京到台北，老先生曾任監察院長達三十四年之久，一九六四年過世。公餘他以書法為樂，被稱為「民國四大書法家」之一，死後葬在陽明山後山，墓園貼山而立，巴拉卡公路一向霧多，從霧裡突然見到高聳宏偉的墓園，帶給人進入時空隧道的錯覺。
這麼偏僻遙遠的地方，墓碑兩側的花瓶卻插了新摘的花，似乎經常有人打掃墓園。兩人坐在臺階看著華表上仰首嘯天的石雕怪獸。
「小段死前說了什麼？」
「說我殺了教官，殺了大胖，再殺他，不孝，不仁，不義。」
「他們要殺你，你沒辦法。」
「娃娃，我殺了教官，妳不恨我？」
「恨，也解脫。教官陷得太深，我拉他不出來。」

「愛，妳愛他。」
「我們都是孤兒，以前我沒有家的感覺，軍隊的同袍給我溫暖，教官像爸爸像哥哥，像可以倚賴的男人。」
「到法國去，常常想你們。」
「從你和佐佐木的談話，我好像回到狙擊隊的日子。」
「都懷念單純的日子，專心把專長練得更專長，和戰友交換心情，聽命令照表操課。」
「教官退伍以後變了很多，他覺得以前軍隊裡說的保國衛民沒意思，賺錢住豪宅開超跑才實在。」
「他沒找到龍。」
「你記得。」
「朱浮漫單千金之家，三年技成而無所用其巧。」
「別告訴我你還在找龍。」
「我沒那麼浪漫，從來不信世界上有龍。」
「那你為什麼非追出槍擊案的真相不可？」
小艾走到石欄前對著飄來的大霧：
「妳奉教官指示，叫我去羅馬殺戰略顧問，問也沒問，我殺了，沒想到大胖追殺我滅口，教官為什麼這麼做？為了想知道真相，我殺了大胖，殺了另一個說不定也是同袍的槍手，殺了教官，也打傷妳。那時如果我躲起來，多好。」

「你心裡的石頭？」

「小段說破我一直不敢面對的事，我的確殺了我師父，不管理由是什麼。」

娃娃走到小艾身後，伸出一隻手捏住小艾的衣角。

「殺師父！娃娃，我一再對自己說，我是為了尋找真相，被逼得不能不開槍。」

「教官、大胖、你我，都是棋子。錢的棋子。」

「伍警官幫過我，這次我只是想回報，沒想到還是有人想我死。我不能放棄真相，不然沒辦法說服自己殺死教官和同袍——我無罪。」

「懂了。」

小艾假裝流在眼眶下的是霧水，用力抱起娃娃：

「到陽明山吃土雞。」

他們再騎上路，另一支車隊踩著千斤重的踏板上來，十多輛車迤邐的爬坡，通過墓園入口處的石造牌樓進入自然公園。他們沒休息，穿過國家公園的來到文化大學巷口的便利店，喝了水，吃了三明治，小艾指向仰德大道：

「一路下坡，記得手不離剎車。」

「非要真相不可？」

「沒有真相的話，我想到他們，晚上沒辦法閉起眼。」

「小艾，你好重。」

「放心，沒有佐佐木重，妳扛得動。」

小艾領頭往下坡衝，娃娃跟著，他們超過汽車、閃過機車，不到十分鐘已經看到山下的台北盆地。

投票前一天，槍擊案宣告尋獲使用作案步槍的凶嫌屍體、房老先生中風，新的大新聞使得兩個陣營激烈的選戰一下子變得不再重要，台北市安靜得像春節假期。更大的新聞是寒流來了，老人家待在家裡花電費用電熱器對抗低溫，年輕男女躺進被窩環保的磨擦彼此肌膚以提高體溫。

老婆去打麻將，兒子在別人的被窩，老伍一人走進美麗華的地下美食街，他在石鍋拌飯前停了一下，在讚岐烏龍麵前也停了一下，他選擇漢堡，兩層肉餅與厚厚的麵包，一大杯可樂。

人很多，大概老伍相貌太不符合輕鬆歡樂的一代，左右對面都沒人坐，他孤單的吃完漢堡。吞下太多熱量，回家前到河濱步道走了半小時。家裡沒人，太空洞，他提一瓶紅酒下樓找石老師看棒球轉播。

石老師的人生，線狀，結過一次婚，離過一次婚，去戶政事務所蓋章那天與妻子同一感嘆，幸好沒生孩子。教數學，只教高一，一教數十年。國宅蓋好，他是第一批住戶，住了幾十年。每天散步六千步，以前用計步器，現在用手機計算，走完六千步，用他的說法，對健康有了交代。喜歡棒球，從不進球場看，太緊張，太吵鬧。週日到週二的晚飯吃水餃，一餐十粒，不多不少。週三與週四麵條，他每天出門閒晃前放半隻雞進燜燒鍋，回家正好下麵就湯，一鍋兩天，吃了精神好。週五去他姊姊家吃飯，週六外食，週日在家包餃子。

上個月他終於同意老伍妻子的邀請，除夕到他們家吃飯，私下他問老伍，我帶鍋雞湯去好麼，不好意思空手。又是雞湯，老伍指點他，到鼎泰豐買個八寶飯方便、實在。

電視裡的林哲瑄又往外野跑，這回沒接到球，全壘打。電話響了，石老師比個請，老伍比個舉手禮。

他對電話說：

「石老師家，猜一定是我的電話。吃過晚飯了，沒帶手機，在家裡充電。贏了輸了？我說麻將，不是棒球。明天去看爸爸，回去再說。投票？好，投完去醫院，跟兒子說一聲。」

老伍坐回去，他發現石老師另一人生規則，每晚兩瓶啤酒，一瓶晚飯喝，一瓶看棒球喝。這種人生規畫既簡單也方便，過自己的日子，天塌下來又怎樣。

由台灣職棒換成美國大聯盟的重播，這一天過得真快，一下子十二點了。

「你教數學，哪一種數學？」

「伍警官，數學只有一種，你不會想知道這一種數學是哪種數學。」

老伍一拍腦門，明白了，小艾說他講話語帶玄機，兒子說他愛用日式文法，原來是和石老師一起看棒球看多了。

6

——投票日當天——

投票日一如過去的安靜，老伍睡到快十點，電視開著沒人看，新聞一字未提槍擊案，蛋頭未再問小艾在哪裡，倒是調查局別出心裁送來一盒鳳梨酥，內裝十二顆包裝精美的鳳梨酥，他們消化年度預算的公關費用？

與老婆一起到國小投了票，轉兩趟公車去丈母娘家吃中飯。丈母娘每逢選舉必專制式的民主：

「女婿，投許火生，請你吃中飯，紅燒豬腳，不投的話一年不要來我家。」

維持親密的親戚關係得靠無惡意的謊言，一進門他便喊：

「許火生兩票到。」

丈母娘英明，她開門：

「明明盧彥博兩票到，進來吃飯。」

蛋頭來了通電話，照例嚼著軟糖說話：

「你丈母娘煮了豬腳對不對，我在中山堂都聞到香味，不外賣？我叫 Uber 去拿，再裝兩碗白飯，她的豬腳比美富霸王。送我小艾更好。」

Uber 沒來，Uber Eats 先到，送來一盒發糕，老伍皺眉收了。老婆問誰啊，他應付的回：

「朋友送的棗泥發糕。」

老伍進屋，將發糕交到老婆手裡，

「妳最愛的。」

「真好，喝下午茶。」

老伍沒拿出另一樣東西，長長圓圓的試管瓶，裡面一根棉花棒。

電視裡的盧彥博投完票回家吃飯，他向呼喊「當選」的民眾揮手。這天他親自下廚，除了政治，他熱愛烹飪，曾經對媒體說，萬一不幸落選，他帶老婆與三個女兒開餐廳，店名想好，叫「一票之差」。

盧彥博脫下西裝，套上圍裙，爐上先煮起陶鍋內的臘味飯，石斑去鱗去內臟進電鍋蒸，芥蘭燙過淋了蠔油，另一道菜他沒法做，為小女兒新交的男朋友，他叫外賣送來一盒炸過炒過的龍珠，他想不通年輕人為什麼喜歡吃花枝嘴。

兩家支持他的電視臺全程拍攝，他一向維持好丈夫、好爸爸的形象，炒菜時對麥克風說：

「吃完飯補個覺，養足精神晚上到競選總部等待最後的開票結果，無論輸贏，明天依然是嶄新的一天。」

四海集團總經理房德敏投完票，離開投票所後不管媒體搶著對他拍照的接了兩通電話，事後蛋頭對老伍不當一回事的提了兩句：

「我給房德敏回了電話，答應過他的，我說找不到佐佐木，案子死了。他沒吭聲的掛了電話。」

稍後的一通，趙佐後來請老伍喝酒，不經意的說了三句：

「我打給房總說人事部門叫我提前一個月退休，遵照辦理，謝謝照顧。」

採訪車跟拍，房德敏收了手機上車趕去醫院，他是孝子，每天探視父親的病情，或者說他妻子是好媳婦，每天早晚各探一次病。畫面拍到房德敏站在大病房玻璃門外的陽臺講手機。

一家早報的獨家：四海集團總經理房德敏將接董事長。

茱爸由茱麗陪著去投票，用力按下投票專用章，吹乾墨水，小心折好選票投進票匭。他甚至投完票朝郵筒般的投票口內瞧了瞧，彷彿擔心票匭裡蹲著頭專愛吃選票的怪獸。

出了投票所，他對手機說：

「伍警官，中午有飯局，請老兄弟到都一處吃火鍋、褡褳火燒、醬肉燒餅，一起來湊熱鬧喝兩杯。」

老伍客氣的拒絕：

「丈母娘請吃豬腳，謝了，下回。」

茱爸追加一句：

「打這電話還有一件事，那天你說的，老爸非得是英雄不可，說的好。」

許火生也帶家人一起出現在投票所，神態自若，滿臉微笑。中午當然也吃飯，沒回官邸，進他喜歡的一家法國餐廳，網路上說，餐廳換新菜單，有白蘆筍、松露、法國雞。餐廳很大，總統家坐最裡面的包廂，門口兩名特勤，包廂門外兩名，裡面再兩名。大門外是三輛ＳＮＧ採訪車。鏡頭拍到許火生小弟載來許爸爸與許媽媽，九十一與八十七歲，身體健朗。

許爸上午接受衛生局特派的護理師為他量血壓，並以棉花棒為他清理每逢季節轉變必塞的鼻子。他對護理師說：

「衛生所護理師都這麼漂亮喔。」

許媽罵他：

「你不是白內障看不清楚電視嗎？」

所有人等開票，按照過去的經驗，晚上九點即有結果，不過這次選情激烈，預料差距很小。扛抗暴盾牌、掛瓦斯槍的保安警察由噴水車引領的進入兩個競選總部周邊，警政署長表示，噴水車能降低大家的火氣，瓦斯槍有備無患，希望雙方支持者冷靜面對選舉結果。

吃完中飯出餐廳，許火生難得的接受媒體採訪，他表示將回官邸睡午覺，六點進競選總部陪志工吃排骨便當，靜候開票結果。如同盧彥博，他也說了句漂亮的話：

「謝謝大家的支持，不管火生仔當不當選，這世人為大家服務到底。」

老伍啃豬腳，丈母娘燉得幾乎骨肉分離，吃得滿口膠質。和其他台灣家庭一樣，配飯最好是電視。當盧彥博講完明天的氣象預報，老伍吐骨頭時不自覺吐出兩個字：

「屁話。」

丈母娘兩眼一亮，替老伍再夾了塊顫巍巍的豬腳：

「就說這個姓盧的不行。」

老伍繼續啃豬腳，當許火生講完這一生的願望，老伍沒吐骨頭即脫口而出：

「屁話。」

丈母娘愣住，幸好沒愣多久，又夾了塊彈跳跳的豬腳進老伍碗裡：

「吃飯啦，以後吃飯不准看電視。」

兒子一直笑，老伍斜眼瞄他，兒子笑得差點被豬骨頭噎到。

小艾請娃娃去么哥的店吃百元熱炒，他們點了好幾樣高熱量食物，還算年輕，況且吃完打算台北、基隆騎個來回，快速且大量消耗卡路里。

「你的真相，心裡石頭放下了嗎？」

「這家有龍珠，妳吃過龍珠沒？」

「跳出來，伍警官叫你跳出來。」

「龍珠是花枝的嘴巴，以前沒人要，現在一盤炒龍珠要三百元。」

「我們去宜蘭，你幫教堂開小貨車，別再想教官和小段的事。」

「炸得酥脆再和辣味花生米一起炒。」

「嗯，好吃。」

「我說吧，龍珠讓我想起我們是沒人要的孤兒，被拔掉、摳掉、扔掉。」

小艾喝口啤酒再夾起一顆龍珠。

「不下油鍋炸，不和辣味花生米再炒，花枝嘴巴多噁心，上不了餐桌。」

「我是油鍋？是辣味花生米？」

「不，妳是娃娃，我最親愛的備份。謝謝妳的諒解，敬龍珠。」

兩人舉起大啤酒杯喝下一大口。

目鏡從廚房探頭出來，朝小艾揮揮炒菜的勺子。不久桌面多了盤香嫩的豬肝。

老么經過，拍了小艾的肩膀：

「目鏡，難得今天生意好，大家投完票懶得回家吃飯，廚房人手夠嗎，不夠這裡有現成的。老客戶，送兩瓶十八天啤酒。」

小艾行個軍禮以示謝意。

「最後再問一次，一定要去？」娃娃沒向老么敬禮，她的表情不是很開朗。

「我們不是法治國家嗎？」

「小艾，警告你，再學伍警官講問句看看！」

熱炒店當然更有電視，更鎖定新聞頻道，盧彥博進，許火生出，其他客人不免仰起臉，如仰望日月星辰般的看掛在天花的電視機。小艾與娃娃卻頭碰頭的聚在盤子上，他們設法於花生米中找到龍珠，這年頭龍珠價錢貴，老么一本開店當然要賺錢的經營理念，以大量的花生米遮掩龍珠的不足。

7

小艾搭公車到街口，繞過人群到競選總部的後門。廣場擠滿支持者，他們等著大螢幕轉播即將開票的過程。蛋頭穿整齊的制服，胸口別著三線二星的階級識別章，黑底三條黃色的橫線，中央兩顆金光閃閃的星星，代表直轄市警局的副局長。他握住小艾的手：

「艾禮，見面嘍，進去要有禮貌。」

「是，報告魯長官，小艾懂得分寸。」

警員搜過身，小艾隨蛋頭進入總部，到處堆滿文宣品、競選旗幟，累趴的志工橫七豎八睡在地面的紙板。小房間內幾張摺疊式桌子拼成長型大會議桌，十幾把摺疊式椅子，白板、螢幕、放映機，另有一張大沙發，坐進去很容易睡著的厚椅墊、厚靠背沙發。

許火生站起身用力的看小艾：

「艾禮，請坐。魯副座，沒事，你可以出去了。」

蛋頭腳跟併攏行了舉手禮，離開時沒看小艾，連瞄也沒瞄。

「刑事局已經排除你涉嫌的可能，手槍的凶嫌蔡民雄，步槍的凶嫌小段都死亡，我見你是因為收到一個信封——魯副局長收到的，馬上轉給我祕書。」

許火生指指會議桌尾端的三樣東西，裝在透明塑膠袋內的美工刀、沾了血跡的棉花球、棉花棒。

「刑事局做了初步檢驗，美工刀新的，沒有指紋，棉花球上的不是血跡，番茄醬，棉花棒他們取樣回去仍檢測當中，你送來這些的用意是？」

「報告總統，想要真相。」

「很好，誰都要真相，如果對於真相的期盼是固體，地球已經擠得沒有人居的地方。你年輕，理想主義，我也年輕過，直到今天還在追逐理想。」

「報告總統，以前受的教育都說真相只有一個，而且人類的進步是因為追逐真相。」

許火生走到小艾面前，他略矮、略胖、可是眼神銳利。

「我不願意傷害人，這輩子連蟑螂也沒殺過，但我不接受威脅。」

「真相。」

「你懂什麼是真相？」

許火生背著手在室內兜圈子。

「報告總統，懂，真相就是真相，不需要定義，不需要解釋。」

許火生快步回到小艾面前，提高音量的吼：

「我見你是問你送那三樣東西來的真相，你要的真相，去找魯副局長。」

「我說，美工刀新買的，舊的刀片上有血跡，棉花球有血跡，驗出都是ＡＢ型。」

「好大的膽子。我可以馬上逮捕你。」

「報告總統，您不會，我如果被捕，另一份檢體會送盧彥博，他可以提出沒收選舉的要求。」

「不在乎，我是律師，我告到你沒有明天。」

「我還有您簽名的名單。」

「什麼名單？」

「給房老先生的名單。」

許火生踱的步子愈來愈大，愈來愈快。

「你到底要什麼？」

「真相。」

許火生舞著兩手與衣服內每一寸肌肉：

「給你真相。想知道槍擊案？我從沒說過我中槍，特勤人員說的。在醫院手術室縫了傷口，副院長認定是槍傷，不是我。刑事局追查蔡民雄，追到一具屍體，我不知道誰殺他，那幾天我都在台北，與我無關。快樂賓館的兩個彈殼，事前我既不知情，事後我也未干預刑事局辦案。從頭到尾，除了我肚子上的傷，其他都與我無關，這是真相。」

「報告總統，不是真相，是您說的表面現象。」

許火生走到白板前，指著筆畫潦草的數字：

「競選總部做的民調，接下來開票決定候選人得到多少票，票多的贏全部，和賭博一樣，多一票就贏，這是真相。你送來的東西，我猜到你的用意，手上有這些的原件？威脅我？來源呢？拿得上法院的才是證物，否則是廢物，和棒球的高飛球與全壘打理論稍稍遠了些，和選舉的多一票就贏的事實比較接近。艾禮，你手中有的是廢物。」

「是，聽懂，總統的真相和我的真相不太一樣。」

「你的真相太抽象，法律上的真相才具體，所以我們需要法律。」

「是，需要法律。」

「你走在法律邊緣，刑事局目前認為你未涉嫌，可是你送來的美工刀這些東西可能使你涉嫌恐嚇勒索。」

「是，小艾懂。」

「算了，有時候真相的包容力量大，我原諒你。」

「不是，報告總統，真相沒有包容力，它就是真相。」

「死腦筋，回大學上課，最好是法律系。我接見你是因為你年輕，怕你誤入歧途，還有，你憑什麼認定我不會抓你？還有，棉花棒是什麼？」

「報告總統，棉花棒是今天上午為您父親檢查身體時從他鼻孔取出的黏膜，為了檢驗DNA。」

許火生的表情由困惑，轉變為憤怒，再轉變為笑容。

「你沒懂，真相必須在合法的條件下才能成立，你取我父親的DNA經過他同意嗎？手法是否涉及詐欺？」
「是，報告總統，我騙了你爸爸。」
「很好，證據無效。」
「不是，報告總統，證據只是在法律上無效，對很多人，還是很有效。」
「威脅我？」
「不，是和總統討論關於真相的問題。」
「你想怎樣？」
「報告總統，我想回去了。」

「確定要這樣？」
「欸，我覺得應該這樣，妳先走，事後到圓山站等我。」
「小艾，你太頑固。」
「只頑固這一次，娃娃，我興奮到手心都是汗。」
「這樣有意義？」
「對，可能全台灣的警察到處追我，可能從此不再有人理我們，和賭博一樣，一票決定輸贏。」

「輸贏和你的真相有什麼關係？」

「警察通緝我，表示真相有機會攤在大家眼前。如果沒通緝我，警察說要調查、要組專案小組，表示真相不會攤在大家眼前，可是真相真的存在。」

「哎，我聽不懂了，你去對伍警官說。」

沒對伍警官說，他帶了信封到許火生競選總部找魯副局長，之後魯副局長領他進去，再陪他出來，兩人站在離許火生不遠處。

「小艾，佐佐木呢？基於人情最後一次問你。」

「報告魯長官，佐佐木在醫院。」

「還是不肯老實說？」

開票進行至一半，兩名候選人的得票數始終互有領先的僵持不下，許火生於晚間八點半出現於競選總部外，他呼籲支持者冷靜，並相信最終贏得勝利。他高舉兩手的喊：

「民主萬歲。」

當幾萬人一起吶喊「當選」時，一顆子彈穿越過第一波寒流的冷空氣，翻滾過地面人群散發的熱氣，刺透高昂競選歌曲的音符，彈頭狠狠的撞在許火生面前的防彈玻璃，許火生眉心的位置，一灘紅色液體留在玻璃上。

現場民眾尚未搞清發生什麼事，蛋頭已大步擋在許火生面前，十幾名特勤人員慢了一步，但也將許火生圍得密不通風往後撤進總部。守在臺下的警員撿到壓扁的彈頭。

空心的彈頭。

七分鐘後，蛋頭領幹員持槍奔上廣場左後方的商業大樓，在五樓的窗臺上發現一枚彈殼，如今他已是彈殼專家，看著手電筒照射下顯得益發孤寂的彈殼說：

「七點六二乘五四，俄國製的彈殼，操，叫北投分局的人從國華球場撤了，說我找到失蹤的彈殼了。」

「副座，彈頭和彈殼不一樣？」

「媽的，彈頭本來就和彈殼不一樣，一個頭，一個殼。射總統的彈頭是五點五六的空心練習彈，這顆是七點六二的彈殼。」

「和華陰街發生的一樣。」

蛋頭看看手機：

「不一樣，差多了。空心練習彈頭，不是實彈。」

「記者問槍擊案的嫌犯槍手兩人都死了，怎麼又出現？」擠進屋內的警官問。

「叫他們去問刑事局！」

蛋頭陪小艾從競選總部後門出去。

「佐佐木開的槍？」

「長官清楚，你們沒有佐佐木任何資料，連出入境資料也沒，甚至沒有他的真實姓名，所以從法律的角度，佐佐木根本不存在。」

「嘿嘿，小艾，就因為佐佐木不存在，你的存在的意義重大喔。」

「報告長官，艾禮當然存在，可是槍擊案和剛才那一槍，艾禮都不存在。」

「說說，為什麼打練習彈？」

「在法律的存在之外說？」

「媽的，好好一個人，怎麼見了總統被搞成存在主義。」

「我猜練習彈是為了證明存在，槍擊案的存在，不能被遺忘或者警察吃案那樣的存在。」

「哎，很難辦下去。」

「槍擊案一直存在，說不定一百年後大家仍記得，說不定那時刑警科技進步，找得出真相，在他們找到之前，得想法子讓大家記得它的存在。」

「你故意讓我頭昏？」

「報告長官，我猜只要佐佐木繼續存在，很多人會睡不好覺。他被人當替死鬼，很賭爛，他的朋友也很賭爛。」

蛋頭的指頭點著小艾：

「本來以為你老實人，講起話比老伍還滑頭。你看，子彈的新聞快壓過開票，做為朋友，小艾，我想不透總統為什麼見你。」

「報告魯長官，伍警官說你是他見過最聰明的警官，你一定早想透，想求證而已。」

「好吧，我求證。」

「總統對我說，法律的存在不是為了真相。」

「那，為了什麼？」

「為了說服自己，我就是正義。」

外面鞭炮響徹雲霄，老伍與妻子、兒子坐在病房外，他簽了字，醫師替父親拔掉所有管線，一小時後宣告死亡。

父親沒有掙扎，平靜的離去，老伍彷彿聽到鬆了口氣的長嘆。

「爸，你是為我那天說的才同意拔管嗎？」

「不是為你，為我。下星期我和你媽去健保署簽放棄急救同意書。」

「不急啊。」

「兒子，這是我和你媽的事，與你無關。現在我們去爺爺家，挑一張他最帥的照片當遺照。」

「好，存進手機，留爺爺永遠都帥的記憶。」
「我的遺照會先自己挑好，不太相信你的眼光。」

他開亮爺爺家的燈，三個人看看牆上的畫，再看看面前整潔的房子，他們動也不動。

畫是奶奶生前畫的，她退休後學了十多年油畫，爺爺不太理會，他覺得妻子畫的東西不真實，沒意思。畫中是個房間，左側一排打開的窗戶，陽光使畫的一半白得看不出深淺，右邊是張圓形的小桌，桌上一本書、一枝插在瓶子裡的花、一副眼鏡、一個咖啡杯。家人以前看過，奶奶給這幅畫的名字是「我的家」。爺爺罵她神經病，家裡要擺滿東西才有人氣，才有家的溫暖。

最近每次要來看爺爺，他都不肯，原來爺爺改裝了房間，他把以前當寶的許多東西丟光了，請工人改裝了窗戶，打掉一間臥室擴大客廳空間。

此時老伍看到打開的三扇窗戶，看到純白的牆壁，看到一張圓桌與花與書與眼鏡與咖啡杯與一張白色的靠背木椅，看到椅背掛著奶奶生前畫畫時穿的花布罩衫。

可惜夜晚，少了陽光。

少了陽光。

作者後記

五不知道，但小艾知道

《炒飯狙擊手》賣出多國版權，光磊在簽約時許多出版商連第二集也一起簽了，因此加快《第三顆子彈》的寫作速度。當時我和鏡文學有約，陸續出版了《乩童警探》系列與《私人間諜》、《太子與鐵道上的男孩》，但因《炒飯狙擊手》出版在先，第二集的《第三顆子彈》就卡在合約限制顯得尷尬，幸而得到鏡文學同意，先賣出法文版，中文版延至解約後的二〇二四年。

延續第一集的原則，仍以發生於台灣的重大懸案為故事背景，選擇我做為編輯與記者期間揪賭爛的另一事件「三一九槍擊案」為主軸。

二〇〇四年總統大選前一天，我坐在《時報周刊》編輯部等著忙截稿，電視新聞突然插播快訊，民進黨候選人陳水扁與呂秀蓮在台南拜票途中遭不明人士射擊，生死不知。不久畫面轉至陳水扁被送進醫院，大家為他逃過一劫而鬆口氣，另一組候選人連戰與宋楚瑜暫停選舉活動，並祝福陳水扁與呂秀蓮。

兩顆子彈改變了選情，最後水蓮配以些微差距勝出，也成為台灣選舉史上最懸疑的逆轉勝。

槍擊案比水蓮配當選正副總統更引人注目，甚至從美國請來華裔刑事專家李昌鈺協助勘察，他提出的報告實在有趣：

一、子彈射穿陳水扁襯衫甚至劃傷深三公分的腹部，穿在外面的夾克居然沒有子彈造成的破洞。

二、既然陳水扁的夾克沒有破洞，襯衫為何有六個小洞？

三、凶器的槍枝型號無法得知。

四、子彈的火藥用量也不知道。

五、當時載著水蓮的吉普車行車車速多少，還是不知道。

這就是著名的「五不知道」。

記者每天守著刑事局與李昌鈺，盡職地提出各種問題，得到更長一串的不知道。

一年後，刑事局公開結案報告，凶手為槍擊案發生後十天即溺斃的、不知動機為何的、使用凶器在哪裡的、怎麼行凶的、誰殺了他的、若自殺那麼遺書在何處的陳義雄。

三一九槍擊案荒謬的程度超過尹清楓命案，時至今日受害人之一的前副總統呂秀蓮也要求司法單位還她公道，她不相信案情如此簡單。

那一陣子我情緒低迷，以前相信的真理與公道原來只是宗教的安慰劑。

以三一九槍擊案為模擬對象，狙擊手小艾這回得用他的方法處理看似結束卻壓根未結束的案子，算是我試圖挪開壓住胸口一個沙包的自我療癒方法。

我曾經寫過，政治是真實的虛構，小說則是虛構的真實。政治可以打泥巴仗最後沒有結局，小說不行。看來小說比人生，要求更加嚴格。

寫這本書時，我去了一趟京都附近的高野山與南邊的紀伊半島，那裡有徐福奉秦始皇命令渡海求仙山據說乾脆留在日本的證據：徐福廟與徐福墓。京都也有馬嵬坡兵變被殺的楊貴妃原來沒死，由遣唐使護送到日本一心禮佛並死在山口縣的傳說，從而唐朝或日本藝術家留下一尊木雕楊貴妃觀音像，供奉在京都市泉湧寺。因此我將處於槍擊案真實與虛幻之間徘徊的小艾，安排到熊野古道參與激烈槍戰後，硝煙刺激他做出此案的最終判決。

小說不宜由作者註釋或說明，以上這些僅為退休記者的反省罷了。

一位新聞界前輩曾告訴我，新聞裡沒有絕對真實，只有相對真實。多耐人尋味的一句話。

謝謝光磊國際版權公司努力推廣我的小說，謝謝晴好出版社使出洪荒之力編輯，謝謝很多認識或不認識的朋友願意「委身」推薦。

再次感謝曾正忠，服役時我是六一六旅步二營政戰官，他是本營頭號教育班長兼壁報大師，這麼多年來每遇槍彈問題，他絕對幫我解答。我的問題一向刁鑽，不久前問他警用ＰＰＱ九毫米子彈發射後的空彈殼重量若干？一天後得到答案。

看到後記，想必各位已經看完小說，歡迎到本人臉書發表看法，我會認真看。動完白內障手術，左右兩眼恢復視力一點二，我目不轉睛地看。

Novel N

002

第三顆子彈

作　　者｜張國立
封面設計｜木木 LIN
內文設計｜葉若蒂
特約主編｜許鈺祥
責任編輯｜黃文慧

出　　版｜晴好出版事業有限公司
總 編 輯｜黃文慧
副總編輯｜鍾宜君
行銷企畫｜胡雯琳、吳孟蓉
地　　址｜104027 台北市中山區中山北路三段 36 巷 10 號 4 樓
網　　址｜https://www.facebook.com/QinghaoBook
電子信箱｜Qinghaobook@gmail.com
電　　話｜（02）2516-6892　傳真（02）2516-6891

發　　行｜遠足文化事業股份有限公司（讀書共和國出版集團）
地　　址｜231023 新北市新店區民權路 108-2 號 9 樓
電　　話｜（02）2218-1417　傳真（02）2218-1142
電子信箱｜service@bookrep.com.tw
郵政帳號｜19504465（戶名：遠足文化事業股份有限公司）
客服電話｜0800-221-029　團體訂購　02-22181717 分機 1124
網　　址｜www.bookrep.com.tw
法律顧問｜華洋法律事務所　蘇文生律師
印　　製｜呈靖印刷

初版一刷｜2024 年 2 月
定　　價｜420 元
ISBN｜9786267396391
EISBN｜(PDF) 9786267396407
EISBN｜(EPUB) 9786267396414

國家圖書館出版品預行編目 (CIP) 資料

第三顆子彈　/ 張國立著 . -- 初版 . -- 台北市：晴好出版事業有限公司出版；新北市：遠足文化事業股份有限公司發行，2024.02
352 面；14.8X21　公分
ISBN 978-626-7396-39-1(平裝)
863.57　　112022768